MADELEINE HENRY

Die physikalische Notwendigkeit der Liebe

GOLDMANN

Buch

Seit Sophie Jones und Jake Kristopher sich an ihrem ersten Tag an der Yale University begegnet sind, ist es die große Liebe. Sophie ist fasziniert von Jakes Ehrgeiz, während er ihr unerschöpfliches Wissen und ihre Begeisterung für die Physik bewundert. Schon bald verbringen die beiden jede freie Minute miteinander. Doch während Jake sich ganz auf sein Studium konzentriert, steht für Sophie die Beziehung an erster Stelle. Jake beobachtet mit großer Sorge, wie aus der brillanten Überfliegerin eine mittelmäßige Studentin wird – bis er nach dem Abschluss schließlich den Schlussstrich zieht und sich von ihr trennt. Sein Plan geht auf: Sophie kehrt an die Uni zurück und macht ihren Doktortitel. Sie ist fest entschlossen, den wissenschaftlichen Nachweis zu erbringen, dass wahre Liebe ewig währt – und somit auch Jake noch immer an ihrer Seite ist …

Autorin

Madeleine Henry hat an der Yale University Psychologie studiert und danach bei Goldman Sachs in New York gearbeitet. Inzwischen hat sie den Finanzsektor jedoch hinter sich gelassen, um sich ganz dem Schreiben zu widmen. Ihr Roman »Die physikalische Notwendigkeit der Liebe« wurde von der Presse hochgelobt.

Madeleine Henry

Die physikalische Notwendigkeit der Liebe

Roman

Aus dem Amerikanischen
von Angela Koonen

GOLDMANN

Die amerikanische Originalausgabe erschien 2021
unter dem Titel »The Love Proof« bei Atria Books, an Imprint of
Simon & Schuster, Inc., New York.

FSC www.fsc.org
MIX
Papier | Fördert gute Waldnutzung
FSC® C014496

Penguin Random House Verlagsgruppe FSC® N001967

1. Auflage
Deutsche Erstveröffentlichung Juli 2023

in der Penguin Random House Verlagsgruppe GmbH,
Neumarkter Straße 28, 81673 München
Umschlaggestaltung: UNO Werbeagentur, München
Umschlagmotive: FinePic®, München
Redaktion: Anja Lademacher
LS · Herstellung: ik
Satz: GGP Media GmbH, Pößneck
Druck und Bindung: GGP Media GmbH, Pößneck
Printed in Germany
ISBN: 978-3-442-49340-1

www.goldmann-verlag.de

Für Dave, meine Liebe,
die Zeit und Raum übersteigt

»Wenn man mit jemandem wahrhaft verbunden ist, endet diese Beziehung niemals. Man kann sie begraben oder ignorieren oder vor ihr weglaufen, aber man kann sie nicht auflösen. Wenn man mit einem anderen Menschen oder einem Ort tief im Einklang ist, bleibt die Verbindung bestehen, trotz Entfernung, Zeit, Situation, mangelnder Anwesenheit oder widriger Umstände … Wahrhafte Beziehungen existieren ewig.«

Victoria Erickson,
Autorin von *Edge of Wonder*
und *Rythms and Roads*

Erster Teil

1

Bevor sie sich begegnen sollten, saß Jake Kristopher in der Woolsey Hall und schaute zur Empore hinauf. Yales größter Hörsaal war gefüllt mit Teenagern, die sich für die Einführungsveranstaltung schick gemacht hatten und voller Energie ihrem ersten Collegesemester entgegenfieberten. Er sah Sophie Jones, als sie sich über das Geländer beugte – und er erstarrte. Sie hatte goldblonde Haare und trug ein weißes Kleid mit einer aufgestickten Hummel an der Schulter. Während sich die Studenten rings um sie unterhielten, blieb sie ganz für sich. Und sie sah jünger aus als alle anderen. Je länger er sie anstarrte, desto intensiver nahm das Gefühl von ihm Besitz, sie schon einmal gesehen zu haben – nein, mehr als das –, sie zu kennen.

Ihre Blicke trafen sich. Seine schwarzen Brauen waren dunkel wie die Tiefe des Meeres. Sie spürte ein Flattern im Bauch, als zöge er sie wie in einer Strömung mit sich hinab. Der massige Typ vor ihm drehte sich plötzlich um und versperrte ihr mit seinen breiten Schultern den Blick. Sophie lehnte sich zurück, fasste sich an den Bauch und wunderte sich, warum sie sich so energiegeladen fühlte.

»Heißt sie Sophie oder Sophia Jones?«, fragte Professor Kotak seinen Kollegen Peter Malchik. Sie saßen während der

Sitzung des Fachbereichs Physik dicht nebeneinander. Selbstverständlich hieß sie Sophie, und sie war »der nächste Einstein«, so zumindest glaubte die *New York Times.* In einem Zeitungsartikel hatte sie berichtet, dass drei der weltweit renommiertesten Mathematiker vorhersagt hatten, dass Sophie Jones innerhalb der nächsten zehn Jahre die tiefgreifendsten unbewältigten Fragen zu Raum und Zeit beantworten werde. Auf die Frage, was Realität ist, könnte sie Antworten finden, die transformative Tragweite für die Menschheit besäßen.

»Sie heißt Sophie«, flüsterte Peter wie nebenbei.

Seine Yale-blaue Fliege stach unter den vielen ungebügelten Hemden und Kunstseidenpolos hervor. Peter war ein hagerer Mann mit vorstehenden Fingerknöcheln, Ellbogen und Kniescheiben. In der einschläfernden Atmosphäre der Sitzung, in der alle dem Fachbereichsleiter, einem russischen Astrophysiker namens Pavel Kapitsa, lauschten, der am Kopf des Tisches saß, wahrte er eine makellose Haltung. Dabei tippte er mit seinem blauen Füller auf sein aufgeschlagenes Notizbuch, sodass es blaue Sprenkel bekam, und dachte erwartungsvoll gespannt daran, wie bald er sich mit Sophie Jones treffen würde, nachdem er so lange darauf gewartet hatte.

»... sie hat sich entschieden, auf dem Gebiet der Zeit zu forschen«, brummte Pavel Kapitsa mit seiner tiefen Stimme. »Wie können wir Zeit sehen?« Er deutete mit den Fingern Anführungszeichen an. »Das ist ihre Forschungsfrage. Peter wird sie betreuen, aber sie wird hier sicher jedem mal über den Weg laufen und an den einen oder anderen herantreten.« Pavel sah Peter auffordernd an, ein milder Blick unter weißen Brauen.

»Jetzt?«, fragte Peter.

Pavel nickte und bedeutete ihm aufzustehen. Peter tat es und richtete sich so hoch auf, wie es mit eins dreiundsiebzig möglich war. Er rang sich ein Lächeln ab, obwohl er die Männer und Frauen dieser Runde nicht besonders leiden konnte. Die meisten Menschen waren ihm unangenehm. Er glaubte, Sophie würde eine Ausnahme bilden. Seit sie sich im vergangenen Winter in Yale eingeschrieben hatte, war sie zu seinem visuellen Ohrwurm geworden. Manchmal sah er ihr Gesicht vor sich, die ungewöhnlich blonden, sinusförmig gewellten Haare, die ihr bis zu Taille reichten, ihren ruhigen, nachdenklichen Blick. Er hatte die Angewohnheit, in Formen zu denken, was seine Gedächtnisleistung verzehnfachte. Manchmal sah er sie als ein Apeirogon, ein Vieleck mit unendlich vielen Seiten. Auf der schwarzen Bühne seines Geistes erschien sie als strahlende, herrlich facettenreiche Spiegelkugel von verwirrender Komplexität und grenzenlosem Potenzial.

Im vergangenen Jahr hatte Sophie zum vierten Mal hintereinander bei der Matheolympiade brilliert – dem anspruchsvollsten Rechenwettbewerb für Highschool-Schüler. Seit 1950 zog die IMO jährlich die begabtesten Schüler an. Nur einer hatte dreimal hintereinander die volle Punktzahl erreicht. Niemand außer ihr hatte das viermal geschafft. Sophies Weltrekord hatte sie international in die Schlagzeilen gebracht, in denen sie als Ausnahmetalent gefeiert wurde: Sie war auf den Titelseiten großer Tageszeitungen wie der

New York Times – »Der nächste Einstein« – zu sehen und in Fernsehinterviews sowie in einem vierminütigen Bericht in *Good Morning America.* Peter war ein regelrechter Fan und hatte sich ausführlich informiert. Aus Videoclips wusste er, dass sie eine kindliche Stimme hatte. Sie wirkte verletzlich, fast niedlich. Ihre Antworten klangen sanft und … feminin. Mädchenhaft. Es gab nicht viele, die sich auf ihrem Niveau wissenschaftlichen Denkens bewegten, und von denen war niemand so jung. Sie wirkte so sanftmütig, so unangestrengt, dass man fast glauben konnte, der Erfolg käme ganz ohne ihr Zutun, auf eine übernatürliche Weise zustande. Sie neigte häufig den Kopf zur Seite, als wäre sie in etwas ganz anderes vertieft, als würde sie sich zwischen Traum und Wirklichkeit bewegen. Ihre langen Haare trugen zu dieser rätselhaften Ausstrahlung bei.

»Hallo«, sagte Peter zu den anderen Anwesenden. »Pavel bat mich zu erklären, wie ich mit Sophie zusammenarbeiten werde. Sie wird an einem extra eingerichteten Kurs teilnehmen, ein Kolloquium, in dem sie eins zu eins unterrichtet wird. Geplant ist, dass wir beide uns wöchentlich für zwei Stunden treffen und ich mit ihr jeweils zehn Aufgaben zur Zeittheorie bearbeiten werde, indem wir ihre Lösungen diskutieren. Wie Pavel sagte, will sie die Frage beantworten, wie wir Zeit visuell wahrnehmen können.«

Jeder konnte die Tatsache, dass Zeit vergeht, anhand von Uhren und dem Wechsel der Jahreszeiten beobachten, aber Sophie wollte die Zeit selbst sichtbar machen. In ihrem Collegeaufsatz für Yale hatte sie gefragt: »Was genau vergeht, und wo ist es? Wie können wir Zeit sehen?« Sie zitierte Albert Einstein. 1905 hatte Einstein die spezielle Relativitätstheorie entwickelt, in der er die bahnbrechende Erkenntnis darlegte, dass die drei Dimensionen des Raums mit der Zeit in einem nahtlosen vierdimensionalen Gebilde verknüpft waren. Daher schrieb Sophie in ihrem Aufsatz: »Wenn Raum und Zeit in einem Kontinuum verbunden sind, warum können wir Raum, aber nicht Zeit sehen? Materie ist für das bloße Auge sichtbar und besteht aus Atomen. Licht besteht aus Photonen und ist ebenfalls sichtbar, von Rot bis hin zu Violett. Warum nicht auch die Zeit?« Die Frage fiel in Peters Fachbereich. Er hatte in den vergangenen zehn Jahren in Yale auf dem Gebiet geforscht und hielt die einzige Vorlesung zum Thema. Mittlerweile war er der meistpublizierte Experte in diesem Bereich. In wichtigen Fachzeitschriften hatte er sich ausführlich über die Möglichkeit geäußert, in die Vergangenheit reisen zu können. Er hatte erläutert, dass dies theoretisch durch ein Wurmloch realisierbar sei, einen Tunnel, der verschiedene Regionen der Raumzeit miteinander verbinde.

»Was ist an ihr so besonders?«, hatte Peters Sohn Benji am vorigen Abend beim Essen gefragt.

Peter hatte in seinen Fusilli herumgestochert.

»Du magst doch Videospiele, ja?«

Seine Frau Maggie bedachte ihn mit einem wütenden Blick.

»Klar«, sagte Benji.

»Gut. Stell dir das schwierigste, geilste Spiel vor, das du kennst. Stell dir das höchste Level vor, das du noch nie geschafft hast. Und jetzt stell dir vor, du triffst auf eine, die es besser beherrscht als du. Sie kann Moves ausführen, von denen du nur träumen kannst – einen dreifachen Axel über riesige Pilze …«

»Wow«, sagte Benji.

»Aber sie hat das Spiel vorher noch nie gespielt«, fuhr Peter fort. »Sie hat dich gebeten, sie ein bisschen zu coachen. Und je mehr du über sie erfährst, desto aufgeregter wirst du, weil du ganz genau weißt, dass sie mit deiner Hilfe nicht nur das allerhöchste Level schafft, dass sie das Spiel gewinnt.«

Im Sitzungsraum bedeutete Pavel ihm, sich wieder zu setzen.

»Danke, Peter. Wann findet Ihr erstes Kolloquium statt?«

»Heute.«

Jake eilte in den Hörsaal und sah sich nach einem freien Platz um. Hunderte aufgeklappter Laptops forderten den Beginn der Vorlesung. Ihre Cursor zuckten wie blockierte Uhrzeiger. Die Gespräche – lebhaft und durchzogen von ersten Kennenlernfragen – verebbten zu aufmerksamer Stille. Jake fächelte sich mit dem Ausschnitt seines schwarzen T-Shirts Luft zu. Er blickte verstohlen zu dem Professor hinunter, dann fiel ihm ein Kopf auf, den er wiedererkannte. Instinktiv ging er zu ihr, an Pferdeschwänzen entlang, die wie Pendel hin- und herschwangen.

»Entschuldigung«, murmelte er, während er sich durch die erste Reihe schob. In der Mitte saß Sophie nach vorn geneigt und hielt ihren Stift an die Unterlippe. Das enge rote T-Shirt schmiegte sich an ihre Brust. Ihre Jeansshorts waren mit Paillettenfiguren besetzt – violetter Stern, grüner Mond, Schmetterling mit zwei Fühlern – und am Saum ausgefranst. Die Kleidung wirkte sonderbar kindlich, als stammten ihre Sachen von einer Zehnjährigen. Als sie die Schritte hörte und aufblickte, hob Jake grüßend die Hand. Dieses Bauchgefühl war jetzt noch stärker. Ihm war, als hätten sie etwas Wichtiges miteinander erlebt. Er konnte sich nicht daran erinnern, aber sie waren sich dadurch ähnlich, so als wären sie zusammen verwundet worden und geschwächt gewesen und hätten es überlebt.

Er setzte sich neben sie und lächelte freundlich.

Moment, dachte Sophie. *Woher ...?*

Am Pult wurden PowerPoint-Folien gewechselt. Sophie neigte sich wieder nach vorn, blickte aber verstohlen zur Seite, als er seinen Laptop öffnete. Seine Muskeln zeichneten sich ab wie in einem Anatomielehrbuch: der Deltamuskel an der Schulter, Bizeps, Trizeps, die kleineren Oberarmspeichenmuskeln, der Handbeuger am Unterarm und viele blaue Adern. Sophie hatte noch nie einen so definierten Körper gesehen. Es gefiel ihr, wie lebendig er wirkte. Sein schwarzes T-Shirt war im Nacken ausgeleiert, weil es seit Jahren von hinten über den Kopf ausgezogen wurde und kräftige Daumen die Naht gedehnt hatten.

Hatte sie ihn in der Einführungsveranstaltung gesehen? Sophie zog eine Braue hoch. Das konnte nicht die ganze Antwort sein. Er hatte sie angelächelt, als würden sie sich kennen. Er hatte sich gefreut, sie zu sehen. Sie blickte immer wieder vorsichtig zur Seite. Er schrieb wenig mit.

Wenn er mal etwas tippte, dann waren es Stichworte. Doch sie merkte ihm an, dass er zuhörte, vollkommen bei der Sache war. Er wirkte besonnener als andere Studenten, die jedes Wort mitschrieben, so als hätte er ein scharfes Gespür dafür, was wichtig war.

Die Einführungsvorlesung an der psychologischen Fakultät war gut besucht, der Hörsaal voll belegt. Der Professor stellte eine Reihe Fragen, die den Aufbau seines Kurses skizzierten. Zu den Themen gehörten das Gehirn, Träume, Liebe – »Was macht jemanden attraktiv? Was bringt zwei Menschen dazu, sich ineinander zu verlieben?« –, Sex und Moral. Jake glaubte nicht daran, dass der Professor auch nur eine einzige dieser fundamentalen Fragen der Existenz würde beantworten können – wer konnte das schon? Aber er blieb dennoch – wegen des Mädchens neben ihm. Als der Professor seine Einführung beendet hatte, gab es stellenweise dünnen Applaus. Mit den Fingern auf der Tastatur wartete Jake, als sie das Notebook in ihren Rucksack packte, der mit Büchern vollgestopft war.

Sophie hatte am Nachmittag ihr erstes Treffen mit Professor Malchik. Er hatte ihr am Morgen den Plan für ihr Kolloquium geschickt, daher wusste sie, dass sie heute den Ursprung der Zeit diskutieren würden. Die meisten Physiker vertraten die Theorie, dass Raum und Zeit vor vierzehn Milliarden Jahren beim Urknall entstanden waren. In den ersten 10^{-43} Sekunden der Geschichte hatte das Universum weniger Raum eingenommen als ein Proton. Die vier fundamentalen Kräfte – Gravitation, schwache Wechselwirkung, starke Wechselwirkung und Elektromagnetismus –

waren in so fremdartigen, unverständlichen Zuständen vereinheitlicht, dass sie noch niemand physikalisch beschrieben hatte. Nach 10^{-43} Sekunden hatte sich die Gravitation von den anderen Kräften gelöst, und das Weltall begann, die uns bekannte Gestalt anzunehmen.

Als Sophie den Reißverschluss des Rucksacks zuzog, dachte sie an den Beginn des Alls, und gleichzeitig hoffte sie, der Mann neben ihr würde zur selben Zeit gehen wie sie.

Sie schob die Arme durch die Gurte des Rucksacks.

»Hey«, sagte er.

Mit seinen eins fünfundneunzig stand er vor ihr. Sophie lächelte für 10^{-43} Sekunden, dann gingen sie mit den anderen Studenten hinaus.

»Entschuldige, woher …?«

Ihre Frage hing in der Luft, als Jake ihr die Tür öffnete, und brachte die behagliche Vertrautheit ins Wanken. Wieso hatte er das Gefühl, als hätten sie eine gemeinsame Vergangenheit? Auf dem Gehweg blieben sie stehen und musterten einander. Jakes Blick fiel auf die zwei Zentimeter Haut zwischen ihrem Shirt und den Shorts. Ihre kurzen Fingernägel waren weiß lackiert. Ihre Armbänder oben an den weichen Armen waren mit Monden in verschiedenen Phasen und einer Sonne verziert. An ihrer silbernen Halskette glänzte ein Seesternanhänger. Ihr Gesicht wirkte so nackt, fast aphrodisisch, fand er, als wäre sie aus Schaum geboren dem Meer entstiegen.

Sophie betrachtete seine dunklen Haare, seine braune Haut und die braunen Augen. Er hatte eine große Nase.

Seine schmalen Wangen mündeten in ein spitzes, sauber rasiertes Kinn. Aus dieser Nähe betrachtet wirkte er unbestreitbar nüchtern, nachdenklich. Seine Haltung – gerade, aufrecht, ausgeglichen – drückte Zielstrebigkeit aus.

Die Sonne wärmte ihre Haut, während sie so dastanden. Lichtpartikel sprangen zwischen ihnen hin und her. Einige dieser Teilchen stammten von der Sonne, in acht Minuten waren sie hundertneunundvierzig Millionen Kilometer durch die Galaxis gereist, vorbei an Sternen, Planeten, durch Gas, Staub und schwarze Geräuschlosigkeit, bevor sie bei ihnen auftrafen. Jake und Sophie standen drei Schritte auseinander, verbunden durch Licht.

»Du warst bei der Einführungsveranstaltung. Ich bin Jake.«

»Sophie.«

Sie streckte ihm die Hand hin, was sie selbst überraschte. Normalerweise war sie fremden Menschen gegenüber nicht so ungezwungen. In den letzten paar Tagen hatte sie an jeder Ecke Scharen fremder Leute ausweichen müssen. Sie schaute auf die Uhr: 14:15 Uhr. Um drei musste sie bei Professor Malchik sein.

»Mensa?«, schlug sie vor.

Er nickte.

Unterwegs klärten sie, dass sie sich vor der Einführungsveranstaltung noch nicht begegnet waren, und fingen mit ihren Fragen bei null an. Jake kam aus New York City, Sophie aus Westchester. Sie waren beide Einzelkinder – und es erheiterte Sophie, das zu erfahren.

Während sie sich mit Jake austauschte, saß Peter achthundert Meter entfernt in seinem Büro und überflog seine Notizen. Sein Unterrichtsplan für das Kolloquium lag auf dem runden Tisch. Peter hatte ihn interdisziplinär gestaltet und Ansätze aus der Astrophysik, Biologie, Chemie und Psychologie integriert. Es sollte ein spektakulärer, einzigartiger Kurs werden. Er hatte inzwischen auch einiges über Sophie gelesen, um besser einschätzen zu können, was für ein Mensch sie war und auf welche Weise sie lernte. Wie sollte er ein Wunderkind betreuen? Welche Bedürfnisse hatte sie? Welche Schwächen? Peter hatte in Fachzeitschriften, Tageszeitungen und Magazinen Artikel über hochbegabte Kinder gelesen und jede dieser Bestellungen über den Fachbereich abgerechnet.

Und so glaubte er inzwischen ein Gespür für Sophie zu haben. Die Hälfte der Amerikaner war einsam. Unter den sogenannten Overperformern war der Prozentsatz noch höher, was ihm sofort eingeleuchtet hatte. Und seltsamerweise fühlte er sich weniger einsam, seit er wusste, dass Einsamkeit weitverbreitet war. Laut mehrerer Studien gaben fünfundfünfzig Prozent der erwachsenen Amerikaner an, das Gefühl zu haben, niemand kenne sie wirklich gut. Sie lebten allein, hatten Interessen, die sie mit niemandem teilten, oder hatten Berufe, in denen sie alleine arbeiteten. Ihr Leben verlief größtenteils im Verborgenen. Etwa fünfzig Prozent der Erwachsenen sagten, ihre »Beziehungen seien nicht sinnstiftend« und ihre Verbindung zu anderen »oberflächlich«. Innerhalb dieses düsteren Szenarios hatten die Achtzehn- bis Zwanzigjährigen, die sich selbst als Overperformer bezeichneten, am wenigsten soziale Kontakte.

Die Hälfte der Einser-Studenten verbrachte mindestens einen Tag in der Woche, ohne mit jemandem zu sprechen.

Menschen wie Sophie waren an Vertrautheit und enge Freundschaften nicht gewöhnt. Er fragte sich, ob sie wusste, wie einsam sie war. Von heute an würde sie jede Woche mehrere Stunden bei ihm sein und seine ganze Aufmerksamkeit bekommen.

Im selben Moment, als er zur Wanduhr sah – 14:30 Uhr –, setzen sich Jake und Sophie im Silliman-Speisesaal an einen langen Tisch. Der Saal hatte mehr als mannshohe Bogenfenster und Kronleuchter, die zu Vergleichen mit Hogwarts einluden und die hohe Decke erleuchteten. Sophie betrachtete Jakes Schüssel mit Cheerios.

»Zwei Dumme, ein Gedanke.« Er deutete auf die Waffel auf ihrem Teller.

»Hasst du es, zu Mittag zu essen, oder bist du einfach verrückt auf Frühstück?«, fragte Sophie.

»Ich fühle mich einfach, als wäre ich gerade erst aufgewacht.«

Dabei klang er eindeutig energiegeladen. Er öffnete beide Fäuste, als wollte er den neuen Tag anpacken. Als er lächelte, bemerkte Sophie, dass sich die unteren Zähne überlappten, und auch seine oberen Schneidezähne standen schief zueinander. Es gefiel ihr, dass er einen äußeren Makel hatte. Ihr Herz regte sich. Jake hob zwei Finger und bewegte sie hin und her.

»Hm?«, fragte Sophie.

Er ließ die Hand wieder sinken. »Alles okay? Du warst einen Moment lang abwesend.«

»Ach so.« Sophie biss in ihre Waffel. »Es ist nichts.«

»Was?«

Er wollte es wissen.

»Ich habe nur über etwas nachgedacht«, sagte sie. Jakes Schweigen drängte sie weiterzusprechen. Sie fügte sich in den Themenwechsel, der sie ein Stück tiefer unter die Oberfläche führte. »Ich habe zu Hause das Video in den Nachrichten gesehen. Das mit dem Pavian.« Sie schüttelte den Kopf und blickte auf ihren Teller. »Egal.«

»Dem Pavian und dem Leoparden?«

Sophie blickte auf. »Ja.«

»Das war krass.«

In dem Video tötete eine Leopardin eine Pavianmutter in unmittelbarer Nähe ihres Schlafplatzes. Sofort fand die Leopardin das neugeborene Junge, das sich dort aufhielt. Der kleine Affe schaute desorientiert in die Gegend. Er versuchte wegzulaufen, aber die Leopardin war schneller und trug ihn steil hinauf in eine Baumkrone. Nachdem sie sich hingelegt hatte, ließ sie den Affen los und leckte ihn. Und leckte ihn noch einmal und noch einmal. Danach kümmerte sie sich um das Junge, als wäre es ihr eigenes.

»Und?«, fragte Jake.

Sie zuckte mit den Schultern. »Schwäche hat etwas an sich, das uns emotional anspricht. Auch Unvollkommenheiten. Sogar Tiere reagieren darauf.«

Er lächelte – seine Zähne.

»Da scheinst du recht zu haben«, sagte er.

»Wie auch immer.« Auf der Suche nach einem neuen Thema griff sie auf die Frage zurück, die sie sich selbst häufig stellte. »Was willst du nach deinem Abschluss machen?«

Er lachte.

»Was?«, fragte sie.

»Ach, nichts. Das ist nur eine große Frage. Die stellt mir sonst kaum jemand, jedenfalls keiner in unserem Alter.« Er lehnte sich zurück und kippelte auf den hinteren Stuhlbeinen, hielt sich dabei an der Tischkante fest. Gefährlich weit zurückgeneigt überlegte er, wie viel er jetzt schon preisgeben wollte. Er zog sich nach vorn, saß wieder gerade auf seinem Stuhl. »Weißt du, wer Lionel Padington ist?«

»Von Padington Associates?«

»Genau.« Lionel hatte Padington Associates gegründet, einen der größten Investmentfonds der Welt, der inzwischen über fünfzig Milliarden Dollar verwaltete. Lionel selbst war vier Milliarden Dollar schwer. »Ich würde gern etwas Ähnliches machen.«

»Hm.« Sie schob ein Stück Waffel hin und her. »Warum?«

Jake hatte den Grund nie laut ausgesprochen. Niemand hatte gefragt, und er hatte nie von sich aus geäußert, dass er reich sein wollte. »Ich will reich sein« klang bestenfalls sinnlos und egoistisch und schlimmstenfalls verwerflich. »Es gibt niemanden, den man nicht lieben kann, sobald man seine Lebensgeschichte gehört hat«, hatte Jakes Englischlehrer einmal gesagt. Wenn die anderen Menschen seine Geschichte kannten, würden sie ihn verstehen.

»Und du?«, fragte er ausweichend. »Was willst du später mal tun?«

Sie holte langsam und tief Luft.

»Ich möchte ergründen, wie die Welt funktioniert. Es gibt so vieles, was wir noch nicht wissen.« Sie deutete ringsherum auf ungenannte, unsichtbare Wunder. Jake vollendete den Kreis und zeigte auf sich. Sie lachte. »Viele Leute halten Wissenschaft für etwas Unproduktives« – Jake hörte aufmerksam zu – »für etwas Gefühlloses, Langweiliges. Aber ich nicht. Ich hatte immer das Gefühl, dass alles Augen hat, dass die Welt bis hin zum Atom lebendig ist. Aber wir werden erwachsen und fangen an, die Dinge so zu sehen, wie man es erwartet. Wir hören auf zu fragen, zuzuhören, aber ich denke, das Universum spricht ständig mit uns: durch Symbole, durch unser Bauchgefühl oder Empfindungen, die wir nicht erklären können. Ich will so viel wie möglich wissen, besonders über die großen Bausteine der Realität.« Jake schob seinen Teller ein Stückchen weg und verschränkte nachdenklich die Hände. »Also befasse ich mich mit der Zeit. Es tut mir leid. Normalerweise halte ich keine Monologe.«

»Was du erzählst, gefällt mir«, sagte er ernst.

Sie lächelte.

»Wenn du einen Wunsch frei hättest, was würdest du dir wünschen?«, fragte er.

»Dass ich alles weiß. Und du?«

»Dass ich alles habe.«

»Was?«, fragte sie, als er mit den Schultern zuckte.

»Das Habenwollen ist sehr schambesetzt.«

»So etwas Ähnliches geht mir auch immer durch den Kopf. Immer wenn ich mich sonderbar fühle. Wenn ich sehe, dass kein anderer tut, was ich tue, oder so entscheidet wie ich, sage ich mir, Menschen sind Schwarmwesen, falls du verstehst, was ich meine.«

Jake schüttelte den Kopf.

»Also, in einem Bienenschwarm hat jede Biene eine Rolle. Alle dienen einem höheren Zweck. Es geht nie um die einzelne Biene, nicht mal um die Königin. Wenn die stirbt, wird sie ersetzt. Es geht nur um den Schwarm.«

In der Mensaküche hörten sie Porzellan zu Bruch gehen. Sophie blickte auf die Wanduhr hinter Jake: 14:55 Uhr. Vom Speisesaal bis zu Professor Malchiks Büro brauchte man zehn Minuten.

»Also …«, begann er.

»Ich muss los«, unterbrach sie ihn.

Jake fiel auf, dass sie die Letzten waren. Er nickte und stand auf. Sie brachten ihre Tabletts zur Geschirrrückgabe, verließen den Saal und gingen vier Treppen hinunter. An der Tür nach draußen blieben sie stehen. Ihre Herzen schlugen schneller, als sie beide eine Hand auf das Buntglasfenster legten. Rings um ihre Hände bewegten sich Silhouetten durch Burgunderrot und Grün. Sophie betrachtete die Schatten, die im Collegehof Frisbee spielten, aber Jake schaute einzig Sophie an, das Gesicht nach unten geneigt, sodass sein Atem ihre Nase wärmte.

»Gibst du mir deine Telefonnummer?«, fragte er.

Sophie küsste ihn. Sie erstarrten wie in einem spitzen Winkel, am Scheitelpunkt berührte ihr Mund den seinen. Jake überließ ihr die Führung. Er wartete – mit geschärftem Interesse und aufgestellten Nackenhaaren – ab, wie sie sich bewegte, um ihr dann zu folgen. Ihre Lippen berührten sich kaum, die Verbindung blieb verzweifelt zart. Sophie hob die Hand und legte sie an seine Wange. Sein Hals war warm, sein Kiefer glatt. Sie leckte über seine Oberlippe. Vorsichtig tat Jake das Gleiche. Sie lehnte sich an ihn, und er zog sie an sich und hielt sie fest, bis sie sich wieder von ihm löste.

»Gib mir dein Handy«, sagte sie.

Er angelte es aus der Hosentasche. Sie tippte ihre Nummer ein und gab es ihm zurück. Als sie seinem Blick begegnete, schien er sie anzusehen, als wäre sie der einzige andere Mensch auf der Welt.

»Es war schön, dich kennenzulernen, Jake.«

»Sophie.«

Auf dem Rückweg ging Jake völlig darin auf, seine erste Nachricht an sie zu formulieren – wie bald würde er sie wiedersehen? Hatte sie Lust, mit ihm zusammen zu lernen? Spazieren zu gehen? Essen zu gehen? Und so lief er etliche Blocks an seinem Wohnheim und sogar am Popeyes vorbei, das eine Art weiche Grenze zwischen den Studenten und den Einheimischen bildete, und gelangte in einen Teil von New Haven, den er noch nicht kannte.

Um 15:29 Uhr saß Peter immer noch allein in seinem Büro.

Wo blieb sie nur?

»Wie können wir Zeit sehen?«, fragte sein Unterrichtsplan, der noch unaufgeschlagen vor ihm lag. Seine Schreibkladde war gefüllt mit Notizen aus seiner Lektüre über

Hochbegabte. Er blätterte müßig darin herum – 15:30 Uhr war es jetzt – und stieß auf den Ausdruck »intellektuelle Gemeinschaft«. Er hatte ihn unterstrichen, da er sich vorstellte, dass Sophie danach hungerte. Menschen ihres Alters sprachen nicht miteinander. In einer Studie gaben fast hundert Prozent der Millennials an, sie könnten sich besser in Textnachrichten ausdrücken als im persönlichen Gespräch. Peter kam sich vor wie ein Soziologe, der sich durch die Forschungsliteratur zum epidemischen Verstummen der Gesellschaft las. Wer war für Sophie dagewesen und hatte mit ihr geredet?, fragte er sich. Davon abgesehen, wer besaß den erforderlichen Intellekt, um sich mit der ganzen Bandbreite ihres Verstandes einzulassen? Um sich zu erkundigen, wie ihr Vormittag gewesen war, was sie zu Mittag gegessen hatte und dann ganz selbstverständlich zu fragen, was sie von dem Gedanken hielt, dass sich, wenn man die Winkelgeschwindigkeiten von Planeten in ihrer Bahn auflistete und in Beziehung zueinander setzte, etwas ergab, was wir heute als unsere Dur- und Molltonleitern bezeichneten? Hatte das Weltall einen Rhythmus? Peter fragte sich, wann sie zuletzt mit jemandem gesprochen hatte. Er blätterte um. Sosehr er sich auch mit Sophie vertraut fühlte, sie hatten sich noch nicht kennengelernt. 15:31 Uhr. War ihr etwas zugestoßen? Gerade als er aufstand, klopfte jemand an die offene Tür.

»Hallo, Professor Malchik«, sagte Sophie.

Er schob die Hände in die Taschen.

Er nahm sie wieder heraus.

»Es tut mir furchtbar leid, dass ich zu spät komme.«

Sie wirkte noch jünger, als sie ohnehin schon war. Der Hautstreifen zwischen ihrem roten T-Shirt und den Shorts war im Physikgebäude ein Novum. Er bot ihr einen Platz an und setzte sich ebenfalls. Ihre Entschuldigung hing im Raum. *Kein Problem,* wollte Peter sagen, sah sich aber nicht imstande zu lügen. Er blätterte fast bis zum Ende der Kladde, bis er die erste leere Seite fand. Ihm fiel ein, dass er ihr nicht die Hand gegeben hatte. Wann immer er sich ihr erstes Treffen vorgestellt hatte, hatte er ihr die Hand geschüttelt und etwas Optimistisches gesagt.

»Ich war davon ausgegangen, dass wir eher anfangen können.«

»Es tut mir leid. Das wird nicht wieder vorkommen.«

Peter wartete auf mehr. Sie sagte nichts weiter.

»Ich war auf 15:00 Uhr eingestellt.«

»Ich verstehe.«

»In einem Kolloquium über die Zeit ist eine Zeitdifferenz die wichtigste Differenz von allen.«

»Ich weiß.«

Er blickte auf den Unterrichtsplan mit den Themen für ihre Sitzung. Als er wieder aufblickte, hielt sie den Kopf leise lächelnd zur Seite geneigt. Das Lächeln verschwand sofort. Sie richtete den Kopf wieder auf. War sie abgelenkt? Weder in seinen Tagträumen von ihrer ersten Sitzung noch bei seinen Recherchen zu ihrer Person war ihm jemals in den Sinn gekommen, sie könnte pflichtvergessen sein.

»Es gab mal einen Mann namens Claude Shannon«, sagte Peter unvermittelt. Er rieb sich die Schläfen. »Sein Aufsatz zur Informationstheorie von 1948 – er war von zentraler Bedeutung, bahnbrechend für die Entwicklung der Nachrichtentechnik und des heutigen Telefons, Radios, Fernsehens … Wissen Sie, wann er zum ersten Mal die Idee dazu hatte?« Er sah in Sophies hellblaue Augen.

»Nein.«

»1939. Zehn Jahre vorher.« Zur Betonung tippte er zehnmal auf den Tisch. »Auch Shannons Erfolg entwickelte sich nicht kontinuierlich. In den zehn Jahren hatte er die verschiedensten Ideen. Mal machte er Fortschritte, dann lange keinen. Er musste sich zehn Jahre damit herumquälen.« Peter hielt inne, um Kraft zu schöpfen. »Ich sage Ihnen eines, Sophie: Geniale Arbeit braucht Zeit. Um sich in einem Fachgebiet hervorzutun, müssen Sie sich jahrelang engagieren. Jahrelang.« Er hielt wieder inne. »Heute sind Sie eine halbe Stunde zu spät gekommen. Das bedeutet auch, dass Ihre Erkenntnis eine halbe Stunde später kommen wird, wenn überhaupt. Ich bedaure, das sagen zu müssen, aber Sie sind dreißig Minuten weniger als das, was Sie hätten sein können.«

Sie nickte schwach.

»Ich werde nicht mehr zu spät kommen«, versprach sie.

Peter hörte die Angst heraus. Er hatte die Angewohnheit, Menschen abzustoßen, weil er sich in Gesprächen zu sehr auf die Bedeutung der Wörter konzentrierte und zu wenig auf den Gesprächspartner. Im Lauf der Jahre hatte Maggie ihn immer wieder darauf hingewiesen.

Vorige Woche hatte Maggie ein Paar zum Abendessen eingeladen. Die Frau war Anthropologin in Yale, aber Peter hatte sich nicht gemerkt, wie sie hieß und wo Maggie die beiden kennengelernt hatte. Diese Professorin war mit ihrem Mann – dessen Name ihm ebenfalls entgangen war – kürzlich von einer Autoreise quer durchs Land zurückgekehrt. Sie hatte gerade begonnen, die Schönheiten der Felsenschlucht des Columbia Rivers in Oregon zu schildern, als Peter sie unterbrach und fragte, wie viele Kilometer sie insgesamt – 8630 – und in welchem Zeitraum – zwei Wochen – gefahren seien. Also 616 Kilometer pro Tag, rechnete er aus, und das hieß etwa acht Stunden pro Tag auf der Straße bei 77 km/h. Peter versteifte sich auf die Frage, ob sie vom vielen Sitzen nicht Rückenschmerzen bekommen hätten. Als die Frau ein Video der Schlucht zeigte, fragte er sie nach der Bildqualität ihres iPhones und bis zu welcher Vergrößerung sie zoomen könne. Wie viele Einzelbilder pro Sekunde? Pixel? Und so hatte er die Unterhaltung in eine Sackgasse geführt, da einer der beiden plötzlich kein Wort mehr sagte, aus Angst, weitere Neugier auszulösen. An dem Punkt schwenkte Peter zu extrem banalen Fragen um, etwa: Wann sind Sie heute aufgestanden?

Er wusste, dass er schwierig war. Durch sein Verhalten fühlten sich manche Menschen, als wären sie bisher wie Hohlköpfe durchs Leben gegangen, von einer hingenommenen Unsicherheit zur nächsten. Seine Obsession, sich auf den Kern der Dinge zu stürzen, konnte erschreckend sein, aber er schrieb das seiner Wahrheitsliebe zu. Es war nicht so, dass er unsensibel war, dachte er, ganz im Gegenteil. Kein anderer war so wenig gleichgültig wie er. Andere Leute gaben sich anscheinend damit zufrieden, unwissend durchs Leben zu gleiten und nicht sagen zu können, warum die Sterne so waren, wie sie eben waren. Sie schienen nur getrieben von ihren unmittelbaren Bedürfnissen und den fünf Sinnen. Sophie war hoffentlich wie er. Sie wollte den Dingen auf den Grund gehen.

Er schaute auf die tickende Wanduhr.

»Also gut«, sagte er. »Kommen wir zum Beginn der Zeit.«

2

Die fünfjährige Sophie saß zu Hause auf dem Fußboden in der Bibliothek und zog ein Buch aus dem untersten Regalfach. Der große Raum erinnerte sie an *Die Schöne und das Biest,* an eine Ecke in einem Schloss mit magischer Stille und Bücherwänden. Ringsherum führten Leitern an Schienen zu den obersten Fächern.

Sophie schlug eine doppelseitige schwarz-weiße Abbildung eines menschlichen Schädels auf, in dem eine Eisenstange steckte. Die Eisenstange war unter dem Jochbein eingedrungen und durch die Schädeldecke ausgetreten. Sophie betrachtete den lippenlosen Mund, die langen Zähne, die leeren Augenhöhlen, die sie anstarrten. Die Bildunterschrift: *Phineas Gage.* Sophie las, dass 1848 einem Mann namens Phineas Gage, der bei der Eisenbahn arbeitete, bei einer Explosion eine Eisenstange durch den Kopf schoss. Phineas kam dabei nicht zu Tode. Er hatte kaum Schmerzen, konnte sogar noch selbstständig gehen und lebte nach dem Unglück noch elf Jahre. Die Verletzung beeinträchtigte ihn zwar nicht körperlich, aber sie veränderte seine Persönlichkeit. Er wurde respektlos, impulsiv, grob, sogar grausam.

Sophie dachte darüber nach, weit intensiver, als man es von jemanden ihres Alters erwarten konnte. Die Sonne wärmte die hohen Fenster neben ihr.

»Was denkst du?«, fragte Isabel, ihre Mutter, von der Tür her.

»Ich dachte, ich entscheide, wie ich bin.«

Sophie hielt das Buch hoch.

»Ich verstehe«, sagte Isabel. Sie ging mit tänzerischer Leichtigkeit zu ihr, so geschmeidig, als hätte sie keine Knochen. Als Sophie älter wurde, betrachtete sie die geschmeidige Art ihrer Mutter, sich zu bewegen, als eine besondere Art der Intelligenz, so als füllte Isabels Gehirn den ganzen Körper aus und nicht nur den Raum hinter den Augen. Isabel war Mathematikerin bei der NASA gewesen, bevor sie mit Mitte dreißig Sophie bekommen hatte, ihren Beruf aufgab und sich ihrer Familie widmete – Ronald, ihrem Mann, und Sophie. Sie hatten mehr Kinder bekommen wollen, sich nichtoperativen Methoden und Präparaten zugewandt, damit sie schwanger wurde, aber nichts hatte geholfen. Daher hatte Sophie all ihre Liebe ganz allein bekommen.

Isabel setzte sich zu ihr auf den Boden und schaute ihre Tochter zärtlich an. *»Deine Kinder sind nicht deine Kinder.«* Der Satz aus einem Gedicht von Kahlil Gibran kam ihr in den Sinn. Sie hatte es während ihrer Schwangerschaft gelesen.

Deine Kinder sind nicht deine Kinder.
Sie sind die Söhne und Töchter der Sehnsucht des
Lebens nach sich selbst.
Sie kommen durch dich, aber nicht von dir,
und obwohl sie bei dir sind, gehören sie dir doch nicht.

Isabel hatte es auf der Chaiselongue in dieser Bibliothek gelesen. Eine der Bücherwände führte um eine Ecke, wo die rote Cord-Chaiselongue und ein alter Schreibtisch mit Ledereinlage und eisernen Hängegriffen stand. Natürlich hatte Isabel sich damals vorgenommen, ihre Tochter ihren eigenen Weg gehen, ihre eigenen Fehler machen zu lassen – ihre ganz individuellen, einzigartigen – fast wie ein eigenes Copyright –, damit sie durch eigene Erfahrung ihre Glücksformel finden könnte. *»Deine Kinder sind nicht deine Kinder.«* Das erschien simpel. Doch als sie in diesem Moment neben ihr saß, dachte sie nur, dass Sophie aussah wie sie selbst, ihre Mutter – weiße Haut, blondes Haar, das blaue Feuer der Neugier in sich und jene grundharmlose Freundlichkeit, eine weiche Ausstrahlung, die fast schmerzhaft zart war. Sophie hatte nie lügen können. Sowohl Isabel als auch ihre Tochter wurden vom Wissen, von den Zahlen angezogen. Wenn sich draußen die Zweige der Eiche im Wind bogen, gingen Isabel die Gleichungen durch den Kopf, mit denen sich ihre Kurven beschrieben ließen.

»Möchtest du nach draußen gehen?«, fragte Isabel.

»Nein, danke.«

Sophie blätterte weiter. Das Bogenfenster hinter ihr rahmte ihren Garten ein: eine Wiese gesprenkelt mit kleinen rosa Blüten, Kamille und wildem Thymian. Isabel küsste Sophie auf den Kopf, wobei sie den Blick auf den Spielplatz richtete, der sich dort ganz natürlich anbot.

»Möchtest du später nach draußen gehen?«

»Nein, danke.«

Sophie sprach mit lieblicher Stimme, höflich und leise, unaufdringlich. Sie schlug die nächste Seite auf. Sie wirkte so zufrieden, so friedvoll in ihr Buch vertieft, dass Isabel fand, es wäre grausam, sie davon wegzureißen – trotz des sonnigen Apriltags und obwohl Sophie schon seit Stunden in der Bibliothek saß, Bücher aus dem Regal zog und las und sie wieder an ihren Platz stellte. Durfte Isabel ihre Tochter zwingen, jemand zu sein, der sie nicht war?

Sophie hörte auf zu lesen, blätterte aber nicht um. Sie versuchte zu begreifen, dass Menschen sich nach einer Hirnverletzung ganz anders benahmen als vorher. Die Geschichte hatte ihre Weltsicht völlig verändert. Ihre Sicht darauf, wie sie ihren Willen und wie sie sich und andere als individuelle Wesen wahrnahm, war von nun an mit Zweifeln behaftet. Hatte sie keine Seele, die in alles mit einfloss, was sie tat, und es mit Sophiehaftigkeit durchdrang? Isabel sprach das Wort Seele jeden Tag aus und machte sie dadurch existent. »Sonne ist gut für die Seele.« – »Du hast eine so schöne Seele, Sophie.« Sophie starrte auf ihre Daumen, die das Buch hielten, und rieb damit über die glatten Ränder der Wörter. Dabei fragte sie sich, inwieweit sie diese Bewegung steuerte. Währenddessen saß Isabel bei ihr und beobachtete Sophie beim Begreifen, unfähig, in die Gedankenwelt ihrer Tochter zu schauen.

Am nächsten Tag im Bus auf dem Heimweg vom Kindergarten saß Sophie wie immer in der ersten Reihe, wo sie anders, als man es vielleicht erwarten würde, unbeobachtet blieb und wo es immer einen freien Platz gab. Sie schaute aus dem Fenster ihrem Zuhause entgegen. Während der Bus über Schlaglöcher holperte und unangemessen lange Stopps einlegte, redete sie mit niemandem. Sie hatte den ganzen Tag noch nicht gesprochen.

Mom. Wie immer wartete Isabel neben dem Briefkasten unter einem Dschungel grüner Eichen. Sophie lächelte breit, sonniger als der Nachmittag, und brannte darauf aufzustehen, bis der Bus anhielt und sie ins Freie entließ. Sie sauste über die Straße, um Isabel ganz fest an den Hüften zu umarmen. Kaum hatte sie sich an sie geworfen, vergaß sie ihre Einsamkeit, die sie in der Schule gequält hatte. Sie gingen die Einfahrt hinauf, und schließlich kam das Haus in Sicht, ein weißes, holzverkleidetes mit zwei Etagen und funkelnden Fenstern.

An jenem Nachmittag in der Bibliothek las Sophie über das Gehirn. Isabel hatte ihre zweitausend Bücher nach der Dewey-Dezimalklassifikation geordnet – Zahlen waren ihre intuitive Vorliebe. Sophie bewegte sich von der Abteilung 100, Philosophie und Psychologie, zur Abteilung 500, Naturwissenschaft, und suchte sich kapitelweise heraus, was es über den Verstand zu lesen gab. Sie brauchte zwei Wochen, um sich durch die Bücher zu arbeiten, dann wandte sie sich dem Laptop auf dem Schreibtisch zu. Sophie mochte den Computer, eine schimmernde silberfarbene Komprimierung unendlich vieler Bücher. Nach der Schule nutzte sie ihn stundenlang, um sich ihre Fragen zu beantworten. Manchmal kam Isabel herein, stellte sich an die Ecke des Regals und sah zu, wie ihre Tochter eingescannte Buchseiten hinunterscrollte, indem sie mit den

Fingern über das Trackpad wischte. Wenn sie sie in solchen Momenten ansprach, bekam sie nie eine Antwort. Sophie war versunken. Isabel ging unbemerkt wieder hinaus.

Wochenlang war Sophie fasziniert von Hirntumoren: begrenzten Hirnschäden, die zu vorhersehbaren Persönlichkeitsveränderungen führten. Im Hinterkopf gab es einen Teil des Gehirns namens Gyrus fusiformis, der für das Erkennen von Gesichtern zuständig war. Wurde dieser Teil des Gehirns beschädigt, konnte man niemanden mehr erkennen, nicht einmal seine eigenen Familienmitglieder. Alle Gesichter wurden auf eine beängstigende Weise ununterscheidbar, fast als wäre man blind. Wer einen Tumor im Frontallappen hatte, konnte, je nachdem wo er wuchs, schamlos, pädophil, spielsüchtig oder entscheidungsunfähig werden, sodass er es morgens nicht mehr schaffte, sich anzuziehen und zur Arbeit zu gehen.

Sophie lernte, dass ihr Gehirn ihre Welt erschuf. Sie sah nicht, was sie sah. Ihre Augen sendeten unvollständige Bilder ans Gehirn, und ihr Gehirn füllte aufgrund wohlbegründeter Vermutungen die Lücken aus. Wenn ihre Augen Durcheinander sandten, schaffte das Gehirn Ordnung. Filme waren dafür ein erstklassiges Beispiel. Jeder Film bestand aus vielen Hunderttausend Einzelbildern, die in schneller Folge abgespielt wurden, und das Gehirn erschuf daraus Bewegung, das sogenannte Phi-Phänomen. Nachdem Sophie das gelesen hatte, informierte sie ihre Eltern darüber, dass Fernsehen eine Sinnestäuschung sei. Beim Abendessen bei einem Teller Spaghetti mit fleischiger roter Soße erklärte sie ihnen das Phi-Phänomen mit größter Genauigkeit. Und sie erläuterte ihnen andere Illusionen wie Pareidolie, die Neigung, Bedeutung zu sehen, wo nur Chaos war, wie Gesichter in Wolken.

Die meisten Verhaltensweisen des Menschen waren Gewohnheit. Bis zu vierzig Prozent der täglichen Entscheidungen beruhte darauf, und diese Reflexe wurden im Gehirn gespeichert. Alles was Sophie las, war köstlicher Zucker für ihr Gehirn, der sie berauschte. Es kam ihr vor, als lernte sie eine neue Sprache: die wortlose Art der Welt zu kommunizieren. Sie brauchte nur aufmerksam achtzugeben. »Das Universum ist voll wunderbarer Dinge, die geduldig darauf warten, dass unser Verstand schärfer wird«, sagte ihre Mom oft und zitierte damit den Schriftsteller Eden Phillpotts. Sophie begriff allmählich, was das hieß. Die Natur war seltsam, aber mithilfe des Verstandes erfassbar. Sophie hatte die Welt immer begreifen wollen, und wie es schien, lagen die Antworten in ihrem Gehirn.

Drei Jahre später öffnete Isabel auf der Chaiselongue ihrer Bibliothek Sophies erstes Notenzeugnis. Die Bücher im Regal neben ihr waren Märchen, Abteilung 398.2 in der Dezimalklassifikation. Isabel hatte in ihrer Schmuckschatulle einen Anhänger, auf dem stand in einer Bilderbuchschrift mit Schnörkeln: *Ich glaube noch an 398.2.* Vorher hatte sie die Post durchgesehen und den Anblick des glutroten Herbstlaubs genossen.

Sie und Ronald hatten Sophie umgeben von Natur großziehen wollen und waren deshalb nach Katonah, New York gezogen. Sie versuchte, Sophie so oft wie möglich dazu zu bewegen, nach draußen zu gehen. Bei einer Reise nach Colorado im vergangenen Jahr waren sie durch die Maroon Bells gewandert – göttliche, himmelhohe Berge mit Espenwäldern –, weil Isabel wollte, dass Sophie etwas kennenlernte, das größer war als das, was sie in ihrem Alltag sah. Die ungeheuren Dimensionen sollten sie zur Ruhe bringen, ihren Blickwinkel verändern, sie aus ihrer ständigen Beschäftigung mit sich selbst herausreißen, ihren Blick über ihre nächste Mahlzeit, das nächste Wochenende und den schützenden Panzer ihrer täglichen Gewohnheiten hinaus erweitern. Die Maroon Bells waren herrlich, als ragten riesenhafte Schulterblätter aus der Erde auf. Espen überzogen sie mit leuchtendem Laub, ein Anblick, wie für einen Bildschirmschoner geschaffen. Espen bildeten durch Wurzelbrut Kolonien, die als ein Organismus betrachtet wurden. Im nahen Utah gab es einen Espenhain, den größten der Erde. Jeder einzelne Baum dort war über die Wurzeln mit den anderen verbunden.

Wenn sie Sophie zu einer Wanderung rund um Westchester verlocken konnte, erzählte Isabel ihr, dass sie alle aus demselben Stoff bestanden: aus Zellen, die Materie in Energie umwandelten. Sophie sollte immer daran denken, dass sie ein Teil der Natur war und ihren Empfindungen, von der Intuition bis zum Appetit, als den Boten der höheren Ordnung des Universums vertrauen konnte.

Isabels Achtung vor der Intuition war radikal, grenzenlos. Sie verließ sich darauf bei jeder Entscheidung, bis hin zu der Frage, was sie essen sollte. Ihre Tochter sollte durch innige Selbstwahrnehmung einschätzen, mit welchem Essen sich ihr Körper gut fühlte. Wenn Sophie zum Abendessen Waffeln wollte, drängte Isabel sie, mit der Sprühdose einen Spiralberg Schlagsahne darauf zu häufen. Sophie wurde ermuntert, frisch gebackene, noch warme Schokoladenplätzchen zu genießen, besonders die geschmolzenen Splitter der Zartbitterschokolade zwischen den größeren Schokoladenbrocken. Idealerweise würde Sophie mit einer gesunden Schwäche für Süßes und ohne Lebensmittelangst aufwachsen, im Gegensatz zu den anderen Mädchen in ihrer Schule, die schon in jungem Alter ständig darüber sprachen, auf Diät zu sein. Sophie sollte Essen als Erweiterung ihrer selbst lieben lernen und annehmen dürfen, dass Desserts, Eigelb und die Croutons auf ihrem Salat grundsätzlich okay waren.

An jenem Nachmittag trug Isabel einen knöchellangen Rock und ein Wickeltop, das in Höhe der Rippen zu einer Schleife erblühte. Ihre welligen Haare waren in einem langen Seitenzopf zusammengefasst. Als sie Sophies Zeugnis öffnete, wappnete sie sich. Sophies erstes Halbjahr in der dritten Klasse enthielt Buchstabenzensuren und Bewertungen in Textform. Der Briefkopf der Carleton County Day School zierte die rechte obere Ecke und war so aufwendig gestaltet, wie es bei dreißigtausend Dollar Schulgeld zu erwarten war. Die Carleton nahm fünfzehn Prozent der Bewerber auf und zog die ehrgeizigsten, nicht berufstätigen Mütter an, die Isabel je gesehen hatte. Sie stellte sich vor, wie sie die Hausaufgaben für ihre Kinder erledigten und mit ihren Männern überlegten, wie sie schon früh darauf hinarbeiten konnten, dass ihre Kinder von einer Eliteuniversität angenommen wurden. Manche Frauen berechneten ihre Schwangerschaften so, dass sie ihre Kinder vor dem 15. August gebaren, dem jährlichen Stichtag der Carleton.

Sie überflog die Reihe der A-Noten und blätterte zu den Bemerkungen der Lehrer weiter. Die erste Seite stammte von Sophies Mathelehrerin.

… *eine Ehre, sie zu unterrichten* …

… *wie gesagt, ein Ausnahmetalent* …

… *außerordentlich höflich* …

Wir würden alle davon profitieren, wenn sie sich auch mündlich mehr beteiligen würde …

Isabel blätterte um. Die Bemerkungen der übrigen Lehrer – Englisch, Naturwissenschaften und Geschichte – strotzten ebenfalls vor Superlativen. Jeder lobte Sophie über alle Maßen.

Isabel legte das Zeugnis auf ihre Brust. Natürlich hatte sie gewollt, dass Sophie hervorragend war. Sie hatte ihr von Geburt an jeden Abend vorgelesen. Die Worte sollten ihren Verstand anregen, ihr Werkzeuge an die Hand geben, mit denen sich ihre Gedanken formten, und ihre Seele mit Geschichten von Liebe und Abenteuer bewegen. Isabel saß allabendlich bei Sophie im Bett – unter ihrer Deckenbeleuchtung, einem kleinen Abbild wechselnder Sternbilder –, um ihr aus dem Stapel Märchenbücher auf ihrem Nachttisch vorzulesen. Als Sophie ein Jahr alt war, konnte sie das Märchen vom vorigen Abend – *Die Schöne und das Biest* – wortwörtlich wiederholen. Sie ließ kein Wort aus, angefangen bei der ersten Zeile: *Einst lebte in einem fernen*

Land ein Kaufmann, der bei all seinen Unternehmungen so viel Glück gehabt hatte, dass er ungeheuer reich geworden war … bis zum Ende: *Und das tat sie, und die Hochzeit wurde am nächsten Tag mit größter Pracht gefeiert, und die Schöne und der Prinz lebten glücklich bis an ihr Ende.* Am nächsten Abend wiederholte Sophie erneut das Märchen vom vorigen Abend und ebenso am folgenden Abend.

Sophie konnte mit drei Jahren in mehreren Sprachen lesen. Sie brachte sich selbst alles über das Gehirn bei, und anschließend beschäftigte sie sich mit dem übrigen Körper. Als sie sieben Jahre alt geworden war, hatte sie bei einer Dinnerparty in ihrem Haus einen Ophthalmologen in ein Gespräch über Osteo-Odonto-Keratoprothesen verwickelt, eine Methode, bei der dem Patienten ein Zahn entfernt wurde, um in diesen eine Plexiglasoptik einzusetzen. Anschließend wurde der Zahn in die Wange des Patienten eingenäht, wo er neues gut durchblutetes Bindegewebe bildete. Ein Zahn war der optimale Träger für die künstliche Optik, denn er konnte relativ leicht herausoperiert werden und wurde vom Auge nicht abgestoßen. Schließlich wurde diese Prothese wieder in das Auge eingesetzt und das Sehvermögen des Patienten so wiederhergestellt. Sophie fragte den Arzt, ob er solch eine Operation schon einmal durchgeführt habe. Es war nicht leicht für den Arzt zuzugeben, dass er das noch nie gemacht hatte, angesichts der Tatsache, dass ein Kind sich derart genau mit dem komplexen Verfahren auskannte und die medizinischen Fachbegriffe so mühelos über die Lippen brachte wie eine rosa Kaugummiblase.

»Wo hat sie das gelernt?«, fragte er Isabel.

»Aus Büchern«, sagte sie, was absolut der Wahrheit entsprach.

Sophies Lehrer hatten längst angeregt, sie eine Klasse überspringen zu lassen, damit sie im Unterricht ausreichend gefordert war. Diese Überlegungen setzten am Ende des ersten Schuljahrs ein, an dem Tag, an dem Sophie eine zwölfstellige Zahl im Kopf mit sich selbst multiplizierte. Isabel und Ronald lehnten das ab. Sie waren nicht auf Sophies IQ fokussiert und wollten sie nicht so früh schon in höhere Sphären der Mathematik aufsteigen lassen. Stattdessen vermittelten sie Sophie zu Hause ihre eigenen Werte.

Am Nachmittag wartete Isabel am Ende der Auffahrt auf Sophie. Orange verfärbte Eichen leuchteten wie ein Feuerwerk. Ihr Kaschmirkleid schlug ihr um die Knöchel. Der Schulbus kam in Sicht und spuckte Abgase aus, als er gegenüber von ihrem Briefkasten anhielt. Sophie stieg aus und hüpfte lächelnd über die Straße, ihre französischen Zöpfe schwangen hin und her. Sie schlang die Arme um Isabel und drückte sie glücklich an sich.

Auf dem Weg zum Haus – es wirkte, als ginge hier dieselbe Frau als Mädchen und als Erwachsene nebeneinander her – fragte Isabel ihre Tochter, wie ihr Schultag gewesen sei. Hatte sie heute mit jemandem gesprochen? Sophie wich der Frage aus, indem sie den Kopf an Isabels Seite schmiegte. Natürlich stand Sophie nicht gern im Rampenlicht – weshalb es schwierig sein würde, mit ihr über das Zeugnis zu sprechen.

»Ich möchte nur, dass du die Schule nicht zu ernst nimmst.«

»Tu ich nicht, Mom.«

Isabel sah ihre Tochter vielsagend an.

»Ich gebe mir bloß Mühe«, sagte Sophie. »Die meisten Menschen geben sich keine Mühe.«

»Ich weiß.«

»Ich soll mir doch Mühe geben, oder?«, fragte Sophie.

Isabel nickte.

»Die Schule schult nur deinen Verstand, und der ist nur ein kleiner Teil von dir.« Isabel deutete mit Daumen und Zeigefinger die Größe an. »Du bist viel mehr. Du hast auch ein Herz und eine Seele, Sophie. Du sollst als Ganzes wachsen.« Die Auffahrt machte einen Knick, dann kam ihr Haus in Sicht. »Ich hoffe nur, du freundest dich mit denen an, die du magst. Hast Spaß. Gehst an die frische Luft. Die schönsten Dinge im Leben erlebt man durch Verbundenheit.«

Der Asphalt endete, der Kies begann.

Ausnahmetalent stand im Zeugnis. Das Problem, dachte Isabel, war die Bestärkung. Glänzende Preise, Lob und andere Belohnungen für Denkvermögen konnten so berauschend sein, dass sie zwischen dem Ausnahmetalent und anderen Menschen eine Kluft erzeugten. Isabel hatte das bei Genies in ihrer Highschool, an der Yale und bei der NASA erlebt. Deren Talent, Probleme zu lösen, brachte ihnen Aufmerksamkeit ein, und manche verwechselten das mit Liebe. Also stürzten sie sich in die Arbeit und nahmen immer größere berufliche Herausforderungen an, bis sie niemanden mehr hatten, der zu Hause auf sie wartete. Die Liebe, die sie in ihre Arbeit gesteckt hatten, bekamen sie nicht zurück.

»Ich kann mich verbessern«, sagte Sophie.

»Ich will, dass du dich verschlechterst!«, erwiderte Isabel lachend.

»Es tut mir leid, Mom.«

»Mein Liebling«, sagte Isabel. Sie beugte sich zu Sophie hinunter, hinter sich die Stadtrandwildnis.

»Ich hab dich lieb, Mom«, sagte Sophie.

Auch ihr Blick drückte das aus. Sophie war voller Liebe. Wenn sie sich auf den Rasen wagte, dann um den Kaninchen geschälte Möhren unter den Kriechwacholder zu legen. Sie weinte bei Werbespots für den Tierschutzverein. Sie schloss ihre Mutter noch immer in der Öffentlichkeit in die Arme. Doch Isabel war überzeugt, dass lieben nur der halbe Weg zum Glück war. Die andere Hälfte war geliebt zu werden. Sophie konnte ihre Liebe Büchern und Ideen schenken, aber die würden sie nicht erwidern. Es bestand die Gefahr, dass sie mit all ihren Aha-Erlebnissen und tiefen Erkenntnissen, die wahrscheinlich nur wenige verstanden, am Ende allein dastand.

»Ich liebe dich über alles. Ich möchte nur, dass du glücklich bist.« Sie küsste Sophies Fingerknöchel. »Und das fängt damit an, dass man mit anderen Menschen redet.«

Am Nachmittag schlenderte Sophie über den Rasen zum Waldrand. Sie warf Zweige zwischen die Bäume, bis die Dämmerung ihre Fenster gelb färbte. Sie wusste, wie sie sich in den Augen ihrer Mutter verhalten sollte. Isabel hätte gewollt, dass sie sich verabredete, auf Geburtstagsfeiern mit Lieferpizza auf der Eisbahn ging und öfter gemeinsame Wanderungen unternahm. Aber mit anderen zusammen zu sein, fiel ihr zu schwer. Andere waren so gleichgültig. In ihr ging mehr vor. Sie führte ein lautes Innenleben. Je kleiner ihre Welt, desto glücklicher war sie, und sie fühlte sich am sichersten, wenn sie las.

Außerdem wollte die Welt unbedingt begriffen werden.

Sophie glaubte sich auf der richtigen Spur – das Gehirn erschuf die Welt – bis zu jener Woche, als sie ein neues Buch in ihrer Bibliothek herausgriff. Der hohe rote Band war dünn, ein leuchtender Strich im Regal. Ein glänzendes Dinosaurierbild auf jeder Doppelseite. Sophie betrachtete den gefiederten, vier Pfund schweren flugunfähigen Microraptor. Auf der nächsten herrlichen Doppelseite ein vierzig Tonnen schwerer Brontosaurus auf einer vom Wind gewellten Sanddüne. Über einer orangefarbenen Wüste ging die Sonne unter, daneben stand: »Damals war der Tag dreiundzwanzig Stunden lang.« Sophie stutzte vor dem Regal stehend und starrte auf den Satz. Sie hatte nicht gewusst, dass ein Tag kürzer als vierundzwanzig Stunden sein konnte.

Sie ging zum Laptop, googelte und klickte durch blaue Links zu *Scientific American,* wo sie erfuhr, dass sich die Erde nicht immer mit der gleichen Geschwindigkeit drehte, sondern langsamer wurde. Die Dauer des Tages – der Zeitraum, den die Erde für eine Umkreisung der Sonne brauchte – wuchs pro Jahrhundert um drei Millisekunden. Sophie lehnte sich zurück und dachte über die Zeit nach, mit dem Gefühl, dass sie unsichtbar verstrich und Sekunde um Sekunde den Vormittag in den Nachmittag verwandelte. Sie beugte sich zum Bildschirm und wurde von der nächsten Erkenntnis überrascht: Bis ins 19. Jahrhundert hinein hatte jede Stadt in Amerika ihre eigene Zeitzone. Das war kein Problem, bis die Eisenbahn die verschiedenen Ortschaften miteinander verband. Da musste das Land 1883 standardisierte Zeitzonen einführen. Sophie schaute auf die Uhr des Laptops: 11:23 Uhr – täuschend beständig, doch diese Zahlen waren keineswegs beständig. Zeit war nicht absolut.

Sophie schleuderte einen Zweig in den dunklen Wald. Der Herbst war schon weit fortgeschritten, und das Gras, die moosige Rinde, das trockne Laub unter ihren Schuhen rochen nicht mehr so kräftig. Die Küchenfenster leuchteten, als wäre das letzte gelbe Herbstlaub ins Haus eingezogen. Isabel nahm leichtfüßig drei Teller aus dem Schrank. Wenn sie heute Abend allein in ihren Büchern las, war ihre Mom dann traurig? Sie war eine Zeit lang draußen gewesen. Aber sie musste unbedingt noch etwas klären: Sie hatte geglaubt, das Gehirn erschüfe die Welt, doch nun erkannte sie, dass Raum und Zeit die Herrscher des Universums waren.

In der warmen Küche trug Isabel eine knusprige Scheibe Sauerteigbrot vom Herd zum Tisch. Ronald würde bald nach Hause kommen. Sie schaute nach Sophie, die fünfzig Schritte entfernt Stöcke warf. Seit über einer Stunde ging sie am Waldrand hin und her, mit solch einer Regelmäßigkeit, sie musste in Gedanken versunken sein. Das sah nicht nach unbeschwertem Spiel aus. Im Garten war es viel zu dunkel. Sophie war viel zu allein. Vielleicht war sie neulich Nachmittag zu streng mit ihr gewesen. Vielleicht sollte sie Sophie nicht so häufig nach draußen schicken. Denn Sophie verweilte, egal wo sie sich aufhielt, immer in ihrer Gedankenwelt.

Isabel saß am Kopf des Tisches zwischen Ronald und Sophie und sah ihrer Tochter zu, die eine Hähnchenbrust in Rauten schnitt. Wachs sammelte sich am Fuß der Kerzen. Ronald hob eine Gabel voll Kürbislasagne zum Mund und zog einen Mozzarellafaden mit, der immer dünner wurde. Sophie erzählte von dem letzten Buch, das sie gelesen hatte, einer Biografie über Albert Einstein. Einstein habe sich mit Patenten befasst, bei denen es darum gegangen sei, die Uhren auf den Schweizer Bahnhöfen aufeinander abzustimmen, und dabei sei ihm seine berühmte Relativitätstheorie eingefallen.

»Die Leute wollten, dass die Uhren überall gleich gingen«, sagte Sophie.

»Wann hast du das alles gelesen?«, fragte Isabel.

»Beim Mittagessen.«

Ronald schluckte.

»Das alles beim Mittagessen?«

Sophie nickte.

Isabel und Ronald wechselten einen Blick.

»Heute war Grilltag.«

Isabel stellte sich vor, wie ihre Tochter allein an einem Picknicktisch am Fußballfeld der Carleton die dicke Einstein-Biografie las. Sophie schnitt ihr Zitronen-Rosmarin-Hähnchen weiter in Rauten, jede ein Ebenbild der vorigen, lauter mundgerechte Stücke mit geraden Kanten.

»Wusstet ihr, dass es einen Planeten aus Diamant gibt?«, fragte Sophie.

Isabel hatte einen zärtlichen Gesichtsausdruck.

»Wo ist der, Schatz?«

»Viertausend Lichtjahre entfernt.«

Sophie schnitt eine weitere Raute zurecht.

»Er ist nur wenig größer als der Jupiter, aber zwanzigmal so dicht.«

War es wirklich richtig, Sophie zurückzuhalten? Ihre Tochter liebte es zu denken. Isabel stellte sich vor, wie Sophie in einer Turnhalle voller Schüler, die doppelt so alt waren wie sie, den Hochschul-Zulassungstest schrieb und fein säuberlich die Kästchen vor den zutreffenden Antworten ausmalte.

Sophie legte Messer und Gabel auf vier Uhr.

»Sehe ich dich gleich in deinem Zimmer?«, fragte Isabel.

Sophie stand auf.

»Weißt du, wer der Beste ist?«, fragte sie. Isabel kannte das Abendessenabschlussritual ihrer Tochter und lächelte. Sophie küsste sie dreimal schmatzend auf die Wange, dann ging sie zu ihrem Vater, umarmte ihn und küsste ihn genauso.

»Du!«, antwortete Ronald.

»Nein, du.« Sophie drehte sich zu Isabel um. »Und du.«

Sophie stellte ihren leeren Teller in die Spülmaschine und hüpfte dann nach oben. Isabel und Ronald schluckten ihre letzten Bissen und räumten die Küche auf, eine Arbeit, die sie sich teilten. Nachdem sie fertig waren, stellte sich Ronald hinter Isabel und massierte sie zwischen den Schulterblättern.

»Ich liebe dich«, sagte er.

Sie drehte sich um. Sie küssten sich.

»Ich dich auch.«

Als sie nach oben gingen, ließ er eine Hand auf ihrer Schulter ruhen. Er hatte schon leicht schütteres Haar, war zwei Zentimeter kleiner als sie und in jeder Hinsicht ein verlässlicher, berechenbarer Mann. Seit seinem Abschluss am Williams College arbeitete er bei Pfizer. Bei seinem zwanzigsten Klassentreffen im vergangenen Jahr hatte er sich die meiste Zeit mit Isabel unterhalten. Sie hatten sich Käseaufschnitt in Williamstown gekauft und waren vor der Hauptattraktion »Dinnerbuffet, Tanz und Überraschung« nach Hause gefahren, um nicht in den Abendstau zu geraten. Er hatte sich in Isabel verliebt, weil sie nicht nur einen brillanten Verstand hatte, sondern auch feinfühlig war und weil sie ihm das Gefühl gab, interessant zu sein. Ihre Beziehung und ihre zauberhafte Tochter sah er als die großartigsten Errungenschaften seines Lebens an. Sie trennten sich oben an der Treppe.

Isabel klopfte an.

»Herein!«

Sophie lag schon im Bett und lächelte sie an. Isabel setzte sich zu ihr und lehnte sich an das plüschige gelbe Kopfteil, das mit stoffbezogenen Polsternägeln beschlagen war. Die Bücher auf dem Nachttisch trugen die Signatur der Schulbücherei auf ihrem Rücken. Isabel überflog die Titel. Alle hatten mit Zeitreisen zu tun, außer einem Buch über Einstein und *Das geheime Leben des Salvador Dalí*, ein Lebensbericht des Surrealisten, dessen schmelzende Uhren berühmt waren. Sophie griff über Isabel hinweg, um an der Schnur ihrer Stehlampe zu ziehen, sodass es dunkel im Zimmer wurde. An der Decke leuchtete ein Ausschnitt des Sternenhimmels, einer der schönsten, fand Isabel, und sie hatte schon verschiedene Observatorien in Europa mit erstklassigen Teleskopen in großer Höhe besucht.

Hier hatte sie Sophie jahrelang etwas über die Sternbilder an ihrer Zimmerdecke erzählt und erst gestern erklärt, dass die Sterne rot, weiß oder blau sein konnten, abhängig von ihrer Temperatur. Rot war die kälteste Farbe, weiß eine warme und blau mit über zwölftausend Kelvin die heißeste. Sie beendete den Abend, indem sie Oscar Wilde aus dem Kopf zitierte: »Nur die Sinne können die Seele heilen, wie nur die Seele die Sinne heilen kann.« In ihren Augen ein wunderbarer Satz, der die Menschen daran erinnerte, sich selbst zu vertrauen und die Klugheit des Körpers zu schätzen. Sie seien so natürlich wie die Sterne. Wie gewöhnlich löste sie sich vom Tagesgeschehen, indem sie eine Lektion auswählte. Sie suchte nach einem Beispiel für Verbundenheit.

»Weißt du, was Supersymmetrie ist?«, fragte sie.

Sophie schüttelte den Kopf.

»Das ist die Idee, dass jedes Elementarteilchen einen Partner hat«, sagte Isabel. »Elementarteilchen, wie du weißt, sind die kleinsten Bausteine des Universums. Supersymmetrie heißt, dass jedes Teilchen seinen eigenen Superpartner hat, wie man sie nennt, obwohl noch keins davon beobachtet wurde.« Sie strich über Sophies warmen Kopf. »Es gibt noch so vieles, was wir nicht verstehen. Unsere besten Theorien darüber, wie alles funktioniert, sagen voraus, dass Elementarteilchen keine Masse haben.« Um das zu unterstreichen, schwieg sie einen Moment lang. »Aber offensichtlich ist das nicht wahr. Du schaust dich um und siehst, dass alles eine Masse hat. Du. Ich. Bei einigen wichtigen Gleichungen bekommen wir durch Einfügen von Superpartnern Ergebnisse, die zu dem passen, was wir tatsächlich sehen …«

Allmählich wurde Sophie still.

»Die Idee hat mir immer gefallen. Dass es da draußen für jeden Partikel einen Partner gibt. Etwas Mystisches, Fremdartiges oder jemanden …« Isabel erinnerte sich an das Gewicht von Ronalds Händen auf ihren Schultern. Sie verstummte, als sie Sophies schlaftiefe Atemzüge hörte. Dann blickte sie ihre Tochter an. Sophies Haare lagen um ihren Kopf wie die Arme einer Spiralgalaxie um das zentrale Auge. Sie hoffte, Sophie möge spüren, wie sehr sie geliebt wurde, auch wenn mal niemand da war, der ihr das sagte. Sie küsste sie auf die Stirn, bevor sie hinausging.

3

Jake blieb im Foyer vor der Glastür stehen. Ein Obdachloser stocherte mit einer Spritze in seinem Unterarm herum. Außerhalb des Sichtfelds des Portiers suchte er mit der Kanüle nach der Vene. Seine Cargohose flatterte. Der Wind drückte ihm das T-Shirt an die Brust. Seine Haare waren genauso schwarz wie Jakes – und Jake erkannte seinen Vater.

Die Ähnlichkeit war nicht mehr so stark, aber unverkennbar.

Er war dünner, runzlig, frustriert.

Dennoch sein Vater.

Jake stand reglos da, in glänzenden braunen Loafers, einem Zwei-Knopf-Blazer und dunkelblauem Schlips mit roten Streifen, seine Uniform für den ersten Tag der achten Klasse. Der Schlüsselanhänger am Rucksack, ein Edelstahlschildchen mit dem Namen seiner Schule – Trinity – schwang in immer kürzeren Bögen hin und her, bis es still hing. Er hatte Tom Kristopher seit fünf Jahren nicht gesehen. Und nun begegnete er ihm zufällig, konnte sogar mit ihm sprechen. Hinter ihm bewegten sich Erwachsene in Barbour-Jacken und Oxfordhemden im Eiltempo zur Arbeit und hielten sich an die unausgesprochene Regel, die Obdachlosen New Yorks zu ignorieren. Sein Vater warf die Spritze hin und entfernte sich.

Jake war zu bestürzt, um sich zu rühren.

Das Herz schlug ihm bis zum Hals.

»Alles okay?«, fragte Lucas, der Portier.

Jake hatte seinen Vater zuletzt in ihrer alten Wohnung in Harlem gesehen, als er hinausging, um wie immer nach dem Zahltag übers Wochenende zu verschwinden. Er hatte sich diesen Moment so häufig vor Augen gerufen – die heikle Erinnerung in allen Einzelheiten nachempfunden –, dass er sich nicht mehr sicher war, unter welchen Umständen es genau passiert war. Das Bild des breiten Rückens seines Vaters, der durch den Türrahmen verschwand, hatte er schon so oft bemüht, dass er ihm nicht mehr traute.

Später hatte seine Mutter, Janice, wieder geheiratet, diesmal George Hershaw III. Irgendetwas an George – er sagte nie »Dad« – kam ihm verkehrt vor. Er war viel älter als sie. Sie verhielt sich ihm gegenüber nicht, als liebte sie ihn. Wenn sie zu dritt durch Tribeca schlenderten – von Hermès zu Gucci, um Mom »etwas zu bieten«, wie er es nannte – und George sich zu ihr beugte, um sie zu küssen, hielt sie ihm gewöhnlich nur die Wange hin. Wenn George nach ihrer Hand griff, wich sie manchmal aus, indem sie die Hände ineinanderlegte. War er dabei, bestellte sie Grünkohlsalat, teilte sich aber mit Jake eine Pizza und Knoblauchbrotzöpfe, wenn George geschäftlich unterwegs war.

Seine Mutter war schön – üppiges Haar, dichte Brauen, natürliche Bräune –, und das schien George an ihr am besten zu gefallen. Seine Kosenamen bezogen sich alle auf Äußerlichkeiten: Püppchen, Grübchen, Sahnebonbon. Sie war immer dünn gewesen, aber seitdem sie mit ihm ausging, veränderte sich ihr Körper. Ihre Bizepse wurden runder, ihre Oberschenkel fester, ihre Bauchmuskeln sichtbar.

Ihr Liebeswerben mit George war kurz und glamourös gewesen und im letzten Sommer mit der Hochzeit in Montauk geendet, die er bezahlt hatte, von der Terminankündigung bis zum Wunderkerzenabschied. Die zweiunddreißigjährige Janice nahm den zweiundfünfzigjährigen, kinderlosen George zu ihrem rechtmäßig angetrauten Ehemann. An dem Abend aß Jake wenig. Er kostete nicht mal von der vierstöckigen Hochzeitstorte, die aus drei Schichten bestand, Zitronenbiskuit, Himbeerbiskuit und rotem Samtkuchen. Seine Mutter versuchte mit ihm zu tanzen, und Jake gab sich Mühe, aber die Band, die George von Atlanta eingeflogen hatte, spielte zu laut. Das Zelt am Gurney's Montauk Resort war überfüllt mit fremden Leuten, und George hatte Janice in einer Weise betatscht, dass sich Jake der Magen umdrehte. Große behaarte Hände überall an einem weißen Hochzeitskleid, das kam ihm falsch vor.

»Jake, alles in Ordnung?«, fragte der Portier noch einmal.

»Mir geht's gut. Bis später, Lucas.«

Auf dem Bürgersteig waren viele Menschen unterwegs.

Die Spritze lag an der Hauswand.

Seine Mutter liebte Dad trotzdem. Sie waren zusammen in einem katholischen Städtchen auf Long Island aufgewachsen, hatten sich heimlich ab der fünften Klasse getroffen und die verheerende Entscheidung getroffen, miteinander zu schlafen, als sie neunzehn waren. Anstatt aufs

College zu gehen, zog Janice, im siebten Monat schwanger, nach New York, um Arbeit zu suchen, ohne dass ihnen irgendjemand seinen Segen dazu gab. Später erklärten sie das Jake mit den Worten, sie hätten einander erwählt. »Wenn du merkst, wer zu dir gehört, dann zählt nichts anderes mehr«, sagte Dad einmal und sah Mom dabei an.

Ihre erste Wohnung war geschmückt mit Fotos, die sie in der Drogerie entwickeln ließen: quadratische Schnappschüsse von ihrer Hochzeit im Rathaus, jedes Quadrat ein Kuss aus einem anderen Blickwinkel, ihr breites Lachen strahlender als das Hochglanzfinish, Fotos von einer Reise durch Maine, sie beide küssend unter Leuchttürmen an felsiger Küste, der kleine Jake im Tragetuch an Moms Brust, und Fotos von ihnen dreien, jubelnd mit rot-gelb gestreiften Hotdogs in der Hand bei einem Spiel der Mets. Ihr Zuhause in Harlem war der Schrein ihrer Familie, die auf jeden Luxus verzichten musste außer auf Liebe.

Dad bekam einen ersten Job als Verkäufer bei Booyah Sports und schwatzte Leuten in Wanderlaune Wanderausrüstungen auf. Mom kellnerte in einem italienischen Restaurant an der Upper East Side. Sie waren glücklich. Mom war das anzusehen, wenn Dad spät abends nach Hause kam. Sie liebten es, sich jedes Mal an einer anderen Stelle zu küssen. Deshalb gab Dad ihr immer einen Kuss auf eine lustige Stelle – unter das Kinn, hinter das Ohr –, und sie küsste ihn dafür aufs Handgelenk oder auf den Adamsapfel.

Die Wirtschaftskrise nahm ihnen ohne Vorwarnung die Jobs. Von da an gab es nur noch nützliche Geschenke:

Shampoo und Conditioner zum Geburtstag. Die Freude ging in Anstrengung über. Mom und Dad fingen an zu streiten, die Gereiztheit stieg langsam an wie sich erhitzendes Kochwasser, meistens bei dem Thema »um Hilfe bitten«. Mom bekam zuerst eine Stelle im Glen Oaks Club, wo sie gelassene Mitglieder in weißer Tenniskleidung bediente. Das Geld reichte nicht. Sie zogen in eine kleinere Wohnung, behielten aber alle Fotos, obwohl die Rahmen auf der Küchentheke und dem Milchglasregal über dem Waschbecken im Bad Platz wegnahmen.

Mom nahm eine zweite Stelle in einer Reinigung an. Inzwischen war Dad nicht mehr bereit, einen Job zu akzeptieren, bei dem er weniger verdiente als vorher. Als er sich um den Posten des stellvertretenden Leiters der Akquisitionsabteilung von Home Depot bewarb und abgelehnt wurde – er hätte dafür einen Collegeabschluss gebraucht –, schrie Mom ihn an, und Jake erlebte, wie gnadenlos deutlich jemand sprechen konnte, dem die Tränen übers Gesicht liefen. An dem Abend zerbrach sie drei Fotorahmen, sie schleuderte sie wütend auf den Boden. Dad starrte von seinem Platz auf dem durchgesessenen Sofa auf die Scherben und versprach mit ruhiger Stimme, sich zu ändern.

Er nahm einen Baustellenjob an, viermal die Woche Nachtschicht in Manhattan. An den freien Abenden ging er »mit den Jungs« seiner Schicht einen trinken. Monate vergingen. Dad kam immer später nach Hause, manchmal erst, wenn Jake sich auf den Schulweg machte. Sie begegneten sich dann auf der Treppe zwischen schadhaften, grau gestrichenen Wänden. Dad gewöhnte sich an, einen ganzen Tag lang zu verschwinden, nachdem er seinen Lohn bekommen hatte, blieb schließlich an den Wochenenden weg und dann für ganze fünf Jahre.

Bis heute.

Nach der Schule verließ Jake die U-Bahn ein paar Haltestellen früher, an der 14th Street, anstatt bis Tribeca zu fahren. Dichter Nieselregen benetzte sein Gesicht. Jeder Atemstoß nippte an zerfließenden Wolken. Er bummelte über dunkle Bürgersteige ins Mah-Ze-Dahr und bestellte sich ein Stück Karottenkuchen. Alles andere … Käsekuchen mit schwarzer Graham-Cracker-Kruste, mit Puderzucker bestäubte Brioche-Donuts, cremegefüllte Windbeutel – war schon geplündert, aber der Karottenkuchen suchte noch einen Liebhaber. Er nahm Georges Chase-Sapphire-Card aus dem Portemonnaie und zog sie träge durch den Scanner.

Seinen Kuchen aß er mit einer Plastikgabel an einem schmalen Wandtisch mit vielen Steckdosen. Auf dem Handy las er einen Artikel in der *New York Times* über eine Opioid-Krise in den Vereinigten Staaten und studierte auf AddictionCenter.com eine Aufzählung von Szenebezeichnungen für Rauschgifte – Apple Jacks? Black Pearl? Junk? –, die wenig erhellend war. Er hatte noch nie Drogen genommen. Unbemerkt saß er in seiner Nische, bis die Fenster hämatomblau wurden und er sich gezwungen sah zu gehen. Mom würde sich bald Sorgen machen.

Unterwegs blickte er verstohlen zu jedem Mann hinüber, der auf dem Bürgersteig saß, um zu sehen, ob er seine Augen, seine Haare, seine Gene hatte. Die Luft war frisch vom Regen. Seine Lippen fühlten sich kalt an. Vor dem Starbucks lag ein Pappkartonbett, unheilvoll verlassen. George konnte Starbucks nicht leiden. Er lehnte es ab, sich dort einen Kaffee zu kaufen, war der Meinung, dass es sich nicht um eine Kaffeebar handelte, sondern um eine Kette öffentlicher Toiletten. Jakes Herz klopfte stärker, je näher er seinem Zuhause kam, doch er begegnete niemandem, den er kannte. Als er wieder durch die Glastür des Foyers trat – keine Spritze mehr –, nahm er an, dass sein Vater weitergezogen war. Und er konnte sowieso nicht wissen, wo sie wohnten.

»Guten Abend, Jake«, sagte Ed, der Nachtportier.

»Sir.«

Aufzug.

Neunter Stock.

Jake drehte den Schlüssel im Schloss. Durch den langen Flur konnte man ein bisschen von ihrer hellen Küche sehen. Mom saß auf einem Stuhl, die Arme vor der Brust verschränkt.

»Ich liebe dich«, sagte George.

»Danke«, sagte Janice eisig.

»Sag, dass du mich liebst.«

»Ich liebe dich.« Ihre Stimme klang tonlos.

»Sieh mich an und sag es.«

»Hallo?« Jake kündigte sich an. Dass Mom und George sich nicht vertrugen, überraschte ihn nicht. George liebte ihre »Launen«, wie er sie nannte, und schob alle realistischen Zweifel, die sie gegen ihn hegte, auf emotionale Schwankungen.

Mom stand auf. Sie trug schwarze Yogaleggings und ein enges Sweatshirt, das sich um ihre schmale Taille schmiegte. Ihr hoher, seidig glänzender Pferdeschwanz reichte bis zur Rückenmitte. Jake stellte seinen feuchten Rucksack im Flur ab und hängte seine Regenjacke an den Mantelständer, der aussah wie ein Baumskelett belaubt mit Barbour, Moncler und Patagonia-Fleecejacken. Er streifte sich seine New-Balance-Sneaker von den Füßen und lief über den weißen Langhaarteppich in die Küche. George lehnte am Küchentresen und aß glutenfreie Schokosplitterkekse so groß wie Zehn-Cent-Münzen direkt aus der Tüte. Sein runder Bauch dehnte sein weiß-blau gestreiftes Polohemd.

»Wo warst du?«, fragte Mom.

»Bin rumgelaufen.«

Sie schaute besorgt.

»Bräute aufreißen?«, fragte George.

»George, bitte.«

Mom wurde rot. Er kicherte gemein.

»Möchtest du Tee?«, fragte sie.

Jake nickte. Er war eigentlich viel zu satt, aber bei seiner Mom sagte er selten Nein. Er ließ sich auf den Stuhl sinken, den sie freigegeben hatte, und starrte auf die Spüle, wo sie einen kirschroten Wasserkessel von Le Creuset füllte. Sie stellte ihn auf den Herd und ließ darunter blaues Feuer aufflammen. Als sie bei George eingezogen waren, hatte er ihr freie Hand gegeben, die Wohnung nach ihrem Geschmack zu gestalten, aber es gab nichts, was hatte verbessert werden können. Die moderne Fünfzimmerwohnung im Zentrum von Tribeca mit bodentiefen Fenstern und Aussicht auf den Hudson River war wie ihre Hochzeit – es fehlte einfach eine Kleinigkeit. George warf sich eine Handvoll Kekse in den Mund.

»Ich bin todmüde«, verkündete er beim Hinausgehen.

Als er verschwunden war, verschloss Mom die Tüte mit einem Schmetterlingsclip und stellte sie in den Schrank über dem Herd. Bei jedem Schritt zeichneten sich ihre Oberschenkelmuskeln ab.

»Wirst du mir sagen, wo du wirklich warst?«, fragte sie leise.

»Ich habe Dad gesehen.«

Sie erstarrte.

»Draußen. Heute Morgen. Er hat sich was gespritzt.« Jake ahmte an seinem Unterarm die Bewegung nach, die er bei ihm beobachtet hatte. »Vor unserem Haus.«

Sie griff mit beiden Händen um den Rand der Spüle.

»Wir haben nicht geredet«, sagte Jake. »Er ist gegangen.«

»Wohin?«

»Das weiß ich nicht.«

Mom neigte sich nach vorn. Unter dem Kronleuchter sah sie abgehärmt aus. Der untere Lidstrich lag im Schatten dunkler Augenringe. Von Nahem gesehen war ihr Schmerz stärker als die Maske.

»Es tut mir leid«, sagte er.

»Das ist nicht deine Schuld.«

Beim Kreischen des Teekessels fuhr Mom hoch und füllte zwei große Tassen mit dampfendem Wasser, tauchte in jede einen Beutel Kamillentee und setzte sich neben ihn. Keiner sprach. Jake griff nach ihrer Hand. Er schloss die Finger darum und wünschte sich, er könnte ihr den Schmerz nehmen.

Als Jake in die Highschool kam, verlor George seine Stelle bei der Investmentfirma. Es war keine Rede davon, dass er sich eine neue besorgte. Die Aussicht, schon bald wieder so hart zu arbeiten, lockte ihn nicht. Stattdessen erwog er, seine Ersparnisse in ein Start-up zu stecken, das mit Tennissport zu tun hatte; Mittel einzuwerben für eine neue Designer-Surfboard-Company, die ihre Vorstandssitzungen auf Hawaii abhalten würde; nach Argentinien zu ziehen und sich zur Ruhe zu setzen. Wenn George umzöge, würden sie natürlich mitgehen. Er war ihr Patriarch und Besitzer. Wenn er in die Anden ziehen und eine Ranch betreiben wollte, würden sie alle drei ihr bisheriges Leben aufgeben. Plötzlich spielte es keine Rolle mehr, dass sie in Tribeca in einer geräumigen Wohnung voll moderner Kunst lebten. Jake fühlte sich erschreckend abhängig von einem unzuverlässigen Mann.

Also besorgte er sich einen Teilzeitjob als Nachhilfelehrer reicher Kinder. Er war charmant und bekam deshalb von den Müttern gute Trinkgelder. Davon legte er möglichst viel beiseite. Obwohl er Geld verdiente, gab er so wenig aus wie noch nie. Er verzichtete auf Taxifahrten. Wenn er sich etwas zu essen kaufen musste, tat er das bei CVS, wo in der Tiefkühlabteilung Joghurts zwanzig Cent billiger waren als bei Duane Reade. Jake hatte immer schon gute

Noten bekommen, aber jetzt wurde er Klassenbester. Er wollte eines Tages in Lionel Padingtons Unternehmen an der Wall Street arbeiten, das die höchsten Gehälter zahlte und nur Ivy-League-Absolventen mit Bestnoten einstellte. Er war entschlossen, an der Yale zu studieren, die er nicht so eingebildet fand wie Harvard. Er vertiefte sich in Vorbereitungsbücher für den Aufnahmetest, als wären es Pläne für einen Gefängnisausbruch.

Im Herbst der elften Klasse schloss er die Tür auf und stieß im Flur auf gepackte Koffer. Die schwarzen Tumi-Taschen waren prall wie Popcorntüten, die Reißverschlüsse an den Ecken nicht ganz zugezogen, sodass Moms Kaschmirsachen hervorquollen. Ihre Schuhe füllten drei Papiertüten. In der vierten lag obendrauf ein Yale-Sweatshirt, das sie in der vergangenen Woche bei ihrer College-Tour gekauft hatte.

Jake kam gerade vom Essen in einem Billigrestaurant, das an Bürotypen lieferte. Jake aß dort mehrmals pro Woche zu Abend. Ihm gefielen die Preise – ein Styroporbehälter vollgehäuft mit Gemüse und hartgekochten Eiern für unter zehn Dollar – und dass er dort ungestört arbeiten konnte. Er saß im oberen Stock, wo schäbige Tische und Metallstühle standen, und las beim Essen. Es wimmelte dort von lässigen Geschäftsleuten, die effiziente Pausen machten, ein Publikum, das die gleiche Zielstrebigkeit ausstrahlte wie er. Der einzige Nachteil war, dass es oben keine Fenster gab und man nicht mitbekam, wie die Zeit verging. Dadurch kam er jetzt später nach Hause als beabsichtigt, um 22:00 Uhr an einem Freitag.

»Du bist da reingegangen, weil du etwas gesucht hast!«

Georges Wut verzerrte seine Stimme.

Jake erstarrte, noch in Khakihose und Schulkrawatte.

»Gib … mir … nicht … die Schuld«, sagte Mom.

Die Pausen zwischen den Wörtern klangen nass.

»Kein Mann ist sauber! Kein einziger.«

Jake ging wie in Zeitlupe. In der Küche kam er an einem umgekippten Stuhl vorbei. Mit Sodbrennen stand er vor ihrer Tür.

»Du bist widerlich«, fauchte Mom.

»Du hast mir aufgelauert.«

Jake stellte sich vor, was passiert sein könnte. Die Tür ging auf, und er blickte in Moms rot geweinte Augen. Sie zog ihn in eine Umarmung, die er vor Bestürzung nicht erwidern konnte. Sie weinte auf sein Oxfordhemd. George sah in seinem Country-Club-Polo verschwitzter aus als sonst.

»Was glotzt du denn so?«, fragte George.

Mom fuhr herum.

»Wir gehen«, verkündete sie.

»Du wirst schon zurückkommen.«

Mom ging mit Jake in sein Zimmer.

»Kannst du packen?«, fragte sie mühsam.

»Was ist denn los?«

Mom schloss die Tür und setzte sich auf sein Bett, wo sie den Kopf in die Hände stützte.

»Ich hätte nicht gedacht, dass es mich derart mitnimmt. Wusste nicht, dass es so schlimm sein würde.« Sie schüttelte langsam den Kopf, zweifellos zogen Bilder vor ihrem inneren Auge vorbei. »Das ist hier kein Ort für dich …« Sie sah Jake durch einen Tränenschleier an. »Es tut mir so leid.«

»Mom, ist schon gut.«

»Sein Handy … So viele.«

Sie verbarg ihre Augen hinter einer Hand.

»Es tut mir so leid«, sagte sie.

Sie umarmten sich.

»Ich helfe dir packen.«

»Wohin gehen wir?«, fragte er.

Mom war nicht in der Verfassung zu helfen. Er zog seinen Tumi unter dem Bett hervor und füllte ihn: gebügelte Twillhosen in Beige und Dunkelblau, einen Blazer, einen Stapel Trainingsshirts, Joggingschuhe, Boxershorts und einen Haufen weißer Sportsocken mit Häkchen in Knöchelhöhe. Er wusste nicht, was er mitnehmen sollte. Er packte blind.

»In ein Hotel. Ich habe für heute Nacht ein Zimmer gebucht.« Sie schüttelte den Kopf. »Ich habe die ganze Zeit nur daran denken können, was passiert wäre, wenn du gesehen hättest, dass er eine von denen mit nach Hause bringt? Es tut mir so leid.« Sie schlug sich erneut die Hände vor die Augen. »Ich werde wieder arbeiten. Ich habe Ersparnisse. Ein eigenes Konto, auf das er keinen Zugriff hat.«

»Ich auch.«

Jake hatte sein Nachhilfegeld bereits in die solidesten Unternehmen investiert, die er finden konnte. Er setzte nicht auf riskante neue Technologien. Er verließ sich nur auf Unternehmen mit bewährter Strategie. Die Macht der Zeit – der größte Multiplikator von allen – würde die größten Gewinne erzielen. Er brauchte nur darauf zu warten, dass die Summe wuchs. Bislang hatte er 19012 Dollar.

»Wir werden zurechtkommen«, sagte sie.

»Ich weiß.«

»Wir werden zurechtkommen.«

Eine Woche später zogen sie nach Harlem. Die neue Wohnung war genauso groß wie die alte zehn Blocks weiter südlich, hatte knapp fünfundsechzig Quadratmeter. Der vorige Mieter hatte ihnen sein Sofa umsonst überlassen, und sie hatten jeder ein kleines Schlafzimmer. Sie teilten sich ein Bad, aber das war mehr, als zu erwarten war. Schließlich hatte Mom mit George einen gnadenlosen Ehevertrag unterschrieben. Keine seiner Kreditkarten funktionierte noch, seit sie ausgezogen waren. 17021 Dollar. Jake hatte Geld abgehoben, um sich an den Kosten zu beteiligen, während Mom auf eine Antwort von den Country Clubs wartete, bei denen sie sich vorgestellt hatte.

Für ihr erstes Abendessen zu Hause brachte sie etwas von KFC mit. Beim Essen sprachen sie über die Zukunft. Die erschien ihnen als der glücklichere Ort. In einem Jahr stand die Frühbewerbung an der Yale an. Währenddessen aß Mom von dem Fünf-Dollar-Menü genau die Hälfte der grünen Bohnen und die Hälfte der Käsemakkaroni und Chicken-Nuggets, die auf den Nudeln wie fleischige Croutons aussahen. Ihr Lächeln wirkte angestrengt. 17021 Dollar.

Jake war auf dem Heimweg, trug einen dunkelblauen Zwölf-Dollar-Schal über Nase und Mund und einen Zehn-

Dollar-Beanie, den er sich tief in die Stirn gezogen hatte, sodass nur die Augen der Kälte ausgesetzt waren. Die dunkle Luft war feucht vom wirbelnden Schnee, der in den gelben Schatten von Harlems Straßenlaternen ein wenig leuchtete. Er stellte sich vor, was Mom zum Abendessen gemacht haben könnte. Montags aßen sie immer zusammen, dem einzigen Abend in der Woche, an dem sie vor ihm zu Hause war. Ihre Hähnchenpfanne war sein Lieblingsgericht, das Chili bekam den zweiten Platz. Essen und die Zukunft waren seine zwei mentalen Wundpflaster, um schmerzliche Momente durchzustehen.

Nachdem sie George verlassen hatten, geriet die elfte Klasse für Jake zu einem endlosen Einerlei. Er trieb jeden Morgen Sport, kam abends früh nach Hause und gab zwanzig Stunden die Woche Nachhilfe. Mom kellnerte wieder im Glen Oaks, und im Exhale Spa an der Upper East Side machte sie Wachsbehandlungen. Sie genossen kleine Freuden wie Kinobesuche und Kräuterpopcorn von Ständen im Central Park und an den Montagen selbst gekochtes Essen. Mom hörte auf, Alkohol zu trinken – auch wenn sie eigentlich nie viel getrunken hatte –, teils um Geld zu sparen, wie Jake vermutete, und teils aufgrund der neuen Atmosphäre zu Hause. Zwischen ihnen herrschte unausgesprochene Einigkeit in demselben Bemühen: Jake auf den besten Weg zu bringen. Das verfolgten sie mit Ernst und Hingabe. Die Wände in Jakes Zimmer blieben kahl, abgesehen von ein paar Auszügen aus dem Vorlesungsverzeichnis der Yale. Sein Anlagevermögen wuchs. 21 031 Dollar.

Es war Mitte Dezember, und er wartete auf den Bescheid von der Yale zu seiner Frühbewerbung. Über George sprachen sie nie. Allerdings kam Jake zu einem wichtigen Schluss: Seine Mom war offiziell geschieden. George würde das Schulgeld für Jakes verbleibende Zeit an der Trinity zahlen, mehr jedoch nicht. Er war nicht daran interessiert, weiter an ihrem Leben teilzuhaben.

Schon von der letzten Querstraße vor ihrem Haus aus sah Jake, dass die Tür nur angelehnt war. Schnee war in den Flur geweht und hatte Pfützen hinterlassen. Er kniff die Lippen zusammen. Es machte ihn wütend, wie unsicher das Haus war. Ihr Zuhause. Wütend drückte er die Tür zu und sprang die Treppe hinauf, zwei Stufen auf einmal nehmend, und fand auch die Wohnungstür offen vor. Das Licht brannte. Er stieß sie auf, knallte sie zu und lief, ohne die Stiefel auszuziehen, in die Küche. Seine Mutter saß am Tisch, hatte die Hände um eine angeschlagene Tasse mit heißem Wasser gelegt. Sie trug noch die Dienstkleidung des Glen Oaks. Der grüne Kragen schaute aus dem Parka heraus. Vor ihr lag ein dicker Umschlag, auf den eine Bulldogge gestempelt war. Mom fing an zu weinen. Ein dicker Umschlag. Er riss ihn auf.

Wir freuen uns, Ihnen mitteilen zu können …

Sein Blick sprang von Wort zu Wort.

… volles Stipendium …

Mom weinte heftiger. Er umarmte sie – überschwänglich, begeistert, erleichtert –, bis sie lachte. Sie hüpften hin und her und teilten einen Moment jugendlicher Albernheit und Sommerlaune. Die Zukunft war fast da.

4

Einige Stunden nachdem sie sich begegnet waren, gingen Jake und Sophie in die Bass-Library im Tiefgeschoss. In seiner ersten Kurznachricht hatte er sie gebeten, mit ihm zusammen zu lernen. Nun gingen sie zwischen Ledersesseln, Marmortischen und Bücherregalen hindurch, die in der Symmetrie eines Schlossparks angeordnet waren, und betraten einen Lernraum für kleine Gruppen. Als Sophie ihren Rucksack öffnete, stellte sie sich vor, wie sie mit dem Ellbogen an seinen stieß, wenn sie in Gedanken vertieft war und ihren Körper vergaß. Seine Nähe machte sie nervös. Das verstärkte die Stille und vergrößerte jedes Detail.

So nah bei Sophie bemerkte Jake, dass sie nach nichts roch: Sie war unparfümiert, ein einfacher Geruch nach Sauberkeit. Die Mädchen, die er von der Trinity kannte, hatten schon in der Mittelstufe angefangen, sich zu schminken. Sie frisierten sich mit dem Glätteisen oder Lockenstab, bis die Haare nach verbranntem Plastik rochen, schmierten sich tubenweise Lip Venom auf die Lippen, das sie angeblich praller machte, versteckten ihre Gesichter unter Selbstbräuner und sprühten sich derart mit Parfüm ein, dass es im Klassenzimmer roch wie im Erdgeschoss bei Bloomingdale's. Jake fand Sophies Natürlichkeit neu und sinnlich. Sie hatte etwas von Nacktheit. Jake räusperte sich und klappte seinen Laptop auf. 1199 Dollar im Apple Store auf der Fifth Avenue. Er öffnete die gewohnten Seiten: *Wall Street Journal, New York Times* und *Barron's.* Er hielt ein Google-Dokument namens »Future« geöffnet, in dem er seine Gedanken dazu niederschrieb, in welche Richtung sich die Welt künftig entwickeln würde.

Sophie zog über Professor Malchiks Arbeitsblatt die Kappe von einem Bic-Stift ab und ließ ihre Einfälle in einen sauberen Entwurf fließen. Sie zeichnete Summen- und Integralzeichen.

Sie verfielen in entspanntes Schweigen.

Nach einer Stunde tauchte Sophie aus ihren Gedanken auf: 19:32 Uhr. Sie legte ihren Stift hin – die erste Aufgabe war gelöst – und blickte zur Seite. Jake war noch in seinem Konzentrationskokon. Er war so überaus vertieft, es war, als sähe sie sich selbst in ihrer elterlichen Bibliothek. In seiner Konzentration steckte Leidenschaft. Ihm jetzt so nahe zu sein, in seinem geistesabwesenden Zustand, erschien ihr intim. Was passierte zwischen ihnen? Diese Entspanntheit so kurz nach ihrer ersten Begegnung. Sie wandte sich wieder dem Arbeitsblatt zu.

Jake wedelte mit der Hand.

Sie sah auf die Uhr. 20:16 Uhr.

»Tut mir leid«, räumte sie ein.

»Das war süß.«

Sie schlug sich die Hände vors Gesicht.

»Ich war nur ...«

»In Gedanken vertieft.«

Sie lächelte.

»Passiert mir auch«, sagte er.

»Wir verschwinden.«

Er lächelte. So wie sie das sagte, klang es nach Magie.

»Möchtest du etwas aus dem Café?«, fragte er. Im Bass Café oben gab es eine kleine Theke mit Gebäck und gekühlten Sachen zum Mitnehmen.

»Oh! Sicher.«

»Ich lade dich ein. Was trinkst du gern?«

»Milchshakes.«

Jake kicherte.

»Was?«, fragte sie.

Ihr begieriger Ton hatte ihn an die Kindheit erinnert: im Restaurant einschlafen, das Wort Erwachsene und den verbotenen Reiz von Zucker.

»Welcher Geschmack?«

»Oreo?«

Jake lächelte. Er stand auf.

»Bin gleich wieder da.«

Jake stand in der Schlange im Bass Café hinter vier Studentinnen mit Pferdeschwanz. Sie redeten miteinander – über Franzia-Wein, ein Mike-Posner-Konzert, darüber, nur noch glutenfrei zu essen, und über eine Ampelparty, bei der Grün hieß, dass man zu haben, und Rot, dass man vergeben war –, jedes Gesprächsthema mit einer unendlich geringen Halbwertzeit. Ihr Interesse blieb lau und konnte kein dauerhaftes Feuer entfachen. Er blickte über die Schulter Richtung Bibliothek und dachte an Sophie.

Dann war er an der Reihe.

»Fünf fünfzig«, verlangte der Kassierer.

Als Jake für Sophies Milchshake bezahlte, wurde ihm klar, dass sie ein Date hatten. Ihr Zusammensein war ihm ganz natürlich vorgekommen, aber es war genau das: ein erstes Date. Seinem Eindruck nach war Daten aufwendiger, etwas, bei dem man posierte, sein leuchtendes Gefieder zeigte, die Brust blähte, nervöse Energie ausstrahlte und sich mit Selbstzweifeln herumschlug. Aber mit Sophie war jeder Moment ruhig. Ein Date, bei dem zwei Leute taten, was sie auch allein getan hätten –, ob auch sie diese Vertrautheit bemerkte? Sie strengten sich nicht an, einem idealisierten Bild von sich zu entsprechen. Sie waren nur sie selbst.

Mit den Getränken – ihrem großen Oreo-Milchshake, seinem kostenlosen Leitungswasser – ging er zurück durch das Drehkreuz. Rechts und links Lernräume für Einzelpersonen. In einem löste ein Junge mit Brille einen Crunchy Peanut Butter CLIF leise knisternd aus dem Papier. Jake liebte die Stille, es war wie in einem Heiligtum. Sophie offenbar auch. Er hatte noch nie jemanden kennengelernt, der »verschwand«. Sophie war tief in Gedanken, als er vor ihrem Raum ankam und die Tür mit dem Ellbogen öffnete. Sie fuhr hoch, dann stand sie auf, nahm ihm den Styroporbecher ab und bewunderte die drollige, mit schwarzen Oreo-Krümeln bestreute Schlagsahnehaube.

»Danke schön!«

Sophie trank einen Schluck.

»Woran hast du gearbeitet?«, fragte er.

»Am Beginn der Zeit.« Sie löste gerade die erste Friedmann-Gleichung, die den Expansionsverlauf des Universums beschreibt. »Die Gleichung stellt dar, wie stark sich das Universum ausdehnt oder zusammenzieht. Und wann unsere Welt endgültig zu einem Ende gelangt. Man braucht nur einzusetzen, wie viel Materie, Energie und Strahlung existiert und wann die Zeit begann.«

»Die Zeit hat einen Anfang?«

Sie nickte.

»Vor 13,8 Milliarden Jahren.«

»Aha.«

»Wenn es die Zeit schon immer gäbe, hätte der Himmel unendlich viele Sterne, richtig?«

Jake versuchte, sich das vorzustellen: der Nachthimmel taghell, ein Sternenteppich.

»Was war vorher?«, fragte er.

»Vor dem Urknall? Das weiß niemand. Danach gab es ein paar Hundert Millionen Jahre Dunkelheit, bevor Sterne entstanden.« Sie überlegte. »Aber vielleicht werden wir, wenn wir die Zeit sehen, eine Vorstellung davon bekommen.«

»Deine Zuversicht gefällt mir«, platzte er heraus.

Sophie errötete glücklich.

»Entschuldige. Ich meine nur, nicht jeder weiß, wo er hinwill.«

»Danke.«

»Was glaubst du, wie Zeit aussieht?«

Sie neigte den Kopf zur Seite. Sich Zeit vorzustellen, war schwierig. Es stellte die wissenschaftliche Hypothese infrage, dass Menschen Zeit nur ableiten konnten, indem sie andere Dinge beobachteten. Sie dachte daran, dass es für Menschen in früheren Zeitaltern genauso schwierig gewesen sein musste, die Idee von der Erde als Kugel zu begreifen, weil sie dem Gefühl widersprach, dass der Erdboden eben war. Vermutlich würde sie verstehen, wo sie danach suchen musste, sobald sie sich ein besseres Verständnis der Zeit erarbeitet hatte. Vielleicht war Zeit auf subatomarer Ebene mit der Materie verbunden, auf eine Weise, die Menschen nicht natürlich wahrnehmen konnten.

»Das weiß ich nicht. Noch nicht.«

Sie lächelte.

»Wirst du ein Teleskop konstruieren? Ein Zeitteleskop?«

»Vielleicht.«

Die Stille war angefüllt mit lauten Gedanken, Anspannung.

»Tja, also, falls …, wenn du Zeit siehst, wirst du sie mir zeigen?«

Sophie lächelte jetzt herzlicher und nickte.

»Die Bibliothek schließt in fünf Minuten.«

Jake und Sophie stiegen die Steintreppe hinauf und gingen nach draußen. Auf dem Cross Campus – dem Hof zwischen der Sterling Library und den gotisch anmutenden Wohnheimen, die Colleges genannt wurden – waren Nachzügler auf dem Heimweg. Jake und Sophie waren das einzige Paar auf dem Rasen. Sie blieben unter dem Sternenhimmel stehen: leuchtend, pointilistisch. Jake versuchte, ihn mit Sophies Augen zu betrachten. Sie sah solche Details wie in der Vergrößerung. Ihm fiel auf, dass in dem prächtigen Gefunkel dort oben nicht alle Sterne gleich groß waren. Größere Punkte stachen zwischen nebligen Flecken hervor. Er projizierte Formen hinein: ein Lächeln, zwei Augen. Er sah auch, dass nicht alle Sterne gleich hell waren. Manche strahlten greller, andere sanfter. Stern war nicht gleich Stern, die Lichter am Himmel vertraten die ganze Bandbreite der Helligkeit.

»Sollen wir morgen wieder zusammen lernen?«, fragte Jake.

»Ja, gerne.«

Er lächelte.

»Ich bin im Hopper«, fügte sie rasch hinzu.

Sie zeigte zu dem nächstgelegenen College hinüber. Jake fiel auf, dass sie die Frage, die in Yale am häufigsten gestellt wurde, noch gar nicht gestellt hatten. *In welchem College bist du?* Die Erstsemester wurden gemeinsam untergebracht, und die Zugehörigkeit hielt ein Leben lang. Jedes College war eine geschlossene Wohnanlage mit eigenem Speisesaal, Gemeinschaftsbereich – ein clubartiger, holzgetäfelter Raum mit einem Klavier –, Turnhalle und Bibliothek. In manchen von ihnen befand sich im Untergeschoss eine Basketballhalle oder ein Theater.

»Ich bin im Berkeley«, sagte er.

Er deutete auf das College neben ihrem.

Sie lachte.

»Haben wir irgendwas vergessen?«, fragte er.

»Die Basics kennen wir jetzt.«

»Welches Sternzeichen bist du?«

»Zwilling. Du?«

»Schütze. Okay, jetzt wissen wir aber wirklich alles.«

Er brachte sie zum schmiedeeisernen Tor des Hopper. Da standen sie unter einer Straßenlaterne, den erleuchteten Fenstern und 13,8 Milliarden Jahren Sternenlicht. Er beugte sich zu ihr, um sie zu küssen, und im selben Moment schlang sie die Arme um seinen Hals. Sie hielten einander fest, liebevoll und regungslos. Sophie spürte, wie die ganze Leidenschaft, mit der er sich in der Bibliothek konzentriert hatte, nun auf sie gerichtet war.

»Nacht, Jake.«

»Sophie.«

Als Jake zum Berkeley ging, sah er zu den Sternen hinauf, die er ohne sie nicht beachtet hätte, und fand, sie funkelten wie Kristalle. Oder wie Champagnerbläschen im Glas – wenn die Zeit stillstand.

Ein paar Wochen lang lernten sie jeden Abend zusammen. Während dieser Zeit erlebte er, wie Sophie dazu neigte, versonnen Fragen zu stellen, die um kindliche Überlegungen kreisten. So fragte sie ihn: *Welcher war dein schönster Geburtstag?* Er konnte sich nicht erinnern, wann er den zuletzt gefeiert hatte. Dann: *Wenn du ein Tier wärst, welches wärst du?* Ohne nachzudenken, wählte er einen Adler. Und dann: *Welche Donuts isst du am liebsten?* Apfel-Zimt, schätzte er. Mittlerweile fragte sich Jake, ob Sophie schon erwachsene Erfahrungen gemacht hatte. Es entzückte ihn, dass sie den IQ eines Genies, aber verblüffend kindliche Neigungen hatte – bis hin zu ihrer Schwäche für Süßes. Er sah, wie sie in den Lernpausen fünfzehn Zentimeter große, mit Zimtzucker bestäubte Snickerdoodles und belgische Karamellwaffeln aß, die sie in Apfelsaft oder sogar in Zucker tauchte.

»Welcher war dein schönster Geburtstag?«, fragte er ebenfalls und erfuhr, dass sie nie mit anderen Kindern gefeiert hatte. Das wunderte ihn, weil sie so attraktiv war. Hatten hübsche Mädchen nicht immer Freundinnen? *»Wenn du ein Tier wärst, welches wärst du dann?«* Sie wählte auch den Adler. *»Welche Donuts isst du am liebsten?«* Rock Candy, sagte sie und beschrieb ihm den pinkfarbenen Donut mit Bonbonsplittern. Im Gegensatz zu ihr stellte er ernstere Fragen, wenn es alltägliche Dinge betraf. *»Mit wem bist du am engsten befreundet?«* Mit meiner Mom, sagte sie. *»Wovor hast du am meisten Angst?«* An einem Ort, den ich nicht kenne, von Menschen umringt zu sein – was sich für Jake auch beängstigend anhörte. *»Was glaubst du, was kein anderer glaubt?«* Dass wir eines Tages Zeit sehen können.

»Möchtest du mit zu mir kommen?«, fragte Jake an einem späten Abend im Herbst.

Hinter der Glaswand packten Studenten am Gemeinschaftstisch ihre Rucksäcke. Arme schoben sich in Barbour-Ärmel. Eine Gruppe in Yale-Bulldogs-Sweatshirts ging vorbei.

Nach Jakes Frage war die Luft zwischen ihnen wie elektrisiert.

Sophie schaute auf die letzte Seite ihres Arbeitsblatts – der Platz unter der letzten Aufgabe war noch leer – und schlug es zu. Sie lächelte ein Ja. Während sie ihre Sachen einpackten, hatte sie Herzklopfen, ihr Atem rauschte. Sie begann ihren Körper wahrzunehmen. Kurz vor den Drehkreuzen blieben sie stehen, um ihre Taschen überprüfen zu lassen. Ein Wachmann strich mit einer Taschenlampe über Bücher, ihren Spiralblock und eine Packung glitzernder Gelstifte. Dann in Jakes Rucksack über einen Abfallbeutel mit Sportsachen, seine Neon-Sneaker und seinen Laptop im hinteren Innenfach.

»Danke, Sir«, sagte Jake.

Sophie lächelte. *Sir.* Sie mochte seinen ernsthaften Respekt für andere. *Sir.* So bestellte er auch im Bass Café, Ashley's Ice Cream und Insomnia Cookies. Er sprach mit fremden Menschen so förmlich, so entschlossen, als glaubte er, der Lauf der Welt hinge von seiner Wortwahl ab. Und seine Körperhaltung drückte dasselbe aus.

Sie stiegen die Treppe zum Cross Campus hoch.

»Entschuldige, wo waren wir gerade?«, fragte er.

»Welche Superkraft?«

Er nickte. *»Wenn du eine Superkraft haben könntest, welche wäre es?«* Er hatte gerade darauf antworten wollen, als die Lautsprecher die Schließung ankündigten, worauf er sich entschlossen zu ihr umgedreht hatte, um sie zu sich einzuladen. Und so schlenderten sie jetzt über die Natursteinplatten zum Berkeley, um den Rasen zu schonen. Er griff nach ihrer Hand und hielt sie locker, die Finger ohne Druck verschränkt.

»Ich denke viel über Konzentration nach«, sagte er. »Manche können sich ganz leicht konzentrieren. Egal wo sie sind oder wie chaotisch es ist, sie können sich auf alles konzentrieren. Es wird viel über ADHS geredet, aber ich glaube, ich habe das Gegenteil. Ich kann mich einer Sache sehr lange konzentriert widmen. Das ist quasi, na ja, nicht gerade eine Superkraft, aber etwas, mit dem ich mich anders fühle. In diesem Zustand habe ich nur die eine Sache im Kopf, und alles andere ist …«

»Du hast Superkonzentration?«, sagte Sophie.

»Ha, sicher. Und ich glaube, du hast sie auch.« Er drückte ihre Hand. »Aber das beantwortet deine Frage nicht. Wenn ich eine Superkraft wählen müsste, dann …« Er dachte an ihr erstes gemeinsames Mittagessen. »Dann würde ich dir helfen, alles zu wissen.«

Eine Woche nach ihrer ersten Begegnung hatte er ihr ein Geschenk mitgebracht: *Die Physik des Unmöglichen,* ein Buch von Michio Kaku. Er hatte es im Yale Bookstore gekauft, selbst eingepackt und eine Tüte Skittles und eine Schleife draufgeklebt. *»Du weißt das alles schon«,* sagte er, als sie es in der Bass auspackte. *»Es geht eher darum, dass du etwas von mir in deinem Zimmer hast.«* Kaum hatte er das gesagt, war er bestürzt über den sexuellen Beiklang. Sophie lächelte bloß unbefangen, als hätte sie keine Ahnung, welche verbotenen Handlungen sich zwischen ihnen in ihrem Zimmer ergeben könnten.

Heute Abend hatte Jake sie zu sich eingeladen, weil er sich weiter mit ihr unterhalten wollte. Sophie konnte ungewöhnlich gut zuhören. Ihre Aufmerksamkeit war deutlich spürbar und großzügig bemessen. Sie widmete sich ihren Gesprächen genauso aufmerksam wie ihren Aufgaben.

Jake fand es faszinierend, ihr jeden Abend dabei zuzusehen, wie sie Gleichungen löste, daran zu denken, dass das Universum in ihrem Gekritzel steckte, dass sie die Wirklichkeit so mühelos handhabte. Er hatte mehr Zeit mit ihr verbringen wollen, vielleicht um zu fragen: *»Wenn du eine Superkraft haben könntest …«* Doch je näher sie seinem Zimmer kamen, desto mehr malte er sich aus, wie sie sich näherkommen könnten. Er öffnete ihnen das Tor zum Hof des Berkeley und stellte sich vor, sie zu küssen, sie gegen die weiße Wand seines Zimmers zu drücken. Er führte sie zum Eingang.

»Wie sind deine Mitbewohner?«, fragte Sophie.

»Weiß nicht genau.«

Jake teilte sich den Gemeinschaftsraum mit drei anderen, die er kaum sah.

Sie stiegen die Treppe hoch.

Sophie atmete schwer. Sie spürte ihren Körper jetzt ganz genau: ihre Kehle beim Schlucken, ihre fleischigen Oberschenkel an der Innennaht der Jeans, ihren Bauch am Druckknopf. Daran war sie nicht gewöhnt: ihr Körper. Sie war ein einziges Mal bei einem Psychiater gewesen, auf Bitten ihrer Mom, in der Mittelstufe. Bei der Sitzung hatte Dr. Putnam gefragt: *»Glaubst du, du lebst in deinem Kopf?«* Damals hatte Sophie gedacht: *Natürlich. Meine Welt entsteht in meinem Kopf, und Ihre Welt in Ihrem.* Doch das schien ihr keine vollständige Antwort zu sein. Seitdem war ihr Dr. Putnams Frage immer wieder in den Sinn gekommen. Jetzt verstand sie, was er gemeint hatte. *Das* bedeutete also, ihren Kopf zu verlassen. So nah bei Jake auf dem Weg zu seinem Zimmer lebte sie in ihrem ganzen Körper. Da gab es kein kritisches Analysieren. Da war sie mittendrin, das war pures Gefühl.

Jake schloss die Tür zum Gemeinschaftsraum auf und gab den Blick frei auf einen Breitbildfernseher, ein zerschlissenes Futonsofa übersät mit Chipskrümeln, einen verschossenen blauen Teppich, Lacrosseschläger, Tennisschläger und eine beengende Menge anderer Dinge.

»Welche ist deine?« Sophie zeigte auf die drei Türen.

»Die hier …«

Er schob den Schlüssel ins Schloss. Ihre kleinen Sneaker, strahlend weiß mit einer Rose an den Seiten, waren dicht neben seinen. Die Rosen blühten an grünen Stängeln, und wie sie sich bogen, hatte etwas Märchenhaftes, so als erstreckten sie sich in eine andere Wirklichkeit, in der es keine rechten Winkel gab. Er öffnete die Tür. Sie gingen in sein Zimmer. Er schaltete das Licht ein, das auf vier kahle Wände fiel, ein ordentliches Bett mit einem Kissen, einen leeren Schreibtisch, einen Sessel und eine Kommode. Sophie fühlte sich an Steve Jobs erinnert, an radikalen Minimalismus.

»Kriege ich eine Führung?«, fragte sie.

Das war ebenso absurd wie lustig. Was gab es da zu besichtigen? Jake ging zu dem ganz gewöhnlichen Schreibtisch mit heller Holzmaserung. Er zog den Stuhl hervor.

»Nun, hier siehst du meinen Schreibtisch.«

»Hast du irgendwann auch schon mal hier gelernt?«

War es zu heiß hier? Fühlte Sophie sich auch wohl?

»Nein, Ma'am.«

Ma'am? War er so nervös? Er klopfte auf die harte Sitzfläche. Er schaute zu dem Stück Gemeinschaftsraum, das durch die Tür zu sehen war und ihm vor Augen führte, was seinem Zimmer fehlte: Teppich, Besuch, persönliche Dinge. Er hatte noch nie ein Mädchen hier gehabt. Sophie sah schön aus. Es war immer so leicht gewesen, sich mit ihr zu unterhalten – auszusprechen, was er dachte. Doch jetzt blockierte er sich selbst. Er hatte noch keinen Sex gehabt, war nicht mal nahe dran gewesen, und jetzt stand er eine Armlänge von ihr entfernt und konnte an nichts anderes denken. Er brauchte nur die Tür zu schließen. Die Bilder liefen einfach vor seinem inneren Auge ab, jedes Bild eine andere Möglichkeit.

»Ist es laut im Flur?«, fragte Sophie.

Es war still.

»Vielleicht sollte ich die Tür schließen«, sagte sie und zog sie zu. »So. Entschuldige, ich konnte dich nicht hören. Es war so laut.«

Er lachte erleichtert, weil sie nicht etwa seine Gedanken gehört, sondern nur einen Witz gemacht hatte, um eine Verbindung herzustellen. Und als drohte sie das Gleichgewicht zu verlieren, als müsste er sie auffangen, machte er einen schnellen Schritt zu ihr hin und küsste sie. Sophie blinzelte durch seine zwei Fenster mit Sternenhimmel. In Gedanken ganz bei dem Kuss griff er an ihre Taille und unter das Shirt. Ihre Haut fühlte sich warm an, weich. Er presste sich mit den Hüften an sie. Sie küsste ihn genauso intensiv wie er sie, eine Umarmung wie ein Möbiusband.

Sophie wischte sich über den Mund, mit entzücktem Blick.

»Das hast du also in der Bass gelernt?«, fragte sie.

Er lachte.

Sie küsste ihn auf die Wange.

»Ich habe dich unterbrochen«, sagte sie.

»Hm?«

»Bei der Führung.«

»Ach so. Richtig.«

»Darf ich?« Sie deutete auf das Bett.

Er nickte erwartungsvoll. Sie setzte sich.

»Was gibt es hierüber noch zu erfahren?«, fragte sie.

Ihr Lächeln war ansteckend.

»Also.« Er setzte sich gehorsam neben sie. »Ich schätze mal die Gedanken, die hinter all dem stecken. Ich habe nur wenig Zeug hier, weil ich mein Zimmer nicht mit persönlichen Dingen schmücken will, bevor ich da bin, wo ich hingehöre.« Das hatte er noch nie ausgesprochen. »Verstehst du, was ich meine?«

Sophie schüttelte den Kopf.

»Das heißt …?«

»Ich weiß nicht. Wenn genug da ist.«

»Und wann wird das sein?«

»Keine Ahnung. Ich denke, das weiß ich, wenn es so weit ist.«

Sophie gähnte – und hielt sich verlegen den Mund zu.

»Es geht hier nur um mein Herz, mach dir also keinen Kopf deswegen«, neckte er.

Sie lachte. »Tut mir leid. Normalerweise gehe ich schlafen, wenn wir mit Lernen fertig sind.«

»Ich auch«, gestand er. »Willst du hierbleiben?«

Sie zog die Unterlippe zwischen die Zähne. »Genau hier?«

Er lachte. »Du kannst auch …«

»Ja«, sagte sie.

Jake ging zur Kommode und holte sein teuerstes Trainingsshirt heraus – Puma, bei dem das Raubtier über das A sprang – und die kleinste Jogginghose. Ihre Hände berührten sich, als er ihr die Sachen gab. Sie zog sich im Badezimmer um, während er in den grauen Trainingsanzug stieg. Sie putzten sich gemeinsam die Zähne. Er gab ihr seine Ersatzbürste, die noch in der Plastikhülle steckte.

Während sie das Bad noch mal benutzte, faltete Jake ihr Shirt und ihre Jeans zusammen und legte sie auf den Schreibtisch, genauso sorgfältig, wie er sein Bett machte. Er setzte sich auf seinen Quilt, ruhig und glücklich. Als sie zurückkam, schaltete sie das Licht aus, aber auf dem Bett leuchteten sie dunkelblau im Sternenlicht. Er schmiegte sich von hinten an sie, horchte, ob sie etwas sagte. Sie drückte nur seinen Arm. Er küsste sie auf den Hinterkopf und verspürte den Drang *Ich liebe dich* zu sagen, aber er hielt den Mund und genoss es, sie zu spüren, bis sie beide einschliefen.

Um 06:00 Uhr klingelte Jakes Handywecker und störte die Stimmung des frühen Morgens mit seinem monotonen Gebimmel. Er langte an Sophie vorbei, schaltete ihn ab und kehrte in seine vorherige Position zurück. Sophie lag in seinen Armen. Weich und zierlich. Er küsste sie im Nacken, wo dünne Härchen unter den wüsten blonden Wellen verborgen waren. Er fragte sich, ob sie noch am verschwommenen Rand ihrer Träume verweilte, seinen Kuss jenseits des Bewusstseins spürte, doch im nächsten Moment drehte sie sich um. Blasse Sommersprossen verteilten sich über ihre Nase wie hellbrauner Milchstraßenstaub. Natürliche Röte färbte ihre Wangen. Er schob die Hände unter ihr Shirt bis zu den Rippen. Sie sah ihn so entspannt an, dass er wusste, sie würde ihn alles tun lassen.

»Sie sind abgelenkt«, verkündete Professor Malchik.

Sophie war mit den Gedanken in Jakes Zimmer gewesen, dem behaglichsten von allen, hautnah an der weichsten Wärmequelle, gekrümmt unter der dünnsten Decke. Doch nun kehrte sie in Professor Malchiks Büro zurück. Er saß an dem runden Tisch, die Beine in der schlichten Khakihose übereinandergeschlagen. Die Knopfleiste seines weißen Oxfordhemds verlief steif wie ein zweites Rückgrat über seinen Oberkörper.

Sophie schlang die Beine in ihren elastischen Jeans umeinander. Von vorne sahen ihre französischen Zöpfe ordentlich aus, aber von hinten gesehen verdreht und wie selbst geflochten. Ihr Arbeitsblatt lag zwischen ihnen, gefüllt mit ihren Notizen. Einige Buchstaben kringelten sich am Ende wie Ranken, eine blumige, feminine Schrift mit einer Aura des Verträumten. Sie waren ihre Arbeit wie üblich durchgegangen, aber Sophie war den ganzen Nachmittag mit den Augen abgeschweift.

Er sah auf seine Uhr. Von ihren zwei Stunden war erst eine halbe vergangen, aber sie waren mit fast allen Aufgaben durch. Er hatte immer neue Seiten aufgeschlagen, weil er hoffte, eine würde ihr Interesse wecken. Langweilte sie sich? Warum? Der Unterrichtsstoff war heute ungewöhnlich. Er hatte sie gebeten, sich darüber zu informieren, inwiefern die Zeit für Menschen schneller oder langsamer verging, je nachdem welche Emotionen sie durchlebten. Sie hatten über das Verstreichen der Zeit bei unterschiedlichen Gefühlszuständen gesprochen: Ehrfurcht, Ausgeglichenheit, Langeweile, Verlangen, Trauer und zuletzt Überraschung. Wenn Menschen fassungslos waren, arbeitete die Amygdala auf Hochtouren, um von dem Geschehen mehr Erinnerungen zu speichern als gewöhnlich. Dieser detailreichere Filmstreifen vom Leben erzeugte den Eindruck, dass die Zeit langsamer verlief. Er hatte ein Dutzend Aufsätze zu dem Thema genannt, alle in Acht-Punkt-Schrift, weil sich die Menschen bei kleineren Buchstaben stärker konzentrierten, und er wollte, dass Sophie sich so intensiv in das Thema vertiefte wie nur möglich.

Professor Malchik blätterte zur letzten Seite – sie war komplett weiß. Unter der Überschrift »Angst und Zeitwahrnehmung« hatte er sechs Aufsätze aufgelistet und Platz gelassen, damit sie ihre Gedanken dazu niederschrieb. Das Blatt war noch weiß.

»Haben Sie diese Frage gesehen?«, wollte er wissen.

Sie nickte.

»Willst du mit zu mir kommen?« Sophie dachte an seine Stimme. Sie hatte auf diese Seite geblickt und sich vorge-

nommen, sie später zu bearbeiten. Sie dachte an die Führung durch sein Zimmer. *»Es geht hier nur um mein Herz, mach dir also keinen Kopf deswegen.«* Sie grinste bei der Erinnerung …

»Finden Sie das lustig?«, fragte Professor Malchik.

»Nein, Sir.«

So hatte sie ihn bisher nie angesprochen, sie fasste sich an den Hals, wo sie Jake spürte. Das Schweigen zog sich hin, leer wie die letzte Seite des Arbeitsblatts.

»Ist Ihnen dazu etwas durch den Kopf gegangen, worüber wir sprechen könnten?« Er stellte sich darauf ein, früh Schluss zu machen.

»Was ist mit Liebe?«

»Wie bitte?«

»Die fehlt bei den Gefühlen, die Sie aufgezählt haben.« Sie blätterte zurück. »Wie verändert Liebe das Zeitgefühl bei Menschen?«

Er neigte sich nach vorn. »Nun ja, Liebe ist ein bisschen wie Verlangen.« Er blätterte zurück.

»Nein, nicht Verlangen. Echte Liebe. Wie wirkt die sich darauf aus, wie wir Zeit wahrnehmen?«

»Echte Liebe?«

Sie nickte.

»Sie haben recht. Vielleicht ist sie doch eher mit Ehrfurcht verwandt.«

Er schlug die betreffende Seite auf. Wie Überraschung und Verlangen verlangsamte Ehrfurcht das Zeitgefühl. In einer Studie, die er dort aufgeführt hatte, erinnerten sich Personen, denen man Fotos von gewaltigen Bergen oder weiten Landschaften – verschneite Tannenwälder, thailändische Strände mit klarem blauem Wasser, gleißende Gletscher bei Sonnenaufgang – gezeigt hatte, an mehr Details als Personen, denen man Fotos mit Alltagsgegenständen gezeigt hatte. Sie schätzten auch, dass mehr Zeit dabei vergangen war, im Gegensatz zu der anderen Gruppe. Sie empfanden denselben Zeitraum als länger.

Sophie schüttelte den Kopf.

»Nein, Ehrfurcht empfindet man, wenn man vor etwas sehr Großem, Schönem oder Komplexem steht.« Sie dachte an die Maroon Bells. »Daraus entsteht Verehrung. Aber bei echter Liebe …« *Bleibt man auf Augenhöhe.* Wenn man jemanden erkannte, dem man noch nie begegnet war, weil man spürte, dass man gleich war. Ehrfurcht war Unterwerfung und Liebe Verbundenheit. Und da war noch mehr, aber Sophie wusste nicht genau, wie sie die Tiefe und Macht der Liebe würdigen sollte. Sie wollte sich vor Professor Malchik keine Blöße geben, daher sagte sie nur: »… ist das anders.«

»Also gut. Ich nehme an, Liebe ist unvergleichlich.«

Sie nickte.

»Ich habe beim Lesen nachgedacht«, sagte sie. »Wirken sich die Gefühle auf das Zeitempfinden oder auf die Zeit aus? Was, wenn die Zeit nicht nur langsamer zu vergehen scheint, wenn man Ehrfurcht empfindet, sondern tatsächlich langsamer vergeht?«

Der radikale Gedanke erinnerte Professor Malchik an Einsteins Zeitdilatation. Einstein postulierte als Erster, dass Zeit nicht überall im Universum gleich schnell verging.

Die Gravitation wirkte sich auf die Zeit aus, das Phänomen hieß gravitative Zeitdilatation: Je weiter eine Uhr von einer Gravitationsquelle entfernt war, desto schneller tickte sie. Je näher eine Uhr der Gravitationsquelle war, desto langsamer tickte sie. Geschwindigkeit konnte Zeit ebenfalls beeinflussen, das war die Zeitdilatation durch relative Bewegung. Je schneller sich ein Objekt bewegte, desto langsamer tickte seine innere Uhr. Ein Astronaut, der in der Internationalen Raumstation ein Jahr lang die Erde umkreiste – mit siebzehntausend Meilen pro Stunde relativ zum Planeten –, alterte neun Millisekunden langsamer als auf der Erde. Beide Formen der Zeitdilatation wurden bewiesen.

Aber emotionale Zeitdilatation?

Professor Malchik notierte sich etwas.

»Auswirkungen unserer Emotionen auf Zeit«, las er beim Schreiben laut. Es war ein faszinierender Gedanke, dass die Zeit für Liebende tatsächlich langsamer vergehen könnte.

»Ja.«

»Dass unsere Emotionen die Welt nicht nur widerspiegeln, sondern verändern, darüber lohnt es sich nachzudenken.«

5

Das Laub wurde kürbisfarben, hellte die Wege auf dem Campus auf. Pullover wurden über Polos und bald darauf Parkas über beides gezogen. Jake und Sophie gewöhnten sich an dunklere Vormittage, wärmere Socken und aneinander. Sie verbrachten immer mehr Zeit zusammen, betrachteten sich inzwischen als Zimmergenossen. Als der Schnee die Dachspitzen der Sterling Library rundete, überquerten sie eine subtile Grenze, indem sie altes Terrain umbenannten und Jakes Bett »unser Bett« wurde.

Sie verfielen in alltägliche Routinen.

Ihre Gewohnheiten waren ihr Gerüst, das ein geteiltes Leben strukturierte.

Jeden Morgen wachte Jake um sechs Uhr auf, um zu trainieren. Er nahm sein Notizbuch in den Fitnessraum mit, um seine Leistungen akribisch festzuhalten: die Anzahl der Wiederholungen und das Gewicht. Er trainierte Oberkörper, Bauch und Beine, die tiefliegende Muskulatur, Ausdauer, sodass er sein Shirt jedes Mal durchschwitzte. Er beobachtete seinen Puls auf der Uhr und hielt ihn mindestens zweihundert Minuten pro Woche bei hundertvierzig Schlägen pro Minute. Sein Ruhepuls lag bei einundfünfzig.

Nach dem Duschen weckte er Sophie durch eine Berührung an der Schulter. Sie zogen sich zu den »Klassikern« an, einer von Jakes Playlisten mit alten Soul-Songs: Ray Charles' *You Won't Let Me Go*, Etta James' *At Last* und andere wie Sam Cookes langsames, gleichmäßiges *Bring It On Home to Me*. Manchmal sang Jake mit, mit tiefer leidenschaftlicher Stimme, während er die Arme in Flanellärmel schob. Sophie wählte aus ihrer Kleidung, die die untere Hälfte seiner Kommode füllte. Jake machte das Bett. Sophie arrangierte die drei Kissen, die sie aus ihrem Zimmer mitgebracht hatte: alle sechzig mal sechzig groß und aus Kunstfell. Sie stellte sie vor Jakes schlichte steife Kissen.

Manchmal ging jeder zu seinem eigenen Unterricht. Ansonsten begleitete Sophie ihn zu »Der Kalte Krieg«, einer großen, anonymen Vorlesung, wo Jake ihr heimlich den Rücken massieren konnte. Im Übergang von der Halsbeuge zu den Schultern brachte er jede Verhärtung zum Schmelzen.

Sie aßen nebeneinander zu Mittag.

Dienstags und donnerstags saßen sie im Psychologiekurs 101 in der ersten Reihe, mit der sie eine gewisse Loyalität verband. Sophie kannte den Stoff bereits, also neigte sie gewöhnlich den Kopf zur Seite und ließ ihre Gedanken schweifen. Ihr fiel auf, dass sie sich veränderte. Sie konnte auf dem Campus spazieren gehen, ohne dass die anderen Menschen ihr Angst machten. Sie aß zu den Stoßzeiten in den Speisesälen, ohne dass sie nervös wurde und gehen musste. Sie rief ihre Mutter seltener an. Sie fühlte sich nicht mehr einsam.

In der Psychologievorlesung über Liebe blühte sie auf. Sie zückte ihren Gelschreiber, als der Professor eine Definition ankündigte. Dem berühmten Dr. Robert Sternberg zufolge bestand Liebe aus drei Elementen: Intimität, Leidenschaft und Hingabe. Nur ein Paar, in dessen Beziehung alle drei Elemente anwesend waren, liebte wirklich. Aber »Sternbergs Theorie der Liebe« kam ihr eher vor wie eine Binsenweisheit als wie eine bahnbrechende Erkenntnis. Ersetzte diese Theorie nicht bloß ein mehrdeutiges Wort durch drei andere? Und sie verankerte Liebe im Verhalten. Aber ging Liebe nicht über den Körper hinaus? War sie nicht stärker als Arme und Beine, unermesslicher und dauerhafter? Wie war sie mit Raum und Zeit verbunden? War die Liebe schon einmal als Kraft untersucht worden?

Nach der Vorlesung war sie neugieriger als vorher.

Obwohl die Liebe noch unbekanntes Gebiet für sie war, wusste sie, dass sie in Jake verliebt war. Das Wort hatte sich bereits in der frühen Phase nach dem Kennenlernen in ihren Wortschatz eingeschlichen. *Ich liebe es, wie du das sagst* oder *wie du mich ansiehst* oder *mich anfasst.* Das die ganze Person umfassende »Ich liebe dich« folgte nur zwei Monate später. Jake sagte es eines Abends auf ihrem Bett als Erster. Er umfasste ihre Taille, hatte sich in einen berauschenden Rhythmus verloren, als er sagte: »Ich liebe dich so sehr«, und das so unbewusst, dass Sophie nicht reagierte. Die Worte waren unabsichtlich aus seinem Innersten gekommen, sodass es ihr aufdringlich erschien, sie zu würdigen. Doch es zeigte ihr, was sie füreinander empfanden.

Nachmittags lernten sie zusammen. Sie las Gedichte, die wussten, was echte Liebe ausmachte, die ihren Zauber und ihre Verbindung in einer Art respektierten, die atemberaubender war und den Blickwinkel stärker erweiterte als »Intimität, Leidenschaft und Hingabe«. Sie mochte Rumi, der schrieb: »Liebe ist die Brücke zwischen dir und allem«; »Liebe ruht auf keinem Fundament … hat keinen Anfang und kein Ende«; und »Liebende begegnen sich nicht endlich irgendwo. Sie sind längst einer im anderen«. Darin lag Wahrheit. Sie verstand es nicht genau, aber die Gedichte schienen ihr mehr Weisheit zu besitzen als Physik und Psychologie. Sie wollte es ergründen: Was war das, was zwischen ihr und Jake passierte? Er schloss sich ihr jedes Mal an, wenn sie in die Sterling ging, um dort weitere Bücher zu holen. Er folgte ihr in den Hauptturm hinauf – sieben Stockwerke mit acht Zwischengeschossen – ins Magazin, wo hundertachtundzwanzig Kilometer Regal in zehn Kilometer Gang gestopft waren. Er küsste sie, wenn sie allein und in dem Labyrinth verborgen waren. Er half ihr, die Bücher zu ihrem Platz zu tragen.

Sie waren praktisch nur voneinander getrennt, wenn sich Sophie mit Professor Malchik traf. Bei Spaziergängen über den Science Hill, wo Wissenschaftsgebäude die steile Straße säumten und oben das Sloane Physics Laboratory stand, hörte sie seine »Klassiker«. In den pulsierenden Beats dieser Songs spürte sie Jake. Sie hatte sich nie Musik ausgesucht – war nie zu einem Konzert gegangen, bevorzugte kein Genre – aber sie liebte es, ihre morgendliche Playlist zu hören, in der sie Jake in jedem Ton hörte.

Während es draußen kälter wurde, merkte Professor Malchik, wie die Distanz zwischen ihm und Sophie immer größer wurde. Sie wirkte gedankenverloren – obwohl sie ihre Aufgaben pünktlich erledigte und seine Fragen alle beantwortete. Es war, als ließe sie Herz und Seele in einem anderen Raum zurück. Würde er nach ihr schlagen, seine Hand würde durch sie hindurchgleiten, dachte er, denn seine Sophie war eine Illusion, und die echte Sophie befand sich woanders. Er wandelte den Lehrstoff ein wenig ab, aber nichts packte sie.

Nach Bibliotheksschluss gingen Jake und Sophie zum Berkeley, und Sophie nannte ihm die Namen der Sternbilder über ihnen. Eines Abends zeigte sie ihm die Fische – eine v-förmige Kette von Sternen – und erzählte, dass die Fische der griechischen Mythologie zufolge Aphrodite und ihren Sohn Eros darstellten, die sich in Fische verwandelten und in einen Fluss sprangen, um sich vor einem Ungeheuer zu retten, das sie fressen wollte. Doch vorher banden sie sich mit einem Seil aneinander, damit sie im Wasser nicht getrennt wurden. Dann zeigte Sophie ihm Piscium im Sternbild Omega, den größten weißen Punkt, der oberhalb zu sehen war, und erklärte ihm, dass er eigentlich ein dichtes Binärsystem war, bei dem ein Stern um den anderen kreiste. Sie hatten das gleiche Massenzentrum, sodass einer in der Gravitation des anderen gefangen war.

Manchmal machten sie einen Umweg zu Durfee's, dem Imbiss zwischen dem Yale Women's Center und dem Postamt. Das Tankstellenangebot dort reizte Jake nicht – regelmäßig wechselnde Pizzasorten, frittierte Hähnchenstreifen, aufgeblähte Chipstüten und Kühlschränke voller Starbucks-Getränke in Glasflaschen – aber Sophie mochte das süße Gebäck. Er kaufte es eimerweise: Grandma's Mini

Sandwich Cremes, Little Debbie Powdered Donuts in Sechserpacks zu fünfundsiebzig Cent und Fun Dip. Sie nahmen die Snacks immer mit nach Hause und aßen sie auf dem Bett bei einem Film, den sie sich auf dem Laptop ansahen.

Am Ende legten sie sich einander zugewandt unter die Decke. Sie barg die Nase an seiner Brust und atmete seinen Duschgelgeruch ein. Er roch aggressiv sauber, gründlich gewaschen. Da sie dem Körper des anderen im Dunkeln Beachtung schenkten, wusste Jake schließlich genau, welche Kurve ihre Taille unter seinen Fingern zwischen Rippen und Hüftknochen beschrieb. Sie stellte fest, dass seine Brustbehaarung zwei ausgebreiteten Flügeln glich. Sie strich so aufmerksam über seine Brust, dass sie die verschiedenen harten und weichen Stellen, die seine Rippen polsterten, genau kannte.

Wenn sie im Bett lagen und den Tag hinter sich ließen, spürte Sophie manchmal, dass Jake sich verspannte. Eben war er noch bei ihr, alle zehn Finger waren lebhaft mit ihr beschäftigt, und im nächsten Moment war er abwesend. Seine Hände hielten an ihren Hüften inne und wurden steif. Dann machte sie die Augen auf und sah, dass seine Brauen zusammengezogen und sein Körper verspannt war, als würden seine Gedanken die ganze Energie aus seinen Gliedern saugen. Das kannte sie. Sie wusste, wie es war, wenn man so intensiv und schnell nachdachte. In solchen Momenten strich sie über seinen Hinterkopf und brachte ihm etwas über das Weltall bei. Gewöhnlich war das nur eine schnell erzählte Tatsache, aber mehr war nicht nötig, um den Blick auf die Welt wieder zurechtzurücken. Sie brachte ihm bei, dass der höchste Berg im Sonnensystem der Olympus Mons auf dem Mars war. Er war fünfmal so hoch wie der Mount Everest und hatte einen Durchmesser von fast sechshundert Kilometern, was der Breite Arizonas entsprach. Dann entspannte sich Jake langsam und schlief ein. Und es dauerte nicht lange, da war auch Sophie eingeschlafen.

An einem Dezembernachmittag lagen Jake und Sophie in der Hängematte im Berkeley-Hof, genossen das schöne Wetter und die letzten Minuten vor ihrem Treffen mit Professor Malchik. Beide beobachteten die weißen Kondensstreifen der Flugzeuge am blauen Himmel – kondensierter Wasserdampf, hatte sie einmal gesagt. Als würden ihre Atemwolken in der kalten Luft weiß werden. Sie trugen beide Hoodies und waren mit der dicken Feuerlöschdecke aus ihrem Zimmer zugedeckt.

»Wie geht es deiner Mom?«, fragte sie.

»Ganz gut.«

Er hatte ihr in groben Zügen von seiner Familie erzählt und zwei Dinge, die er noch keinem anvertraut hatte. Nur Sophie wusste nun, dass er, seit er seinen Vater in Tribeca gesehen hatte, alle zwei Monate wieder dorthin fuhr. Er sammelte Sweatshirts und Sweathosen, die er nicht oft trug, und warf sie in die Goodwill-Spendenklappe in der Nähe von Georges Wohnhaus. Immerhin hatten er und sein Vater die gleiche Statur. In New York konnte es lähmend kalt werden. Es bestand die Chance, dass er die Sachen tragen würde. Und Sophie wusste nun auch, dass Jake zur Miete seiner Mutter jeden Monat tausend Dollar beisteuerte, immer am letzten des Monats.

»Wird sie dich abholen?«, fragte Sophie.

In zwei Wochen fingen die Winterferien an.

»Nö.«

Dass seine Mom einen Arbeitstag versäumte, nur um mit ihm in der Metro nach Harlem zu fahren, das klang nach absurdem Luxus, nach glitzernder Extravaganz. Jake malte sich gern aus, dass sie ihn im Frühling besuchen könnte. Wenn der Campus blühte. Jede Stelle dort würde eine Erinnerung wecken, die er teilen könnte. Dann würde sie natürlich auch Sophie kennenlernen – auch wenn er ihr bisher noch nicht von ihr erzählt hatte. Was er seiner Mutter sagte und wie er das tat, war einfach zu wichtig. Schließlich war er in demselben Alter wie sie damals, als sie seinen Vater heiratete und die Entscheidungen fällte, die ihr Leben absteckten.

Er konnte Sophie nicht erwähnen, ohne sie zu Vergleichen einzuladen.

Seine Mutter war keine Romantikerin mehr. Seit sie George verlassen hatte, vernachlässigte sie ihr Äußeres, ließ die Fingernägel unlackiert und die grauen Haare unfrisiert. Sie war so knauserig wie noch nie in ihrem Leben. Aber Jake nahm ihr das nicht übel. Denn der eine Mann, den seine Mutter liebte, war verschwunden. Er hatte sich nach und nach für neue Laster entschieden, bis er nicht mehr derjenige war, dem sie als junges Mädchen ihr Herz geschenkt hatte. Zu vertrauen hatte ihr nicht gutgetan.

»Trifft sie sich mit jemandem?«, fragte Sophie.

»Na ja.« Er schwang ein Bein aus der Hängematte und stieß den Schaukelrhythmus wieder an. »Mit diesem Mike, aber …«

»Was?«

»Sie nennt es Dates, aber …« Sie hatte auch erwähnt, dass Mike, ein Kollege im Glen Oaks, ihr Blumen geschenkt hatte. Sie hatte das ohne freudige Erregung gesagt und auch die Blumensorte nicht genannt. Ihr Herz war unbeteiligt. »Er ist mehr ein Freund. Ich glaube, sie hat zurzeit mit Liebe nichts am Hut.«

»Vielleicht ist die Liebe bei älteren Menschen anders.«

»Keine Ahnung. Ich denke, sie hat die wahre Liebe einmal erlebt, und die ist spektakulär gescheitert, sodass sie der Verliebtheit nicht mehr traut.« Seiner Mutter schien nur noch eins wichtig zu sein: seine Karriere. Sophie drückte ihn. »Und du? Kommt Isabel her?«

Sophie nickte.

»Also werde ich deine Mom kennenlernen?«, fragte er.

»Natürlich.«

Er küsste sie auf die Stirn und lauschte in die Stille. Diese Uni kam ihm märchenhaft vor, vielleicht wegen der verschnörkelten schmiedeeisernen Tore, die sie von der Außenwelt trennten, oder weil er seine ganze Zeit mit Sophie verbrachte. Sie befanden sich in ihrer eigenen Welt, wo die Zeit mit anderer Geschwindigkeit, vielleicht sogar gar nicht verging. Selbst hier in der engen Hängematte hatte er das Gefühl, dass sie perfekt zusammenpassten, als wären sie zwei Hälften einer Person. Er küsste sie auf die Stirn.

»Du weißt, dass ich dich liebe?«
Sophie nickte.
Sie küssten sich ruhig.
»Ich will, dass du alles hast«, sagte sie.
»Ich will, dass du alles weißt.«
Da fiel es ihm ein. Sollte nicht das Treffen mit Professor Malchik bald anfangen? Er sah auf die Uhr – 15:32 Uhr. Sie war schon eine halbe Stunde überfällig.
»Sophie!«, rief er plötzlich.

An Professor Malchiks rundem Tisch starrte Sophie auf ihre Knie. Er saß ihr und auch der Wanduhr gegenüber, die er selbst aufgehängt hatte. Deren Funksignal kam von der Cäsiumatomuhr, der genauesten Uhr der Welt, und darauf war es 16:00 Uhr gewesen, als Sophie endlich erschien.
Zeit war ihm wichtig.
Ihr auch?
»Imaginäre Zeit«, sagte er.
Sein Zorn strömte in den Raum wie ein Gas mit unbekannter Wirkung.
»Ist eine Art, die Raum-Zeit zu betrachten.« Sie redete leise. Alle Fragen für heute drehten sich um dieses Konzept, das durch Stephen Hawking populär geworden war. »Was wir als wirkliche Zeit ansehen, sind Vergangenheit, Gegenwart und Zukunft auf einer Ebene. Imaginäre Zeit liegt senkrecht zu der Ebene: Sie ist die *z*-Achse. Theoretisch können so viele Dinge auf einmal passieren …« Professor Malchik wartete noch immer darauf, dass sie ihn beeindruckte. Es ärgerte ihn, wie tonlos, wie uninspiriert sie

klang. Sie gab nur auswendig gelernte Informationen wieder. »Imaginäre Koordinaten sind echte Zeitkoordinaten multipliziert mit der imaginären Zahl *i* …« Er fegte ihre Worte beiseite. Alles was sie sagte, war korrekt, aber er wollte, dass ihr die Aussagen etwas bedeuteten. Erst dann war es gut.

»Was …?«, begann sie.

»Genug.«

Sophie hatte sich nicht einmal entschuldigt. Sie hatte beim Hereinkommen lediglich den Blick niedergeschlagen, ein Zeichen dafür, dass sie keine Entschuldigung hatte.

»Sie sind abgelenkt.«

Sie öffnete den Mund.

»Lügen Sie nicht.«

Vorne an ihrer Reißverschlussjacke lächelte ein weißes Kaninchen. An die Zugbandenden ihrer Kapuze war eine rote herzförmige Perle geknotet. Die drollige Aufmachung erinnerte ihn an Alices Frage im Wunderland: »Wie lange ist ewig?« und an die Antwort des weißen Kaninchens: »Manchmal nur einen Augenblick.« Doch Sophies Augen waren nicht so heiter wie ihr Aufzug. Sie erledigte ihre Aufgaben, und die waren immer korrekt. Doch Woche für Woche waren ihre Antworten weniger kühn, weniger spekulativ.

»Muss ich Sie daran erinnern, wer Sie sind?«

Sie schüttelte den Kopf. Ihre langen Haare raschelten.

»Sophie …«

»Bitte«, sagte sie leise.

Er setzte sich an seinen Schreibtisch.

»Wo ist Ihr Bewerbungsaufsatz?«, fragte er und richtete seinen Blick auf den Computer. Er drückte die Returntaste. Der Bildschirm leuchtete auf. »Sie haben Einstein zitiert: ›Ich will Gottes Gedanken wissen.‹«

»Bitte, hören Sie auf.«

»Erinnern Sie sich an Shannon?« Er wartete keine Antwort ab. »Ich habe Ihnen von ihm erzählt. Bei unserem ersten Treffen. Er hat zehn Jahre gebraucht, um seine beste Arbeit zu schreiben, aber er hatte seinen ersten Durchbruch mit einundzwanzig. Er war einundzwanzig Jahre alt, als er die wichtigste Doktorarbeit aller Zeiten veröffentlichte. Über binäre Schalter. Das machte digitale Computer möglich. Einundzwanzig.« Der Bildschirm wurde schwarz. *Und wie alt sind Sie?* Die Frage brannte ihm auf der Zungenspitze. Sie mochte aussehen wie ein Kind, aber sie war keines. »Ich bin hier, um zu helfen. Ich versuche, Ihnen zu helfen.«

Sophies Lippen zitterten.

»Langweilt Sie das?«

Sie öffnete den Mund.

»Wollen Sie nicht bedeutend sein?«

»Nein.«

»Nein?«

»Darum ging es mir nie.«

»Worum dann?«

Schweigen.

»Nun?«, hakte er nach.

Sie starrte wieder auf ihre Knie: zwillingshafte Denimberge. Die Welt war still, aber ihr Verstand brüllte, dass es immer ihr Beweggrund gewesen war, den Dingen auf den Grund zu gehen, das wirklich Wesentliche zu erkennen, das, was wirklich die Hebel des Daseins bewegte. *Bedeutend sein?* Eins wollte sie auf gar keinen Fall sein: anders. Doch sie sagte nichts. Sie wollte vor ihm nicht in Tränen ausbrechen.

»Und was ist mit mir?«, fuhr er fort.

Sie blickte nicht auf.

»Was glauben Sie, was dieses Kolloquium für mich ist? Ein Punkt auf einer Checkliste?«

Professor Malchik kniff sich in die Nasenwurzel. War er zu hart? Sah sie nicht, was sie sein könnte? Die Antwort auf alles. Waren die Schlüssel zum Universum golden oder silbern? Glänzten sie? Warum glänzte sie nicht mehr? Er hielt ihr vor Augen, wie außergewöhnlich sie war. Seit Bestehen Yales war noch keinem Erstsemester ein derart individuell zugeschnittener Unterricht gewährt worden. Bei der letztjährigen Matheolympiade hatte nur sie das Problem gelöst, indem sie nach der längsten Reihe von Primzahlen mit gleichem Abstand fragte. Die Antwort war fünfundzwanzig, und jede der Primzahlen hatte achtzehn Stellen. Für die Vorarbeit zu dem Problem hatte der Mathematiker Terry Tao 2006 die Fields-Medaille bekommen. Sophie war außergewöhnlich, und er sagte das immer wieder, doch er drang damit nicht zu ihr durch. Sophie schien den Tränen immer näher, als ob jedes Kompliment sie nur mehr kränkte. Er fand sich mit der Distanz zwischen ihnen ab.

»Ich denke, das genügt für heute.«

Sie klappte ihr Notebook zu.

»Aber beim nächsten Mal will ich Sophie. Und keine andere.«

Bald danach weinte sie in Jakes Armen auf ihrem Bett.

»Soph«, flüsterte er beruhigend. Er zog ihr die Hände vom Gesicht weg und sah rotfleckige, nasse blaue Augen. Ihre Wangen waren so rot wie die Herzen an ihren Kapuzenbändern.

»Ich bin ein Mensch. Nur ein Mensch.«

»Was?«

Er wischte ihr die Tränen weg.

»Was ist passiert?«, fragte er.

»Malchik …«

Sie hatten ihn einmal zusammen in der Mensa gesehen, wo er allein in der ungeselligen Hälfte des Speisesaals aß. Soweit Jake wusste, waren Sophie und ihr Professor bisher gut miteinander ausgekommen. Sie hatten noch keinen Durchbruch erzielt, aber Sophie machte sich deshalb keine Sorgen. So etwas brauchte schließlich Zeit, nicht wahr?

Sophie blickte auf Jakes Quilt. Darauf hatten sie am vergangenen Abend den zweiten Teil von *Der Herr der Ringe* gesehen, *Die zwei Türme*. Sophie hatte sich süßsaure Pfirsichringe an die Finger gesteckt. Sie aß so viele, dass sich der Bonbongeschmack mit der Zahnpasta mischte und einen neuen Geschmack erzeugte, den sie WarHead Mint nannte. Jake bestand darauf, ihn bei einem Kuss zu kosten. Sie brach in Lachen aus, als er mit der Zunge über ihre leckte, sodass der Schaum in sich zusammenfiel.

Sie wischte sich die Tränen mit den Handballen weg.

»Wir können später darüber reden«, sagte er.

Sie nickte.

»Ich liebe dich so sehr. Du bist so besonders.«

»Nein.«

»Nein?«

»Ich bin nichts Besonderes. Ich bin ein Mensch.« Er sah eine verirrte Träne von ihrem Handgelenk tropfen. »Du bist der Einzige, der mir nicht das Gefühl gibt, anders zu sein, und ich will nicht, dass sich das ändert.« Sie sah ihm in die Augen, im Blick die stumme Frage *Okay?*

»Okay.«

Er küsste sie auf die Stirn, dann auf die Nase, dann auf ihre salzige Oberlippe. Er fasste um ihren Nacken und war behutsam mit ihrem Kopf, aber nicht behutsamer als mit ihrem übrigen Körper. Sie war eindeutig ein Mensch, ein temperamentvoller, hinreißender, rührend zarter Mensch, und Jake fühlte sich zu jedem Zentimeter von ihr hingezogen. Das wollte er ihr zeigen. Er kroch auf sie und küsste sie weiter, so intensiv, dass beide nicht bemerkten, dass Sophies neustes Arbeitsblatt vom Bett auf den Boden glitt.

6

»Und ich habe ein Mädchen kennengelernt«, erzählte Jake seiner Mutter im Frühjahr. Ihren Namen nannte er noch nicht. Er schloss die Faust um das Telefon und wappnete sich. Er hatte seiner Mutter gegenüber noch nie von einer Frau gesprochen. Vor seinem Zimmer sah der Innenhof des Berkeley hoffnungsvoll aus: weiß blühende Sträucher und gelbe Tulpen in langen Beeten. Sophie war bei einem Oberseminar auf dem Science Hill.

»Mom?«

»Ja?«

Er stellte sich vor, dass sie steif auf ihrem Sofa in Harlem saß. Vielleicht war sie mit dem Yale-Kaffeebecher in der Hand erstarrt, seinem Geburtstagsgeschenk für sie.

»Kann ich dir von ihr erzählen?«

»Was?«, fragte Janice.

Gewöhnlich redeten sie über seine Zensuren – lauter As außer der A minus in Logik, wo Professor Rollins von Noteninflation als »dem jüngsten Ausbruch in einer Pandemie der Anerkennungsurkunden« sprach. Dann erkundigte er sich eingehend, wie es ihr ging. Waren die Nachbarn noch immer zu laut? Stand die Haustür noch immer so häufig offen? Wie lief es im Glen Oaks?

»Sie heißt Sophie.«

»Okay.«

»Und wir sind seit Anfang des Studiums zusammen.«

»Entschuldige, wer?«

»Sophie Jones. Sie ist auch im ersten Semester.«

»Jones«, wiederholte sie schwach.

Jake hörte sie tippen. Er sah es vor sich, wie sie sich über ihren Laptop beugte, vielleicht am Couchtisch, an dem ein Bein zu kurz war. Sie hatte einem Stapel trockner Teebeutel daruntergelegt. Er dachte daran zurück, wie er Sophie damals gegoogelt hatte, gleich nach ihrer ersten Begegnung. In allen Suchergebnissen hatte er ihr schüchternes Lächeln gesehen, während ihr Blick meistens an der Kamera vorbeiging.

»Wikipedia?«, fragte Janice.

»Ja.« Er lächelte.

Das Schweigen hielt an.

»Und?«, fragte er.

»Sie ist blond.«

Sein Lächeln verschwand sofort, ohne eine Spur von Wärme zu hinterlassen. Blond. Das war Janices neuste Kategorisierung für die Frauen, die sie im Glen Oaks bediente. Es ging nicht um die Haarfarbe. Jede reiche Frau war »blond«, das war ihre abschätzige Bezeichnung für Frauen, die ein leichtes Leben hatten.

»Internationale Matheolympiade.« Janice sprach das Wort aus dem Wikipedia-Artikel betont deutlich aus wie bei einer logopädischen Übung. »Okay. Ich bin froh, dass du dich mit jemandem angefreundet hast.«

»Wie gesagt, wir sind zusammen.«

»Liegt es daran, dass du keinen Sommerjob in Aussicht hast?«

Nein. Sie wusste warum. In den letzten sechs Monaten hatte er sich um ein Praktikum an der Wall Street beworben, aber die meisten Plätze standen erst höheren Semestern zur Verfügung. Er war dafür qualifiziert – wenn er nur mit jemandem sprechen könnte, würde man das schon erkennen. Mit Sophies Hilfe hatte Jake das Alumni-Netzwerk der Yale durchforstet und Hunderte E-Mails mit seinem Lebenslauf verschickt. Wenn er keinen Praktikumsplatz bekam, würde er wohl den gleichen Teenagern wie immer – Turnschuhe für zweihundert Dollar und privilegierte Langeweile – Nachhilfe geben und damit sein Konto auffüllen.

»Wenn sie deinem Traum im Weg steht, ist sie nicht die Richtige.«

»Ich habe von ihr erzählt, weil ich sie dir vorstellen möchte.«

»Mir vorstellen? Du hast sie gerade erst kennengelernt.«

»Ich habe das schon eine Weile vor mir hergeschoben.«

»Aber …«

»Ich weiß. Gefühle ändern sich, Menschen ändern sich, das Leben ändert sich. Ich weiß, aber …«

»Deine Entscheidung von heute …«

»Sie ist wie ich.« Er fasste sich ans Herz. »Sie hat dieselbe Energie. Okay? Das Studium ist ihr wichtig. Sie arbeitet hart. Und sie ist der netteste, bescheidenste, rücksichtsvollste Mensch, den ich kenne. Du weißt doch gar nicht, wie sie ihr Leben gestaltet. Sie steht meinen Träumen nicht im Weg, sie hat selbst welche, und es ist mir wichtig, mit dir über sie zu reden, weil sie zu meinem Alltag gehört. Also frage ich, ob ich sie bitte mitbringen darf, um sie dir vorzustellen.«

Janice schwieg.

»Wenn du einen Job hast.«

Am Tag seines letzten Treffens mit Sophie stieg Peter den Science Hill hinauf. Es war der letzte Sargnagel in ihrem gemeinsamen desaströsen Jahr. Er hatte auch vorher schon versagt, aber noch nie so langsam und sehenden Auges. Seit ihrem Streit im Dezember war sie bei jeder Stunde noch geisterhafter gewesen als bei der vorigen. Er wusste, er hätte nicht laut werden dürfen. *»Wollen Sie nicht bedeutend sein?«* Er hatte sie damit zurückgestoßen, und die erhoffte Verbindung zwischen ihnen entwickelte sich nicht mehr. Jede Woche wies sie ihn zurück, indem sie geistig abwesend und ausgesucht höflich war und nur das Nötigste tat.

Er betrat das dämmrige Physikgebäude und sein Büro. *»Bitte, hören Sie auf.«* Mittlerweile war sein Ansehen als ihr Mentor im Fachbereich verblasst. Seine Kollegen hatten es auch bemerkt: Sophie hatte sich in ihren Vorlesungen in die letzte Reihe zurückgezogen. Ihre Leistungen glichen immer mehr denen anderer erstklassiger Studenten. Sie überstrahlte sie nicht, wie alle geglaubt hatten. Nur der Vorsitzende des Fachbereichs sprach mit ihm noch über sie. Heute sollte Peter sie fragen, ob sie die Einzelgespräche nächstes Jahr fortsetzen wollte. »Sie kann bei jedem in der Abteilung studieren«, hatte der Vorsitzende gesagt. »Machen Sie ihr das klar.« Peter hatte genickt.

Seine Frustration überfiel ihn immer wieder völlig unvorbereitet: beim Mittagessen in der Mensa, am Pult in seiner Vorlesung zur Zeittheorie oder auf dem Gehweg, wo der Anstieg zum Science Hill begann. Er hatte alles versucht, um Sophies Interesse zu wecken, sogar Themen eingebracht, die nichts mit Zeit zu tun hatten. Das heutige Arbeitsblatt drehte sich um die Fourier-Transformation, eine Methode, um Gleichungen wie Schallwellen abzubilden – eine Änderung in letzter Minute. Bisher hatte nichts gezündet. Seine Intensität war wohl abstoßend gewesen. Das erklärte vielleicht, warum seine Söhne sich mit dem Lernen auch nie hatten anfreunden können.

Bekam er heute seine letzte Chance? Am Schreibtisch probte er noch mal, was er sagen wollte: *»Kaum zu glauben, dass das Jahr schon vorbei ist … Wenn Sie das Kolloquium im zweiten Jahr fortsetzen möchten, ich spreche für den Fachbereich, wenn ich sage, dass wir überaus froh wären, wenn Sie sich dafür entscheiden. Sie können auch bei jedem anderen Dozenten studieren …«*

Eine E-Mail von Sophie traf ein:

Re: PHYS 991

Sehr geehrter Herr Professor Malchik,
ich schicke Ihnen im Anhang mein Arbeitsblatt für diese Woche.
Ich kann heute nicht zu unserer Sitzung kommen, aber ich möchte Ihnen für Ihre unschätzbare Unter-

stützung aufrichtig danken. Ich habe in Ihrem
Kolloquium unglaublich viel gelernt.
Danke nochmals.
Freundliche Grüße
Sophie

Peter starrte auf den Text. Vor seinem geistigen Auge verlosch das Apeirogon. Er fühlte sich, als hätte er sie endgültig verloren.

Eine Stunde vorher lasen Jake und Sophie im Bett, als er eine E-Mail von Lionel Padington bekam, in der er Jake für den nächsten Tag um 13:00 Uhr ein Vorstellungsgespräch für einen Sommerjob anbot.

Lionel – der namhafteste CEO, den sie angeschrieben hatten. Er gehörte zu den wenigen, die Sophie kannte. Schon sein Name beschwor seinen Südstaatenakzent, den grau melierten Bürstenhaarschnitt und den Charme herauf und milderte den Eindruck, den sein akkurater Anzug vermittelte. In jedem Fernsehinterview war er geistreicher als der Moderator und machte es dadurch erst interessant. Jake hatte ihn gefragt, ob es in seinem Unternehmen einen Job für Hochschulabsolventen gebe. Das war kühn, aber Lionel war das auch. Er hatte sein Unternehmen aus dem Nichts erschaffen und verwaltete nun fünfzig Milliarden Dollar. Er spielte Basketball mit Jeff Bezos im Equinox an der Upper West Side. In seiner Welt war »definitiv« das am häufigsten verwendete Adverb.

Jakes dunkle Augen leuchteten folglich. Sophie drückte

ihn. Sie schüttelten einander vor Freude und feierten die Nachricht, bis ihnen klar wurde, was das mit sich brachte.

»Morgen«, wiederholte Sophie.

Jake nickte.

Sie überlegte nicht einmal, ob sie zu Professor Malchik gehen sollte. Jakes Traum schien auch ihrer zu sein. Für die nächsten paar Stunden stürzten sie sich begeistert in hektische Vorbereitungen. Sie probten Jakes Antwort auf jede Standardfrage, bis Sophie vorschlug, zu Abend zu essen. Später stellte sie schwierigere Fragen. *»Wie haben Sie die Firmen in Ihrem Portfolio ausgesucht?«, »Wohin wird sich die Welt entwickeln?«* Auch als sich Jake um halb drei morgens kraftlos die Zähne putzte, war Sophies Ausdauer noch nicht erschöpft. Sie wollte unbedingt, dass er den Job bekam. Sie wusste, wie sehr er Lionel in der Highschool vergöttert hatte. Er hatte eine glänzende Zukunft verdient.

Er spuckte weißen Schaum aus und spülte seine Zahnbürste ab.

»Wo wollen Sie in zehn Jahren stehen?«, fragte sie.

Er stellte sich die zehn Jahre ältere Sophie vor.

»Ich liebe dich«, sagte er.

»Ich weiß.«

Sie legten sich einander zugewandt ins Bett. Seine harte Brust drückte die Knorpelspitze ihrer Stupsnase flach. Sie schob sich zu seinem Mund hinauf und küsste ihn auf den Mundwinkel, eine Stelle, die sie so noch nie gefühlt hatte.

»Hast du deine Sitzung mit Malchik verpasst?«, fragte er plötzlich.

Sie rutschte wieder nach unten.

»Wir treffen uns morgen«, log sie.

»Okay.« Er küsste sie auf die Stirn. »Danke.«

Sie massierte seinen Hinterkopf.

»Du tust so viel für mich«, sagte er. »Wie kann ich dir ein besserer Freund sein?«

»Indem du jetzt schläfst.«

»Ich meine es ernst.«

»Keine Ahnung. Was ist mit mir?«

»Nichts. Absolut nichts.«

Als ihr Atemrhythmus ruhiger wurde, betrachtete Sophie sein Profil im Gegenlicht der Sterne. Die Form seiner Nase glich ein wenig einer Pfeilspitze. Und er war genauso spürbar auf ein Ziel ausgerichtet. Keiner war so gut wie Jake. Er war seinem Traum immer treu geblieben. Wer war in diesem Alter schon derart auf ein Ziel konzentriert? War gleichermaßen leidenschaftlich und diszipliniert? So ehrgeizig und freundlich? Sie hätte nicht gedacht, dass noch jemand so sein könnte wie sie, aber jetzt hatte sie ihn gefunden, und mehr brauchte sie nicht. Sie war einfach glücklich zu existieren.

Der Vormittag verging so schnell wie zehn Minuten.

Als Jake Lionels Büro betrat – endlich war er dort angekommen, wovon er immer geträumt hatte –, wurde er panisch. Selbst sitzend war Lionel einen Kopf größer, als Jake erwartet hatte. Die Aussicht von der Vorstandsetage war schwindelerregend. Jake hatte sich seinen Anzug gerade bei Bergdorf von der Stange gekauft, und er hatte die Preisschilder noch nicht entfernt, weil er ihn zurückgeben wollte.

Jede Schreibtischecke, an der er hängen bleiben konnte, drohte ihn 999 Dollar zu kosten. Als er neben sich ein Foto von Warren Buffett sah, wurde er derart nervös, dass er sich in eine wortreiche Rede stürzte, bevor Lionel auch nur Hallo gesagt hatte. Er erläuterte sein Portfolio anhand von glänzenden Farbausdrucken, vom Beginn bis heute. Sein Topf, nun gefüllt mit 25 090 Dollar, war nie um mehr als vier Prozent gefallen. Er erklärte, dass er mit seiner Auswahl auf Tradition setzte: Apple, Walmart, Google und andere Giganten, deren Schritte zum Erfolg klar erkennbar waren. Jake suchte nach Unternehmen mit einer ähnlichen Strategie. Er kaufte nur eine Handvoll, um sie für Jahrzehnte zu behalten. Die besten Geldanlagen brauchten Zeit.

»Guten Tag«, grüßte Lionel, nachdem Jake fertig war.

»Sir, klar. Hallo.«

»Das ist alles sehr beeindruckend, außer der Bemerkung über die Zeit.« Jake zog die Brauen zusammen. »Wenn warten so wichtig ist, warum haben Sie es dann nicht getan? Sie haben sofort angefangen zu reden, ohne sich vorzustellen. Ich bin Lionel.« Er lachte und gab ihm die Hand.

Jake schüttelte sie.

»Ja, Sir. Entschuldigung. Ich bin Jake.«

»Nehmen Sie Platz.«

Jake setzte sich.

»Sie wissen, warum Sie hier sind?«

»Nein, Sir.«

»Ich lese jeden Lebenslauf, der mir persönlich geschickt wird, weil ich Selbstvertrauen schätze.«

»Nun, das habe ich, Sir.«

»Sicher. Sie haben noch viel zu lernen, aber ob Sie es glauben oder nicht, ich war genauso.«

Jake lächelte hoffnungsvoll.

»Wissen Sie was?« Lionel klopfte auf den Tisch und bot Jake sofort einen Ferienjob an: Er sollte ihm persönlich Aktienempfehlungen geben. Zwischen Lionels Fragezeichen und Jakes »Ja, Sir« war nicht mal Platz zum Luftholen. Mit zitternden Händen fand sich Jake plötzlich auf der Straße wieder, als hätte er ein Wurmloch durchquert. Er rief Sophie an und berichtete ihr alles: von den Drehkreuzen im Foyer bis zu dem überschäumenden Gefühl der Bestätigung, als er Lionels Angebot annahm. Ihre Freude verdoppelte seine eigene. Sophie war unsichtbar, aber machtvoll bei ihm.

»Ich liebe dich«, sagte er.

»Ich weiß.«

Als Nächstes rief er Janice an und eröffnete ihr die Neuigkeit. Er wusste nicht, wann sie zuletzt so froh geklungen hatte. Doch dann blieb die Zeit plötzlich stehen, denn er erinnerte sie daran, dass er ihr Sophie vorstellen würde, jetzt wo er einen Job hatte. Darauf folgte bitteres Schweigen, was für ihn nur schwer auszuhalten war.

»In Ordnung«, sagte Janice schließlich.

»Passt es am Freitag?«

Am Freitag spielte Jake während der Fahrt mit der Metro-North nach New York City mit Sophies Hand. Am Fenster zogen verwischte grüne Vororte vorbei: ein impressionistisches Milford, dann Darien. Sophie trug ein blaues

Wickelkleid mit Wellenmuster und Bogenkante. Ausnahmsweise hatte sie sich die langen Haare auf dem Kopf glatt gekämmt.

Natürlich würde Janice sie mögen.

Warum war er dann derart zappelig?

Er holte seine Ohrhörer hervor, gab einen Sophie und ließ »die Klassiker« laufen.

Die Melodie von *Stand by Me* beruhigte ihn.

Sophie hatte inzwischen so viel über Jakes Viertel gehört, dass die restliche Fahrt an ein Déjà-vu grenzte: bei Harlem-125th Street aussteigen und in eine U-Bahn zur 168th Street, wo sie zwischen einem McDonald's und einem Duane Reade an die Oberfläche kamen. Sie hatten ihre Rucksäcke bei sich, weil sie in einem Airbnb übernachten wollten, um sich am nächsten Tag auf Wohnungssuche zu begeben. Sie gingen an einem namenlosen Restaurant vorbei, das Pizzastücke für einen Dollar anbot und rund um die Uhr geöffnet hatte, und gleich daneben an einem Laden mit Markise, auf der Grocery & Candy stand. Hitzewellen stiegen von der Busspur auf.

Jake blieb plötzlich stehen.

»Alles in Ordnung?«, fragte Sophie.

Er schaute an dem Gitter aus dunklen Fenstern hoch zu der Wohnung seiner Mutter. Er und Janice hatten noch nie Gäste gehabt. Er nickte und trat an die Haustür, drückte in dem Graffito auf den Klingelschildern auf den Knopf von 3C. Die Tür rappelte. Sophie ging vor ihm hinein, grinsend und unbeeindruckt von dem Marihuana-Geruch. Sie stiegen die knarrenden Treppen hoch. Janice stand in der

Tür, die Arme vor ihrer Jeansbluse verschränkt. Sie sah nur Jake an, still verzückt. Als sie sich umarmten – die Wiedersehensfreude hob bei allen die Stimmung –, hielt er Sophies Hand weiter fest. Er löste sich als Erster aus der Umarmung.

»Mom, das ist Sophie.«

»Ich freue mich sehr, Sie kennenzulernen!« Sophie strahlte Aufrichtigkeit aus.

Janice lächelte streng.

»Kommt rein«, sagte sie gezwungen.

Jake und Sophie hielten sich weiter an der Hand. Ohne sich umzudrehen, machte er mit Sophie eine Besichtigungstour: zu jedem Foto im Wohnzimmer und auch zu dem eingerahmten Bild von Janice, das er als kleines Kind gezeichnet hatte. Sophie war hingerissen. Jake rief Janice ein paarmal etwas zu, es war nichts Wesentliches. *»Stimmt's, Mom?«* und *»Ist das in Ordnung?«* Wie er und Sophie aneinanderklebten, Janice hatte ihn noch nie so … abhängig gesehen. Er strich Sophie eine Strähne hinters Ohr. Sie rieb über seinen Bizeps. In einem fort fassten sie einander an. Janice stand bloß da und antwortete einsilbig auf Jakes Fragen. Sie öffnete und schloss die Backofentür – sie musste einfach irgendetwas tun – und fächelte duftenden Dampf in die Küche. Brathähnchenduft lockte Jake an. Der Tisch war für drei gedeckt. Er küsste Sophie auf die Stirn.

»Deine Haare sind durcheinander«, sagte Janice.

»Was?« Jake sah Sophie an, die verlegen ihre Meinung für sich behielt. Er entdeckte sein Spiegelbild in der Glastür der Mikrowelle und stellte fest, dass er sich während der Bahnfahrt aus Nervosität die Haare zerzaust hatte. Janice kämmte sie mit den Fingern glatt.

»So«, sagte sie. »Unordentliche Haare, unordentliches Leben.«

»Muss vor meinem ersten Tag noch zum Friseur.«

Sie begannen sich über Lionel zu unterhalten. Janice stellte eine Frage nach der anderen. Wann er denn anfangen würde. Nächste Woche. Wie viel sie ihm zahlen würden. Zehntausend Dollar für zwei Monate. Während der Gesprächspause bat sie Jake und Sophie Platz zu nehmen. Sie stellte jedem einen Teller hin mit Hähnchen, Brokkoli und Uncle Ben's Pilaw-Reis aus der Mikrowelle.

»War er nett?«, fragte Sophie.

»Definitiv. Ich meine, er will mich tatsächlich fördern.« Jake schob sich eine Gabelvoll Hähnchen in den Mund. »Er will mich aufbauen. Mich kennenlernen. Mich zu seinem Protegé machen. Das ist irre. Hast du so was schon mal gehört?«

»Einmal nur«, räumte Sophie ein.

Sie sah Professor Malchik vor sich.

»Nun, es wird schön sein, dich wieder hier zu haben«, sagte Janice.

Sie deutete mit dem Kopf zu seinem Zimmer.

Jake verspannte sich.

»Sophie und ich wollen zusammenziehen.«

»Ach so?«

»Sie wird auch hier arbeiten.«

»Und was wird sie tun?« Janice klang hart.

»Ich werde bei Free People arbeiten.«

Janice verschränkte die Arme.

»In dem Bekleidungsgeschäft? Jake sagt, dass du Physik studierst.«

»Das tut sie«, warf Jake ein.

»Ich rede mit ihr«, sagte Janice. »Und was wirst du dort tun?«

»Inventarisierung.«

»Was hat das mit Physik zu tun?«, fragte Janice.

»Mom.«

»Ich bin nur neugierig, warum sie sich das ausgesucht hat.«

»Ich habe abgewartet, wo Jake einen Job bekommt.«

»Ah«, sagte Janice.

»Sie wird dabei lernen«, redete Jake wieder dazwischen. »Das ist ein leichter Job, bei dem ihr genügend Zeit bleibt, um nachzudenken und zu lesen. Außerdem hat sie an den Wochenenden frei.«

Janice machte ein böses Gesicht.

»Was? Was soll der Blick?«

»Also hat sie den Job angenommen, um nichts zu tun.«

»Nein, so ist das nicht.«

Sophie schaute auf ihre Hände, während die beiden stritten. Jake hatte recht, aber nicht ganz. Tatsächlich wurden ihr die Fragen, die sie früher nachts wachgehalten hatten, immer gleichgültiger: Was treibt uns an? Was zieht die Fäden des Universums? Was ist die wahre Kraft der Liebe? Am besten – und das fiel ihr jetzt erst ein – ließ es sich so beschreiben: Ihre Energie hatte sich vom Kopf ins Herz verlagert. Sie war auf einer anderen Wellenlänge und wirklich zufrieden. Am Ende des Jahres schweifte sie selbst in den unbedeutendsten Seminaren mit den Gedanken ab und überlegte zum Beispiel, welchen Film sie sich mit Jake als Nächstes ansehen wollte. Sie hatte Free People angstfrei ausgesucht, weil dort Arbeit endlich nur ein Job war. Sie wollte nur einen, der gut genug bezahlt wurde und nah bei ihrer Wohnung lag, denn bahnbrechende Erkenntnisse waren nicht mehr ihre größte Freude. Die erlebte sie, wenn sie mit Jake zusammen war.

»Was willst du nach der Uni tun?«, fragte Janice weiter.

Sophie sah Jake an.

»Sie will herausfinden, wie die Welt funktioniert«, sagte Jake so aggressiv, dass alle Geräusche verstummten. Er stand auf, um seinen Teller abzuspülen. Sophie entschuldigte sich kurz, um ins Bad zu gehen, und lief mit gesenktem Kopf hinaus. Die Küchentür schloss sich.

»Und?«, flüsterte Jake.

»Und was?«

»Was ist los?«

Schweigen.

Er neigte sich zu Janice.

»Mom?«

»Sie ist anders, als ich dachte.«

»Wie bitte?«

Er zog die Brauen hoch.

»Du hast gesagt, sie hätte ihre eigenen Träume.«

»Die hat sie auch.«

»Man sieht einen Menschen nicht, wie er wirklich ist,

wenn man in ihn verliebt ist. Bedenke, deine Entscheidungen von heute …«

»Ich weiß ganz genau, wie sie ist.«

Janices Mund war ein Strich. »Sie ist wirklich hübsch, und du denkst nicht klar. Also komm, Jake. Sie will herausfinden, wie die Welt funktioniert?« Janice schüttelte den Kopf. »Das wird sie genauso wenig herausfinden wie ich.«

Die Toilettenspülung rauschte.

Sophie kam herein.

Jake stand noch verärgert da.

»Danke für das Essen, Mom. Dieser Abend hat mir viel bedeutet.«

»Jake …«, begann Janice.

»Es tut mir leid, wir müssen aufbrechen.«

Ihr Wagen in der U-Bahn Richtung Innenstadt war leer bis auf einen Mann, der sich auf einer Sitzreihe ausgestreckt hatte und schlief. Die Sohlen seiner Turnschuhe waren der Länge nach gebrochen. Jake betrachtete sein Gesicht. *Er war es nicht.*

»War mein Verhalten in Ordnung?«, fragte Sophie.

»Natürlich.«

Er küsste sie auf die Stirn.

»Sie liebt dich sehr«, sagte Sophie.

»Ich weiß.«

Und warum mochte sie dann Sophie nicht?

Er hatte befürchtet, dass sie zu viel Aufhebens um Sophie machen würde. Aber »wirklich hübsch«? Damit hätte Jake niemals gerechnet. Vielleicht bestand das Problem darin, dass von Nahem betrachtet niemand beeindruckend war. Dann war plötzlich jeder ein langweiliger Mensch. Wenn man jemandem zusah, wie er Hähnchen, Brokkoli und Reis aß, konnte man nicht beurteilen, ob er ein Genie war. Die Persönlichkeit eines Menschen ließ sich nicht bei einem einzelnen Abendessen erfassen.

Trotzdem, irgendetwas stimmte da nicht.

Jake wurde bewusst, dass er sich einerseits wünschte, die Menschen würden Sophie normal behandeln, und andererseits sollten sie wissen, dass sie das nicht war. Denn Sophie war mehr als außergewöhnlich. Sie war das große Ereignis ihrer ganzen Generation. An die Tiefe ihres Verstandes reichte nur die Tiefe ihrer Gefühle heran.

7

Jake und Sophie fuhren Hand in Hand mit dem Aufzug zu Lionels Penthouse hinauf. Sophie stand auf hohen Riemchensandaletten, zum ersten Mal in ihrem Leben. Isabel hatte sie ihr zum zwanzigsten Geburtstag geschickt, beigelegt ein Kärtchen, auf dem in verschnörkelter Handschrift stand: *Sei unvernünftig!* Sophies schwarzes, ausgestelltes Kleid war kurz, aber schicklich. Damit könnte sie auch zur Vorlesung gehen – ohne die Sandaletten. Jake drückte ihre Hand.

»Du hast mir gefehlt«, sagte er.

»Ich weiß.«

Der Herbst war schon einen Monat alt, und sie hatten seit Beginn der Vorlesungszeit kaum miteinander gesprochen – obwohl sie zusammenwohnten. Jake arbeitete Teilzeit für Lionel. Sie hatten eins der beiden Schlafzimmer ihrer Wohnung zum gemeinsamen Arbeitszimmer umgestaltet, das ihnen die Bass ersetzte. Jake musste für Lionel mal viel, mal wenig arbeiten, und die letzte Welle ebbte gerade ab. Während der vergangenen Woche hatte Jake nachts kaum vier Stunden geschlafen und erst heute in den frühen Morgenstunden die Unternehmensauswertung fertiggestellt. Daher döste er während der Zugfahrt in die Stadt.

Als sie aus dem Aufzug traten, befanden sie sich mitten unter den Gästen der Party, mit der Lionel seinen fünfzigsten Geburtstag feierte. Sophie erschrak angesichts der schicken Gesellschaft. Hundert Unterhaltungen auf einmal waren alarmierend laut und beängstigend. Schimmernde Anzüge und glitzernde Kleider ließen das Wohnzimmer in einem besonderen Glanz erstrahlen. Sie und Jake waren noch nie bei einer so großen Party gewesen. Sie griff mit der freien Hand um seinen Arm, um doppelten Halt zu haben.

»Geht es?«, fragte er.

Sie nickte.

Er küsste sie auf die Stirn.

»Da sind sie.«

Jake deutete mit dem Kinn zu Lionel und seiner Frau Giulia, die ein paar Schritte entfernt standen. Lionel wirkte wie eine ältere Ausgabe von Jake: körperlich fit und selbstbewusst. Er gab in einer kleinen Gruppe gerade eine Anekdote zum Besten. Giulia, eine italienische Schönheit, lächelte elegant im bodenlangen Kleid. Lionel bemerkte Jake und wurde noch munterer. Sophie spürte, dass Jake ein Stück wuchs, etwa wie ein Kind auf der Schulbühne, wenn seine Eltern in die Aula kommen. Lionel erzählte weiter.

Auf dem Weg zur Terrasse sah Sophie in die Gesichter einiger Frauen, die alt, aber faltenlos waren. Höchstwahrscheinlich dank Schönheitschirurgie. Sie fragte sich, warum sie die Veränderung ihres Körpers nicht zuließen. Dass sich manche Menschen nur wegen ihres Gesichts geschätzt fühlten, kam ihr schrecklich traurig vor. Wie stand es um ihre Interessen und Träume? Ihre inneren Schwierigkeiten? Die Tiefe ihrer Gefühle? Sie war froh, mit Jake hier zu sein. Sie traten durch die offene Terrassentür nach draußen. Unter Lampions lehnten sie sich an das Geländer und schauten über die Stadt. Jake nahm ihre Hand und küsste dreimal ihre Fingerknöchel.

»Würdest du dieses Wohnzimmer mit deinen persönlichen Dingen schmücken?«, fragte sie.

Er lächelte. Sie spielte auf seine Bemerkung an, dass er erst irgendwo endgültig angekommen sein müsse, um das tun zu können.

»Vielleicht«, sagte er.

Er küsste sie auf die Wange.

»Was weiß Lionel über mich?«, fragte sie.

Er versuchte angestrengt, sich zu erinnern. Das Erste, was er Lionel von Sophie erzählt hatte, war, dass sie sich im Studium mit der Zeit befasste. Jake erinnerte sich genau, weil Lionel verwirrt gewirkt hatte. »Das ist ein Thema der Physik«, hatte Jake in dessen Büro stolz erklärt. Den Sommer über hatten sie sich dort auf Lionels Bitte hin jeden Tag nach Börsenschluss getroffen. »Sie meint, dass die Zeit zwar das Wichtigste auf der Welt, aber noch weitgehend unverstanden ist.« Sophie hatte das so nie gesagt, aber so hatte er ihr Interesse interpretiert. Seitdem hatten er und Lionel sich so oft miteinander unterhalten, er hatte ihm bestimmt tausend Dinge über Sophie erzählt.

»Dass du intelligent bist. Ich habe gleich zu Anfang von dir erzählt.« Dann hatten sie über die Arbeit gesprochen.

»Jake, mein Junge!«

Als Lionels tiefe Stimme erklang, drehten sie sich um.

»Sir!«

Die beiden Männer gaben sich die Hand, als würden sie einen Baseballschläger schwingen.

»Danke, dass Sie gekommen sind«, sagte Giulia.

»Der Junge war gar nicht weg!«, sagte Lionel. »Zumindest nicht aus meinem Posteingang.«

Jake sah Sophie an.

»Sir, Giulia, das ist meine Freundin Sophie Jones.«

Lionel hatte sich darauf gefreut. Jake sang seit Jahren ein Loblied auf sie. Ihr Eintrag bei Wikipedia klang wie Science-Fiction. Aber noch faszinierender war, dass mit Jake sich jedes Mal etwas ein wenig veränderte, wenn er sie erwähnte. Normalerweise war Jake sehr akkurat. Wenn er einen Aktienkurs angab, dann mit zwei Stellen hinter dem Komma. Aber wenn er über Sophie sprach, blieb er vage. Dann war sie »etwas Besonderes« oder »unglaublich«.

»Lionel Padington.« Er streckte ihr die Hand hin. Sophie nahm sie rasch, dann zog sie sie zurück und hielt den Arm gebeugt am Körper, als trüge sie ihn in einer Schlinge.

»Giulia Padington.«

Sophie nickte.

»Der nächste Einstein!«, sagte Lionel, um das Gespräch zu eröffnen.

Sophies Lächeln schwankte.

Lionel räusperte sich.

»Wie ich hörte, befassen Sie sich mit der Zeit?«, fragte er.

Jake spürte ihr Unbehagen. Kam es daher, dass Lionel für seine Karriere wichtig war? Sie wusste, wie viel Mühe er sich gemacht hatte, Jake kennenzulernen. Jake hatte ihm ungeschönt von Harlem und Tribeca erzählt. Sie schickten sich jeden Morgen Links zu Zeitungsartikeln und Schlagzeilen über Yales Sporterfolge, denen sie ihre eigenen Kommentare beifügten. Im Juli waren sie beim Mighty Montauk Triathlon zusammen angetreten. Lionel war in Jakes Leben eine Schlüsselperson, nach der sich Sophie jeden Tag erkundigte. *»Wie geht es Janice?« – »Wie geht es Lionel?«*

Jetzt blickte sie in sich hinein.

»Das habe ich«, sagte sie schließlich.

Lionel neigte sich ein wenig vor.

»So?« Er schob eine Hand in die Hosentasche.

Sophie schwieg.

»Was werden Sie als Nächstes tun?«, fragte er.

Ihre Wangen wurden rot.

»Nun«, sagte Lionel in sanfterem Ton. »Ich habe wohl meine Manieren vergessen und Wesentliches übersprungen. Bitte entschuldigen Sie. Woher stammen Sie?«

Sie öffnete den Mund.

»New York.«

»City?«, fragte Lionel.

»Nein, Westchester.«

»Wie gefällt es Ihnen in New Haven?«

»Es …« Sophie stockte.

Nach einem Augenblick wurde klar, dass sie nicht weitersprechen würde.

»Nun, wir wollen Sie nicht den ganzen Abend belagern.« Er klopfte Jake gütig auf die Schulter. »Sophie, Sie sind beeindruckend. Ich freue mich darauf zu hören, womit Sie sich als Nächstes befassen. Mit welcher neuen wichtigsten Sache der Welt, die noch weitgehend unverstanden ist.« Er zwinkerte Jake zu.

»Mit der Liebe«, sagte Sophie.

»Wie bitte?«, fragte Lionel.

»Die wichtigste Sache der Welt, die noch weitgehend unverstanden ist, ist die Liebe.«

Giulia zog eine Braue hoch. Sie war wie Lionel gespannt darauf gewesen, sich mit Sophie zu unterhalten. Als Neurochirurgin lernte sie gern ambitionierte junge Frauen aus der Wissenschaft kennen und war sehr engagiert, wenn sie sie bei ihrer Karriere unterstützen konnte. Angesichts von Sophies Qualifikationen hatte sie einen scharfen, analytischen Verstand erwartet. Stand diese junge Frau nicht am Rand der erforschten Welt? Blickte sie nicht über die Grenze zwischen Bekanntem und Unbekanntem? Von der Unterhaltung mit Sophie hatte sie sich versprochen, etwas über die Zeit, das Weltall oder die Menschheit zu erfahren. Dass Sophie etwas Rührseliges sagte, war einfach nur enttäuschend.

»Was hat sie gesagt?«, fragte Lionel seine Frau.

»Liebe«, sagte Guilia.

»Liebe. Richtig.«

Sophie errötete noch stärker.

»Nun, aus Ihrem Mund klingt das sehr nach *Good Will Hunting*«, erwiderte Giulia. Sie lächelte noch immer höflich, als sich Tony zu ihnen stellte, von dem Jake nur als der »schmierige Tony« sprach. Sophie erkannte ihn sofort: der Harvard-Absolvent, der sich zu viel Gel in die Haare schmierte und sich bei Firmenpartys betrank. Tony leistete ordentliche Arbeit und war ein Scratch-Golfer, aber er hatte eine laute burschikose Seite, die bei Jake nicht gut ankam. Tony schwenkte sein Glas.

»*Good Will Hunting?*«, fragte er.

»Tony!« Lionel begrüßte ihn.

»Wieso sprechen Sie über *Good Will Hunting?*«

»Sophie, Jakes Freundin, war ein Mathewunder«, erklärte Giulia. »Jetzt denkt sie, dass die Liebe die wichtigste Kraft in der Welt ist.«

»Ah. Also werden Sie sich ›um ein Mädchen kümmern‹?«

»Tony«, fuhr Lionel dazwischen. »Um Himmels willen.«

»Was? Matt Damon nimmt den Job jedenfalls nicht an. Er sagt: Ich muss mich um ein Mädchen kümmern.« Niemand pflichtete ihm bei. »Bin ich auf stumm geschaltet? Das verkannte Genie?«

»Also gut, beruhigen Sie sich.« Lionel wollte nicht dabei zusehen, wie Tony auf Sophie herumtrampelte. »Es hat mich gefreut, Sie kennenzulernen, Sophie. Jungs.«

Sophie saß neben ihm und hatte ihre Beine auf seinen Oberschenkel gelegt, während er aus dem Zugfenster starrte. Gelbe Ortschaften zogen still vorbei. Sie hatten das Penthouse bald nach der Unterhaltung mit Lionel verlassen. Sie hatten rennen müssen, um die Bahn nach New Haven um 21:01 Uhr zu erwischen. In der vollen U-Bahn zum Grand Central hatten sie kaum ein Wort gesprochen. Jetzt schmerzten Sophies Knöchel, die unter den Schnürriemchen wund gerieben waren. Sie berührte eine der Stellen. Der Abend hatte seine Spuren hinterlassen. Sie war nicht fähig gewesen, auch nur einen vollständigen Satz mit Jakes Förderer zu wechseln, mit dem Mann, der ihm einen Job gegeben, ihm viel Zeit gewidmet hatte und unschätzbares Vertrauen in ihn setzte. Aber Jake kannte diese Seite an ihr längst, nicht wahr? Er wusste alles über sie. Warum also gab er sich derart fassungslos?

»Jake?«, sagte sie leise.

Seine Distanziertheit war seltsam. Der Waggon rumpelte wie eine Waschmaschine.

»Die wichtigste Sache der Welt, die noch am wenigsten verstanden ist, ist die Liebe?« Jake schüttelte den Kopf. Er hatte Sophie so etwas noch nie sagen hören. Die Worte schwirrten ihm durch den Kopf wie Flocken in einer Schneekugel, die sich nicht setzen wollten.

»Jake?«, sagte sie noch einmal.

Sie stupste ihn an.

Er wich überrascht zurück.

»Was?«, fragte er.

»Was hast du?«

Seine Wimpern sahen weich aus. Von der Wurzel bis zur Spitze hatten sie dieselbe Länge wie seine akkurat geschnittenen Haare. Sie wollte seine Lider küssen, aber die Stimmung war nicht danach. Er drehte den Kopf wieder zum Fenster und starrte auf die Geisterstädte.

»Dich anderen Leuten vorstellen …« Er behielt seine Hände auf ihrem Knie. Sein Profil war deutlich zu sehen. »Ich habe dich mit ihren Augen gesehen, weißt du?«

»Wie meinst du das?«

»Ich weiß nicht.«

»Doch, du weißt es.«

»Du hast dich verändert.«

Erst jetzt, da er es aussprach, sah er das ganze Bild: Sie studierte nicht mehr bei Professor Malchik. Sie ging nicht mehr zu Oberseminaren. Sie belegte nur Einführungsveranstaltungen, und keine davon schien sie zu interessieren. Früher hatte sie Physikaufsätze zum Vergnügen gelesen. Jetzt nicht mehr. Früher hatte sie das Weltall erforschen wollen. »Die wichtigste Sache der Welt, die weitgehend unverstanden ist, ist die Liebe?« Wann war ihr Traum verschwunden?

»Jeder verändert sich«, sagte sie. »Wir werden erwachsen.«

»Ja.«

Er konnte das nicht auf sich beruhen lassen.

»Aber was du da über die Liebe gesagt hast?«

»Nikola Tesla sagte: Wenn euer Hass in Elektrizität umgewandelt werden könnte, ließe sich damit die ganze Welt hell erleuchten.« Das hatte sie im ersten Jahr an der Uni gelesen. »Aber was ist mit Liebe? Was kann Liebe vollbringen? Einige der größten Denker haben sich mit der Liebe als Energie befasst, oder mit der Liebe als Kraft, aber keiner ist zu einer bahnbrechenden Erkenntnis gelangt. Gleichzeitig wird viel darüber geschrieben, wie Liebe Menschen verändert.« Sie hatte gelesen, wie Menschen aus Liebe ihre Sucht besiegten, bis ans Ende der Welt fuhren, jahrelang auf jemanden warteten und körperliche und mentale Veränderungen ertrugen. Jede große Leistung hatte mit einer großen Liebe zu tun. Die Liebe beinhaltete etwas, das Menschen antrieb, im Leben ein höheres Niveau zu erreichen. »Das ist ein Gebiet, das noch erforscht werden muss. Ich denke schon lange darüber nach, das zu tun.«

Sophie erinnerte sich an diese Phase. Im ersten Studienjahr, als sie und Jake sich verliebten – und sie sich endlich akzeptiert fühlte, einen unvorstellbaren Frieden empfand –, fing sie an zu glauben, dass die Liebe die mächtigste und wichtigste Sache im Universum war. Um sie zu begreifen, las sie Gedichte und fand ihr eigenes Empfinden darin wieder. Nach einer Weile hatte sie die tatsächliche Verbundenheit mit Jake so erfüllt, dass sie das Interesse daran, die Macht der Liebe zu ergründen, verlor. Sie war zufrieden mit einem einfachen Leben.

In der Zwischenzeit hielt sich Jake am »früher« fest. Traurig drückte er ihre Hand. Hatte er das ausgelöst? Sie hatte dieselbe Leidenschaft, denselben Intellekt wie er, aber sie spornten sich nicht mehr gegenseitig an. Er hatte ihren Verstand immer geliebt, aber ihr mangelndes Ego hielt sie davon ab, ihn zu gebrauchen.

»Bist du glücklich?«, fragte er.

»Natürlich!«

Sie lächelte.

»Wenn sie deinen Träumen im Weg steht, ist sie nicht die Richtige.« Aber was, wenn er ihren Träumen im Weg stand? Zum ersten Mal ließ Jake den Gedanken, wer sie ohne einander sein könnten, lebendig werden. Die Vorstellung schnitt ihm ins Herz. Sophie gab ihm Intimität, Gemeinschaft und völlige Freiheit, während er mit aller Kraft seine

Ziele verfolgte. Ihre eigenen verfolgte sie nicht mehr, aber sie wusste, was es bedeutete, das unbedingt tun zu wollen. Sie kannte das Verlangen, etwas Bedeutendes, etwas Besonderes tun zu wollen und dafür seine ganze Kraft zu investieren, weil sie genauso war wie er. Sie wussten es beide. Hinzu kam ihre Verbundenheit. Sie waren zutiefst vertraut mit den Gewohnheiten des anderen. Sophie war fast immer bei ihm und immer in seinem Herzen. Könnte er es überhaupt aushalten, wieder allein zu sein? Nachdem er nun wusste, wie es war, mit jemandem zu verschmelzen?

Wenn er sich seine Zukunft vorstellte, bildete ihre Familie das Herzstück seiner Vision. Sie hatten noch nichts geplant, nur geträumt. Ein-, zweimal, wenn sie im Bett gelegen hatten und Sophies Haare wie ein Sonnenstreifen auf seiner Brust gelandet waren, hatte er eine Strähne davon über seine Lippen gelegt als Symbol für ihren Sohn. Jake schlug den Namen Fabio vor. Sie bestand auf Legolas und musste über beide Namen lachen. Genauso war es, wenn er sie kitzelte, auch dann behauptete sie immer, dass sie es hasste. Er liebte ihr Lachen und wollte es bis ans Ende seines Lebens an jedem einzelnen Tag hören. Keiner von ihnen hatte infrage gestellt, dass sie immer zusammen sein würden. Sie hatten darüber gesprochen, später einmal in New York zu leben, in der Nähe ihrer Eltern. Je mehr er arbeiten würde, desto mehr besäßen sie später. Er hielt es wirklich nur für eine Phase. Eines Tages würden sie ihr Zuhause mit persönlichen Dingen schmücken – aber was würde Sophie bis dahin tun? Was konnte er ihr in der Zwischenzeit geben, und was nahm er ihr?

»Was hast du?«, fragte sie.

»Ich liebe dich so sehr.«

»Ich weiß.« Sie blickte ihn verwirrt an.

»Wahrscheinlich bin ich bloß müde.«

Der Kontrolleur stempelte ihre Fahrkarten ab und ging zur nächsten Reihe.

»Ich muss nur mal abschalten«, sagte Jake.

Sie küsste seinen Daumen.

»Kannst du mir etwas beibringen?«, bat er.

Ihr Gesicht hellte sich auf – solche Gespräche hatten sie nur, wenn sie sich sehr nahe waren. Jake lehnte sich an ihre Schulter, während Sophie in Gedanken Aufnahmen vom Weltall durchging. Sie rief sich den dreiunddreißig Millionen Lichtjahre entfernten, mit verdampfendem Eis bedeckten Planeten vor Augen, Aufnahmen des Hubbleteleskops von grünen und magentafarbenen Wolken hundert Millionen Lichtjahre entfernt, wo Materie so dicht war, dass jeder Teelöffel davon eine Milliarde Tonnen wog, und dann die Hunderte Millionen Planeten, auf denen es Leben geben könnte. Als sie die Adern auf Jakes Handrücken nachzeichnete, verblasste das Enorme, das Erhabene und das Fremde. Auf ihrem kleinen blauen Flecken im All, in einem unbedeutenden Augenblick ihres kurzen Lebens, konnte sie sich nichts Erhabeneres vorstellen als das Gefühl, mit ihm zusammen zu sein. Ihre Fingerspitzen auf seiner warmen Haut, das war ihre ganze Welt, und ihr Verstand wurde von der Berührung verzehrt.

»Okay. Etwas über Berührung?«, schlug sie vor. Er nickte. »Amerikaner berühren einander viel seltener als

Menschen in anderen Kulturen. In Frankreich und Lateinamerika berühren sich die Menschen zum Beispiel Hunderte Male am Tag in der Öffentlichkeit.«

»Ich habe das Gefühl, dass ich dich ständig berühre.«

Ihre vier Hände wurden zum Mittelpunkt.

»Wir sind eine Ausnahme.« Sie spürte, dass Jake bei jedem Wort ruhiger wurde. »In Amerika berühren Paare einander weniger als zehnmal pro Stunde. Dabei fühlen sich zwanzig Prozent von ihnen in ihrer Beziehung nicht geliebt. Ich glaube, Körperkontakt ist Teil der Lösung. Wenn zwei Menschen einander anfassen, entspannt sich ihr Nervensystem. Stress, Herzfrequenz und Blutdruck sinken. Wir empfinden weniger Angst, weniger Schmerz. Es besteht tatsächlich ein Zusammenhang zwischen der Menge an erfahrener Zärtlichkeit und der Stärke des Immunsystems.« Sie streichelte seine Hand. »Was ich an Berührung am interessantesten finde, ist das gemeinsame Erleben. Du kannst nicht berühren, ohne berührt zu werden. Du kannst nicht berührt werden, ohne zu berühren, und den Nutzen haben beide. Also, wenn ich dich berühre oder du mich, wirkt sich das auf uns beide in derselben Weise aus. Das ist wie das dritte Newtonsche Gesetz: Jede Aktion erzeugt eine gleich große und entgegengesetzte Reaktion.«

»Wird Fabio so intelligent sein wie du?«

»Wie meinst du das?«

»Oder wird er ein geistloses Tier sein wie ich?«

»Du bist kein geistloses Tier.« Sie streichelte seinen Arm und wurde dabei passiv gestreichelt. Endlich spürte sie, dass er sich entspannte, aber sein Frieden war noch zu frisch und zu labil – dies war nicht der richtige Moment, um zu erzählen, dass sie am Nachmittag Professor Malchik über den Weg gelaufen war.

Stunden zuvor starrte Peter auf sein Stück Lasagne, doch er sah Sophie vor sich. Der gewellte Rand war wie eine Projektionsfläche für seine Erinnerung. Er hatte sie am Nachmittag auf dem Flur entdeckt, als sie ein Physikseminar verließ, und war kurz stehen geblieben. Seit ihrer E-Mail im Frühjahr des ersten Jahres – *ich kann heute nicht zu unserer Sitzung kommen* – hatte er nichts mehr von ihr gehört. Die wenigen Schritte, die zwischen ihnen lagen, kamen ihm wie eine enorme Entfernung vor. Unter dem schwarzen Nike-T-Shirt, das sie trug, waren ihre knappen Jeansshorts kaum zu sehen. Das Kleidungsstück schien nicht von ihr zu sein. Sie winkte, sagte aber nichts. Das T-Shirt blähte sich auf, als sie in die andere Richtung davonging.

Wie waren sie in diese Sackgasse geraten? Zu Anfang hatte er sich oft vorgestellt, in der ersten Reihe zu sitzen, wenn ihr die Fields-Medaille verliehen würde. Nun hörte er nur noch über andere von ihr. Offenbar war sie so spät zu einer Zwischenprüfung in Elektrizität und Magnetismus gekommen, dass sie nicht fertig geworden war. Manchmal sah Professor Kotak sie in seinem Seminar, wie sie geistesabwesend, wie benebelt vor sich hin lächelte. Nahm sie Drogen? Opiate? Ihr Ehrgeiz hatte in erschreckendem Maße nachgelassen, so als hätte sie die Antworten auf ihre brennenden Fragen bereits gefunden und wäre zufrieden, ein uninspiriertes Leben zu führen. Inzwischen war Peter wieder in den Alltag zurückgekehrt und fragte sich ständig, wo ihre Leidenschaft geblieben war.

Nachdem er sie nun auf dem Flur gesehen hatte, war er sicher, dass sie mit jemandem zusammen war. Das T-Shirt stammte nicht von ihr. Daran musste er immer wieder denken. Sie hatte einen kindlicheren, fröhlicheren Kleidungsstil als jene Blackbox, in der sie praktisch verschwand.

Benji schnitt sich ein Stück von seiner Lasagne ab.

Zack kaute grünen Salat.

Peter nahm seine Familie kaum wahr, während sie beim Abendessen zusammensaßen. Stattdessen fragte er sich, wie lange Sophie mit dem Mann schon zusammen war. War sie am Nachmittag auf dem Weg zu ihm gewesen? Hatte er sie gebeten, den Unterricht zu schwänzen? War er auch ein Ausnahmetalent?

»Heute Abend ohne Rachel?«, fragte Maggie.

Benji schüttelte den Kopf.

»Wir haben Schluss gemacht«, sagte er.

Zack hörte auf zu kauen.

Maggie legte ihre Gabel hin.

Rachel war ein Jahr lang Benjis Freundin gewesen, sie war fast täglich nach der Schule zu ihnen gekommen. Sogar Peter hatte sie gut leiden können. Richtig lieb gewonnen hatte er sie, als sie Benji für jede seiner dummen Bemerkungen einen Schlag auf den Arm gegeben hatte. *»Ist geschmolzener Käse Essen oder ein Getränk?« Klatsch. »Im Ernst. Ich kaue ihn überhaupt nicht. Also?« Klatsch.*

Peter war sprachlos, von der Trennung zu hören, und da er gerade noch an Sophie gedacht hatte, sorgte er sich auch um ihre Beziehung, die er jetzt erst richtig wahrzunehmen begann. Er stellte sich vor, dass der Eigentümer jenes schwarzen T-Shirts sie genauso gefühllos sitzen lassen könnte, wie Benji seine Freundin. Das machte ihn wütend.

Benji aß als Einziger weiter.

»Alter«, sagte Zack.

»Was?«

»Was ist passiert?«, fragte Zack.

Benji zog den Zeigefinger über seine Kehle.

»Benji«, rügte Maggie.

»Antworte verdammt noch mal auf die Frage!«, schnauzte Peter.

Er saß am Kopfende des Tisches, und alle fuhren zu ihm herum. Niemandem war klar gewesen, dass er zugehört hatte, geschweige denn ernsthaft interessiert war. Seine Lasagne war noch unberührt. Jetzt blickte er Benji an. Seine Gedanken waren von ihrer Wanderung zurückgekehrt und belebten seine Augen.

»Was ist passiert?«, fragte Peter.

»Mann, was willst du denn von mir hören?«, fragte Benji. »Soll ich etwa erzählen, was zwischen ihr und mir genau vorgefallen ist?«

»Ja.«

»Tja, ich weiß es gar nicht. Eben gingen wir noch miteinander, und plötzlich war alles ganz anders.« Er zuckte die Achseln. »Kann ich jetzt weiteressen?«

»Geht es ihr gut?«, wollte Peter wissen.

Benji sah ihn mit großen Augen an. Sein Vater schenkte ihm selten Aufmerksamkeit. Und wenn doch, dann gewöhnlich auf eine sehr anstrengende Art, die sich meist zu einer Ja-oder-Nein-Frage zuspitzte.

»Ich habe keine Ahnung«, antwortete Benji.

»Ganz schön kalt, Bro«, sagte Zack.

»Jeder geht auf seine Weise damit um«, sagte Maggie sanft.

»Hör zu, ich bin ein Jahr lang mit ihr gegangen. Eigentlich länger, denn sie hat mir was zum Jahrestag geschenkt. Der Punkt ist, ich hätte gern mal einen Tag frei.« Er drückte eine leere Ketchupflasche über seinem Teller aus und erzeugte damit ein lautes Furzgeräusch, ohne dass noch Ketchup herausgekommen wäre. Er drückte noch einmal. »Ma, dieser Ketchup ist beschissen.«

Peter schob seinen Teller zur Seite.

An diesem Abend kümmerten sich Maggie und Peter zusammen um das schmutzige Geschirr. Maggie spülte die Teller unter dem Wasserhahn ab und räumte sie in die Spülmaschine, er wusch die Auflaufform ab. Während er sie mit der Bürste schrubbte und auf den Schaum schaute, hatte er Sophies neues T-Shirt vor Augen.

»Du bist wütend wegen Benji und Rachel«, sagte Maggie, als sie die Spülmaschine schloss. Hinter der Tür an ihrer Hüfte regnete es. »Ich auch. Aber sie waren nicht die Richtigen füreinander. Sie werden beide jemanden finden, der besser zu ihnen passt. Das kommt vor.«

Peter schrubbte kräftiger.

»Sie wird darüber hinwegkommen«, meinte Maggie.

»Das weißt du nicht«, erwiderte Peter auf einer vollkommen anderen Wellenlänge. Er war sich nicht sicher, ob Sophie damit klarkommen würde. Männer in ihrem Alter – aus derselben Schicht wie Benji – konnten egoistisch, gleichgültig und beschränkt sein. Er wollte nicht, dass sie unter den Charakterschwächen solcher Männer litt. Sie hatte immer sehr auf Kleinigkeiten geachtet. Es schmerzte ihn, wenn er daran dachte, wie stark sie auf etwas so Einschneidendes wie Liebeskummer reagieren könnte. Nur eine Frage beschäftigte ihn, als er den Schaum aus der Auflaufform spülte: Hatte sie sich jemand Netten ausgesucht?

8

Sophie stand im Arbeitszimmer neben Jake, sie wollte mit ihm sprechen. Doch er war so weit weg, als sähe sie ihn durch ein Fernglas.

Er saß in gekrümmter Haltung auf seinem schicken neuen Schreibtischstuhl und tippte. Früher hatte er auf einem Stuhl aus Holz gesessen, der zur Ausstattung des Zimmers gehörte, doch die harte Sitzfläche war nicht dafür geeignet, so lange darauf zu arbeiten, wie Jake es tat. Vor ein paar Monaten im Herbst, als er schon drei Sommer hintereinander bei Padington gearbeitet hatte, hatte er sich für neunundsiebzig Dollar einen neuen gekauft. Die geteilte Rückenlehne war ergonomisch gepolstert, um Jake bei seiner jüngsten Herausforderung den nötigen Halt zu geben. Er hatte seit Beginn seines Abschlussjahrs zweihunderttausend Dollar von Lionels privatem Geld verwaltet, die größte Summe, mit der er bisher gearbeitet hatte. Wenn er bis zu seinem Abschluss mehr Gewinn damit machte als der S&P 500 Aktienindex, würde Lionel ihm eine Million geben, damit er einen eigenen Investmentfonds gründete. Darum verbrachte Jake mehr Stunden auf dem Schreibtischstuhl als schlafend in ihrem Bett. Nun saß er einen halben Meter von Sophie entfernt, doch in Wahrheit lagen Lichtjahre zwischen ihnen, wenn er sich in diesem Zustand befand: völlig reglos mit Ausnahme seiner leidenschaftlichen Finger. Seine ganze Lebendigkeit floss in seine Hände.

»Jake?«

Keine Reaktion.

»Jake. Jake.«

Er drehte das Kinn in ihre Richtung, aber die Augen folgten nicht.

»Hey. Entschuldige.«

Bisher war Jake nur vom Schreibtisch aufgestanden, um sich Wasser aus dem Bad und ein Sandwich aus dem Speisesaal zu holen. Yetsa hatte ihm unglaublich zu schaffen gemacht, eine große Softwarefirma, deren Aktienkurs innerhalb eines Monats um zwanzig Prozent gefallen war. Sein Geburtstag am 1. Dezember war darüber verstrichen, und schon seit zwei Wochen schob er es vor sich her, ihn zu feiern. Wenn er sein Zimmer verließ, um nach draußen zu gehen – was selten genug vorkam –, hatte er das Gefühl, er würde in eine andere Realität eintreten. Alle dort draußen waren so langsam, so ruhig – sogar Sophie. Heute Abend jedoch würde er für sie Zeit haben, das hatte er versprochen. Er schob seinen Stuhl zurück.

»Okay. Ich bin da.«

Jake küsste sie auf die Wange.

»Du riechst gut«, sagte sie.

Er ging in das Gemeinschaftszimmer, wo normalerweise ein brauner Sofatisch von Isabel, ein mit Brausezucker übersätes Futonsofa und ein Minikühlschrank standen. Jetzt stand dort ein Esstisch, der festlich für zwei Personen gedeckt war. Die Stühle standen nebeneinander. Jake hielt

Sophies Hand und zog sie in dem gedämpften Licht an sich, wobei er sie liebevoll und traurig zugleich ansah.

»Das ist sehr aufmerksam«, sagte er ernst.

Sophie fragte sich, ob das ein Kompliment war.

Sie setzten sich. Sie hatte ganz vergessen, wie es war, Jakes Körper von Nahem zu sehen. Seine Oberarme wölbten sich unter den Ärmeln der Sweatjacke. Seine Oberschenkelmuskeln waren doppelt so breit wie ihre. Ihr wurde bewusst, dass sie sich schon länger nicht mehr richtig geküsst hatten. Sie legte eine Hand an seinen Oberschenkel. Sein Körper fehlte ihr – *sein* Körper, der unnatürlich sauber roch, in Nike gehüllt, überall hart, an der Brust flügelförmig behaart war. Noch mehr vermisste sie, wie er seinen Körper mit Leben erfüllte: das Wesen, das zum Vorschein kam, wenn er sich bewegte, die Art, wie er ein gutes Essen schätzte, wie er sich rücksichtslos antrieb und doch die Struktur beibehielt, während seine alten Klassiker in den Hinterzimmern seines Verstandes liefen, und die Art, wie er mit zwei kräftigen Händen ihre Taille umfasste.

»Tut mir leid, ich war total abwesend«, sagte er. »Yetsa ...« Jake tauchte dort wieder in seinen Gedankenstrom ein, wo er ihn verlassen hatte. Beim Essen – es gab Kabeljau im Speckmantel, Rucolasalat mit Pfirsichen und zwei Schokoladencroissants zum Nachtisch, die unter einer weißen Serviette warteten – erklärte er ihr das Debakel. Beim Sprechen bedeckte er manchmal die Augen mit der Hand, eine neue nervöse Angewohnheit. Er erwähnte, dass er stundenweise einen Analysten in Indien beschäftigte.

»Das wusste ich gar nicht«, sagte Sophie.

»Wirklich? Ich dachte, ich hätte es dir erzählt.«

Sie schüttelte den Kopf.

»Wie sieht's bei dir aus?«, fragte er. »Was gibt es Neues?«

»Ich habe für nächstes Jahr einen Job angenommen.«

Jake drehte den Kopf, um ihr ins Gesicht zu sehen.

»Bei Free People«, ergänzte sie.

»Ach.«

Das machte ihn krank.

Er schob seinen Teller von sich.

»Du musst deinen Doktor machen«, sagte er barsch.

»Was?« In ihrem Bild von der Zukunft würde Jake nach ihrem Hochschulabschluss Gründungskapital bekommen. Sie würden nach Manhattan ziehen. Die Graduiertenschule passte nicht in ihre Pläne. Die besten befanden sich nicht einmal in New York, und sie wollte einfach nur bei ihm sein. Ihr Job war nur Mittel zum Zweck, keine Herzensangelegenheit.

»Ich werde ständig arbeiten«, sagte Jake.

»Wie kommst du plötzlich darauf?«

Er deutete auf das Essen. »Na komm.«

»Jake.«

»Wie lange hast du gebraucht, um das zuzubereiten?«

Jake hatte noch nie so hart gearbeitet wie jetzt, und das machte Sophies Veränderung nur noch offensichtlicher. Der Wunsch, mehr aus sich zu machen, war ihr abhandengekommen. Und das war nicht richtig. Sie verdiente so viel mehr, als das, was sie jetzt hatte. Doch das konnte sie sich nur selbst geben. Er zweifelte an dem Weg, den sie eingeschlagen hatte. Dieses Gefühl begleitete ihn schon eine ganze Weile, aber er hatte es verdrängt. Jetzt da er so völlig ausgelaugt war, hatte er nicht mehr die Kraft, die Zweifel für sich zu behalten.

»Du nutzt deine Begabung nicht«, sagte er.

»Sag mir nicht, was für mich wichtig ist.«

Jake fegte seinen Teller vom Tisch, er schlug gegen die Wand, wo er zu Bruch ging.

Keiner von ihnen rührte sich, es war still wie in einem Vakuum.

»Sophie, wach endlich auf«, schnauzte er sie an.

»Was?«

»Was ist mit dir passiert?«, fragte er.

»Ich bin glücklich.«

Kurz dachte er darüber nach.

»Im Moment vielleicht, aber später wird das anders sein«, sagte er bestimmt. »Du wirst es bereuen. Es ist Zeit, mit deinem Leben etwas anzufangen.«

»Das tue ich.«

Jake erkannte sich in dieser Antwort wieder. Er presste die Lippen aufeinander und erinnerte sich daran, was sie ihn im vergangenen Jahr gefragt hatte: »Weißt du, warum Lippen so weich sind?« Sie hatte mit dem Finger über seine Lippen gestrichen und ihm erklärt, dass die Haut aus drei Schichten bestehe. Die äußere, gewöhnlich dick und fest, war an den Lippen so dünn wie Papier, und daher waren sie weich. Auf den Lippen befanden sich mehr Nervenenden als an jeder anderen Stelle des Körpers, sie waren extrem empfindlich. Und da sie kein Melanin produzierten, wurden die kapillaren Blutgefäße in der Dermis nicht von Pigmenten überdeckt. Alles Wissen, das sie an ihn weitergegeben hatte, war auch in ihr. Aber was nützte es ihr, einfach nur zu wissen, dass es dort war?

»Sophie, ich liebe dich. Aber ich lasse nicht zu, dass du dich vor der Welt versteckst.«

»Jake«, widersprach sie.

»Diese Beziehung schadet dir.«

»Babe.«

»Nein. Da stimmt etwas nicht.« Jake riss seinen Parka vom Garderobenständer, und er schwankte wie ein kahler Baum im Sturm. Er schlug die Tür hinter sich zu. Sophie saß allein am Tisch, den sie für sie beide gedeckt hatte. Die gespenstisch weiße Serviette in der Mitte bedeckte noch ihr Croissant. Es wurde langsam kalt und trocken, während Sophie sich aufs Bett legte, um ihre Mutter anzurufen. Sie ließ es klingeln.

Die Jalousien in ihrem Schlafzimmer waren immer offen. Die Aussicht auf den Himmel regte sie zu weitschweifigen Bemerkungen über die Sternbilder an, auch wenn sie Jake darüber schon länger nichts mehr erzählt hatte. Denn Jake ging immer viel später schlafen als sie. Und so starrte Sophie in den schneeweißen Mond und fror.

»Hallo?« Isabel setzte sich im Bett auf.

»Mom.«

»Darling, was ist los?« Isabel verließ das Schlafzimmer, damit Ronald nicht wach wurde. Sie ahnte, dass es um Jake ging.

»Jake ist weg.«

Isabel ging in die Bibliothek.

»Wir haben uns gestritten«, erzählte Sophie. »Er meinte, ich muss zur Graduiertenschule gehen. Er findet, dass ich mein Leben vergeude. Er ist einfach gegangen. Ich weiß nicht, ob er wiederkommt.«

»Natürlich kommt er wieder.«

»Ich habe ihn noch nie so wütend gesehen.«

Aus Sophies geschlossenen Augen drangen Tränen.

»Wo bist du?«, fragte Isabel.

»Ich liege auf dem Bett.«

»Tief atmen.«

»Was soll ich tun?«, fragte Sophie.

Isabel hatte ihrer Tochter nie Beziehungsratschläge gegeben. Sie hatte mit ihr über Liebe gesprochen, seit sie zum ersten Mal in ihren Gutenachtgeschichten vorgekommen war. *»Im Leben geht es darum, wie tief man liebt und sich lieben lässt.«* Das hatte sie ihr bestimmt Dutzende Male unter den Sternen an ihrer Zimmerdecke gesagt. Doch dieses Mal wollte Sophie es genauer wissen. Sie brauchte einen Rat wegen Jake.

Isabel hatte ihn kennengelernt, als sie Sophie vor den Winterferien im ersten Studienjahr an der Uni abholte. Sie zusammen zu sehen – immer hielten sie irgendwie Körperkontakt – war, wie den Herzschlag im Ultraschall zu beobachten. Das war ungeheure, unbestreitbare Lebendigkeit. Die Kraft zwischen ihnen erschien greifbar, lud die Luft mit etwas auf, durch das sich ihre Härchen kribbelnd aufrichteten. Nachdem Isabel ihn gesehen hatte, verstand sie, warum die Beziehung der beiden so intensiv war. Er hatte ihr mit solcher Hellsichtigkeit, solcher Entschlossenheit in die Augen gesehen, dass es ihr den Atem verschlug.

Das erinnerte sie an …

»Mom?« Sophies Stimme versagte.

»Mir hat auch mal jemand das Herz gebrochen.« Erst als Sophie lauter weinte, begriff Isabel, dass sie das laut gesagt hatte. Sie rieb sich den Schlaf aus den Augen. »Ich meine damit nicht, dass dir das gerade passiert. Ich meine den Schmerz. Den kenne ich.«

»Wie war das bei dir?«

Isabel hörte dabei zu, wie ihre Tochter ruhiger wurde. Informationen hatten Sophie immer beruhigt. Jake schien es genauso zu gehen.

»Nun ja, ich war in deinem Alter. Wir waren schon ein paar Jahre zusammen gewesen. Dann hat er mich verlassen.«

»Warum?«

»Da ist nichts vorgefallen.« Isabel hatte seit Jahrzehnten nicht mehr darüber gesprochen. »Es dauerte seine Zeit, bis ich das verstand. Ich bin mir immer noch nicht sicher. Ich vermute, es lag daran, dass wir aufhörten zu wachsen. Wir haben uns, solange wir zusammen waren, nicht weiterentwickelt.« Isabel dachte laut. »Ich glaube, wenn man jung ist, liebt man auf besitzergreifende Art. Man sagt: Du gehörst mir, wir müssen zusammen sein, du musst mich auch lieben. Oder vielleicht ist das einfach nur Leidenschaft.« Aidan war Maler. Er und Isabel hatten Stunden über Stunden damit zugebracht, in New York City durch Galerien zu schlendern. Auch heute noch ging sie manchmal in ein Kunstmuseum, um ihm auf diese Weise nahe zu sein.

Nachdem er sich von ihr getrennt hatte, bedrängte sie ihn mit Anrufen und Briefen und bat ihn immer wieder, mit ihr zu reden, ob er denn in den nächsten zwei Wochen nicht mal fünf Minuten Zeit hätte. »Du kannst niemanden zwingen, dich zu lieben. Das habe ich damals begriffen. Entweder er tut es freiwillig oder gar nicht. Kontrolle hat man nur über sich selbst.«

»Du verstehst es nicht.«

»Was denn?«

Schweigen.

»Sophie?«

Sophie weinte noch verzweifelter als vorher, sie konnte nicht weitersprechen. Der Schmerz war so stark, als hätte ihr jemand die rechte Hand amputiert. Isabel war überzeugt, dass die intelligenteren Menschen intensiver fühlten. Sophie zog sich nie zurück, weil sie gefühllos wäre, sondern weil sie zu sensibel war. Und da sie nun tief verletzt war, wünschte Isabel, sie könnte ihrer Tochter den Schmerz abnehmen. Doch dann fand sie sich damit ab, dass sie ihr am besten half, indem sie zuhörte.

Sophie wachte auf, als Jake ins Bett kam. Die Matratze senkte sich unter seinem Gewicht, sodass sie auf ihn zu rutschte. Als sie sich umarmten, sandte sein Herzschlag Schwingungen durch ihre Brust.

»Ich liebe dich«, sagte er.

»Ich weiß.«

Er strich über den Rand ihres Ohrs, dann über ihr Ohrläppchen. Sophie hatte sich keine Löcher stechen lassen.

Sie hatte keinen Führerschein gemacht. Sie trank keinen Alkohol, weil er ihr nicht schmeckte. Einmal, als sie im ersten Jahr unter bonbonrotem Herbstlaub zum Science Hill hochgingen, fragte sie ihn, ob er an Halloween Süßigkeiten sammeln gehen werde. Sie dachte keinen Moment daran, dass man das in ihrem Alter nicht mehr tat. Er liebte ihre kleinen Eigenheiten. Aber auf seinem Spaziergang über den Campus hatte er das Gefühl nicht abschütteln können, dass er ihr schadete. Er dachte an ihre erste Begegnung zurück und sah sie vor sich: hellblonde Haare, unwiderstehliche Intelligenz. Und während sie ihn nach den alltäglichen Dingen in seinem Leben fragte und seine Antworten ernst nahm, wirkte sie ungewöhnlich bescheiden, trotz ihres Potenzials und ihrer Energie. Niemand war so gut wie Sophie. Als er an der Bass Library vorbeiging, beschloss er, sie nicht noch länger zu behindern.

»Ich meine es ernst, ich liebe dich«, sagte er.

»Ich weiß, Jake.«

»Auch wenn es nicht danach aussieht, aber so ist es.«

Jake unternahm einen letzten Versuch, Sophie auf ihren alten Weg zurückzuführen. Er legte ihr Bücher hin – *Eine kurze Geschichte der Zeit, Die neue Psychologie der Zeit* –, in der Hoffnung, ihre Leidenschaft neu zu wecken. Er abonnierte die *Physics World* und legte Ausgaben neben ihren Stuhl. Wenn er sich ihr nach langem, konzentriertem Arbeiten zuwandte, hoffte er, sie könnte sich durch sein Beispiel daran erinnert fühlen, dass sie auch einmal so gewesen war.

Der Umfang seiner Arbeit belastete ihn, aber dann dachte er daran, wofür er es tat: Er wollte, dass sie beide alles haben könnten. Er malte sich ihre Zukunft aus. Vielleicht hatten ihre Scherze über Fabio ihn beeinflusst, denn er malte sich aus, wie er zu Sophie und ihrem Sohn nach Hause käme. In seiner Fantasie sah er sich dreißig Jahre später, als er schon unzählige Male in ihre Einfahrt eingebogen war. Die Sonne war untergegangen, der Himmel rosa. Ihr Haus war wie Sophies Elternhaus umgeben von Bäumen, deren Silhouette ein erleuchtetes Fenster der Bibliothek verdunkelte. Ihr Sohn war gerade nicht zu sehen, aber bei ihr. Sie sah Jake die Stufen zur Tür hinaufgehen und lächelte. Das sah er so klar vor sich, dass er die Bäume auf dem Rasen zählen konnte. Der Traum hatte sogar eine Temperatur: Es war warm. Noch nie hatte einer seiner Träume eine Temperatur gehabt.

Diese Zukunftsbilder halfen ihm dabei weiterzumachen.

Aber Sophie änderte sich nicht.

Eine lähmende Ruhe hatte von ihr Besitz ergriffen.

Langsam, widerstrebend erkannte er, dass er gehen musste.

Er fühlte sich lustlos, schwach.

Und allmählich machte es ihn tieftraurig, wenn er an die Zukunft dachte.

Von da an waren ihre intimen Augenblicke durchdrungen von dem Gefühl des Abschieds. Er konnte sehr distanziert sein, wenn sie beide im Arbeitszimmer waren, aber wenn sie sich berührten, alle Hindernisse oder Ablenkungen wegfielen, umhüllte er sie völlig mit seiner absoluten

Gegenwart. Ob langsam oder mit schneller, unbändiger Ekstase, jeden dieser Momente nahm er detailreicher und schärfer wahr als eine Woche des normalen Alltags. Er gab sich mit Herz und Seele hin. Er versuchte, sich Sophie einzuprägen.

Am Freitagabend in der Woche vor dem Examen saß Jake auf seinem Bürostuhl, als der Anruf endlich kam. Beim Anblick von Lionels Name im Display war er augenblicklich hellwach. Sophie schlich von ihrem Platz herüber, in der Hand hielt sie *Niemandsland*, einen Urban-Fantasy-Roman von Neil Gaiman, den Daumen hatte sie als Lesezeichen zwischen die Seiten geschoben. Jakes Bloomberg-Terminal zeigte den Umfang des Portfolios an: 238 800,13 Dollar, es war seit September um neunzehn Prozent gestiegen – ein komfortabel höherer Zuwachs als die dreizehn Punkte des S&P 500. Und tatsächlich sagte Lionel zu, ihn mit dem Startkapital auszustatten. Sophie strahlte mit der untergehenden Sonne, während sie sich über die nächsten Schritte einigten, wozu auch Jakes Plan gehörte, auf derselben Etage wie Padington ein Büro zu mieten.

Als Jake aufgelegt hatte, war er völlig sprachlos. Sophie dachte nicht mehr an ihr Buch, bis es auf dem Boden aufschlug. Sie ergriff Jakes Arme und hüpfte auf und ab, während er reglos dastand.

»Jake!«, rief sie aus. »O mein Gott!«

Sie umarmte ihn stürmisch, sodass er sich auf seinen Stuhl setzen musste, dann warf sie sich auf seinen Schoß und überzog sein Gesicht mit Küssen, dann sein Ohr, trunken und albern vor Freude über die unglaubliche Leistung. Jake machte seine Träume wahr – war er nicht fantastisch? Wer außer ihm war so zielstrebig? Sie hatte nie an ihm gezweifelt. Jake rührte sich noch immer nicht. Sein starker Körper war schlaff, als er zu sprechen begann. Lionel hatte ihm grünes Licht gegeben. Er konnte anfangen, wann immer er wollte. Also würde er in der nächsten Woche sein Büro in New York beziehen.

»Wo werden wir wohnen?«, fragte sie atemlos.

Er stutzte.

»Ich weiß nicht, ob wir zusammenwohnen sollten.«

»Was?«

»Ich werde ununterbrochen arbeiten.«

Ihr Ton war immer noch fröhlich.

»Aber wenn wir nicht zusammenwohnen, werde ich dich gar nicht mehr sehen.«

Jake hielt Sophie umfangen.

Er wollte ihre Beziehung nach Sophies Examen beenden – das war die Wahrheit. Eher war es nicht möglich. In ihren Zimmern waren sie jeden Tag so eng zusammen, er hätte die Trennung unmöglich durchgehalten. Ihr Zuhause im Berkeley übte eine Macht über sie aus, die sich unmöglich zerstören ließ. Hier hatten sie zu einer solch tiefen Innigkeit gefunden, sie ließ sich nicht umkehren. Dieser Ort würde immer zu ihnen gehören.

»Es wäre unfair. Ich werde mitten in der Nacht nach Hause kommen und auch dann noch weiterarbeiten, lesen. Wenn ich voll konzentriert bin, werde ich nicht merken, ob ich irgendwo laut herumtrampele. Und morgens werde ich schon früh wieder aus dem Haus gehen.« Das alles war richtig, aber es war nicht die ganze Wahrheit. »Du hast Besseres verdient.«

»Du meinst das ernst, ja?«

Er nickte.

»Tut mir leid, aber das werde ich dir nicht antun.«

Sophie war völlig überrumpelt. Sie hatte ihre Arme um seinen Hals gelegt, während sie versuchte, all das zu begreifen. Sie sollten getrennt leben? Glaubte er wirklich, das würde sie voneinander fernhalten? Sie würden zwei Mieten zahlen, aber dennoch beieinander übernachten. Jeder hätte Kleidung im Schrank des anderen, eine Zahnbürste am Waschbecken. Denn nur wenn sie zusammen waren, waren sie wirklich zu Hause. Er war ihre Zuflucht vor all den anderen Menschen da draußen. Jake schwieg. Er schien eisern daran festhalten zu wollen – und sie vertraute ihm.

»Ist das eine Phase?«, fragte sie, um Klarheit zu bekommen.

Sein Magen rebellierte.

»Ja.«

»Wir leben wieder zusammen, wenn es bei dir ruhiger wird?«

»Ja.«

Schließlich stimmte sie nickend zu.

»Es tut mir leid«, sagte er.

»Ich weiß.«

Jake nannte seinen Fonds Olympus Capital nach dem Berg auf dem Mars.

Sophie fand eine Einzimmerwohnung in Brooklyn.

Sie schickten sich Nachrichten, um sich zu verabreden.

An jenem Abend Ende Mai konnte Jake erst um 21:00 Uhr Feierabend machen, und er hatte vor, auch später noch zu arbeiten. Also wollten sie sich in der Nähe seines Büros treffen. Es war Dienstag. Sophie aß bei sich zu Hause in Williamsburg zu Abend und las *Der Ozean am Ende der Straße,* auch dies ein Urban-Fantasy-Roman. Sie putzte sich die Zähne, dann fuhr sie mit der U-Bahn nach Manhattan und stieg an der 23rd Street aus. Sie hatten sich seit dem Examen nicht mehr gesehen, und damals hatte er unerwartet traurig auf sie gewirkt. Durch die gelbe Quaste hindurch, die von seinem Doktorhut herabbaumelte, hatte er sie unentwegt angestarrt – ungewohnt wehmütig und mit feuchten Augen – und dabei hätte er doch zu Isabel blicken müssen, die alles auf dem Handy festhielt.

Jetzt hielt Sophie auf den Madison Square Park zu. Der Himmel war schwarz, aber die Stadt hell erleuchtet, als hätte jemand die Sterne herabgeholt und in die Wolkenkratzer gesperrt. Sie setzte sich pünktlich auf eine Parkbank und schaute die zwanzig Stockwerke zu Jakes Fensterreihe hinauf. Gewöhnlich war sie im Einklang damit, wie er die Dinge sah. Und zum Glück war das hier nur eine Phase. Fürs Erste würde er rund um die Uhr arbeiten müssen, um sein Geschäft zum Laufen zu bringen, aber dann würden sie wieder Zeit füreinander finden. Als Jake aus dem Gebäude kam, lächelte sie. Zwischen zwei Grünphasen lief er über die Straße.

Sophie stand auf.

Sie umarmten sich.

»Hey«, sagte er.

»Hi!«

Sie setzten sich mit Abstand nebeneinander.

Sophie rutschte näher zu ihm.

»Wie geht es dir?«, fragte sie begierig.

»Ganz gut.«

Zum ersten Mal glaubte sie ihm nicht. Er rang die Hände. Er sah blass aus – und er war noch nie blass gewesen. Für jemanden, der seinen Traum lebte, wirkte er seltsam verhärmt. Sie wollte die Hand um seine Wange legen. Er wich zurück.

»Ich finde, wir sollten eine Pause einlegen«, sagte er.

»Was?«

»Ich denke schon eine Weile darüber nach. Es tut mir leid, Sophie. Du gibst zu viel von dir auf, wenn du mit mir zusammen bist. Du bist zu sehr mit uns beschäftigt.« Er sprach langsam und wohlüberlegt. »Ich denke immer wieder an dich, wie du bei unserer ersten Begegnung warst. Ich weiß, wir wollen zusammen sein, aber für dich ist der Preis zu hoch. Ich will nicht, dass dir deine Träume verloren gehen.«

Totenstille.

»Und das ist nicht mal das Wichtigste. Aber eines ist sicher, wir werden einander nicht sehen.«

»Das würden wir, wenn wir wieder zusammenleben.«

Jake liebte ihre Klarheit. Er widerstand der Versuchung, ihr zuzustimmen, und sah sie stattdessen nur an. So nahm er ihren Anblick schon seit Wochen in sich auf, weil er gewusst hatte, dass dieser Abend kommen würde. Vorn auf ihrem T-Shirt war ein Pompon, der Schwanz des Kaninchens darauf. Sie hatte dieses Shirt schon im ersten Studienjahr getragen. Inzwischen war der Pompon verwaschen und ausgefranst.

»Für wie lange?«, fragte sie.

»Ich weiß es nicht.«

»Bittest du um eine Pause oder verlangst du eine?«

»Was?«

»Denn wenn du bittest, sage ich Nein.«

Er schwieg.

»Was meinst du überhaupt mit Pause?«, fragte sie weiter.

»Dass wir nicht mehr zusammen sind.«

Sophie fing sofort an zu weinen.

»Es tut mir leid. Ich sehe keine andere Möglichkeit.« Er rang die Hände noch stärker und dehnte dabei ein Stück Haut bis an die Grenze ihrer Elastizität. »Siehst du denn nicht, wie viel Zeit du jetzt für dich selbst hast? Alles, was du tun wolltest – was du noch immer tun willst, das weiß ich genau –, kannst du jetzt angehen. Das ist auch für dich eine entscheidende Phase. Es ist die Zeit, in der wir uns unser späteres Leben aufbauen.«

»Warum entscheidest du, was für mich das Richtige ist?«

»Weil ich es weiß.«

»Offenbar nicht.«

»Sophie. Du bist es, an die ich dabei denke.«

Du. Sophie konzentrierte sich nur auf dieses Wort. Ihre Mom hatte das gesagt, als sie über Jake sprachen. »Du kannst niemanden zwingen, dich zu lieben … Kontrolle hat man nur über sich selbst.« Aber Sophie hatte sich seit ihrem ersten Jahr an der Uni niemals von Jake getrennt erlebt. Er war eins mit ihr. Er war in all ihren Gewohnheiten, Neigungen, den Menschen, die sie kannte, in ihrem Verhältnis zu sich selbst. Sie hatte immer angenommen, sie würden zusammenbleiben. *Du?* Wer war sie allein?

Jake erklärte seine Entscheidung auf verschiedene Weise.

Doch er änderte sie nicht.

Am Ende akzeptierte sie es.

»Okay, eine Pause.«

Sie gab nach.

»Ich liebe dich«, fügte sie hinzu. Die Worte kamen aus ungeahnten Tiefen.

Sie standen auf.

Sie umarmten sich.

Sophie küsste ihn auf die Wange.

Und ging zurück zur U-Bahn.

Eine Pause?

Sophie weinte über dem Bürgersteig, der in Graustufen unter ihr hindurchlief. Sie war umgeben von Menschen in der größten Stadt der Welt, aber niemand hier gehörte zu ihr. Sie und Jake waren nicht nur miteinander gegangen. Er war ihre Familie. War er das jetzt nicht mehr? Wie konnte das passieren, obwohl sie sich noch liebten? Er hatte auf der Bank nicht auf ihre Frage geantwortet. Aber das war auch nicht nötig gewesen. Sie wusste, was er empfand.

Jake stand im Foyer, betrachtete sein Handy, die letzte Verbindung zu ihr. Sollte er ihr schreiben? Kein Satz kam ihm angemessen vor. Und seine Entscheidung würde er nicht ändern. Er steckte das kalte Gerät wieder ein und ging durch das Drehkreuz zum Aufzug. In seinem Magen braute sich etwas Übles zusammen. Sophie hatte ihm einiges darüber beigebracht. Der Darm, der auch als zweites Gehirn bezeichnet wurde, besaß mehr Nervenzellen als das Gehirn. »Und du weißt, ich kann darüber lange reden, über Biologie, alles«, sagte sie eines Abends im Bett. »Aber das ist nicht das Wichtigste. Wir bestehen aus Milliarden Zellen, und Millionen Prozesse laufen in uns ab, die gar nicht so schwer zu verstehen sind. Doch ich denke, eigentlich wollen wir alle nur eine persönliche Beziehung, damit wir wissen, dass wir nicht allein sind.« Er sah ihr künftiges Zuhause, als wäre es real oder möglich, und sie lesend in der Bibliothek. In der Wirklichkeit verließ er den Aufzug, betrat seine Firma und entschied, dass es das Beste wäre, zu arbeiten.

9

Genau ein Jahr später ging Sophie bei Sonnenaufgang zum Madison Square Park. Die Straßen waren verlassen, ein einzelner Jogger begegnete ihr und ein Mann, der drei Möpse an der Leine führte. Parallele Rillen auf dem Gehweg liefen ein Stück weiter vorn zu einer Linie zusammen, eine Illusion von Entfernung. Ampeln leuchteten für niemanden auf.

Sie schlief noch immer schlecht. Nach einem ganzen Jahr. Im Park saß sie allein auf jener Bank, auf der es passiert war. Sie spürte ihn bei sich, stärker als an jenem Tag. Hinterließen Menschen überall, wo sie hingingen, etwas von sich? Der Morgen verlieh der Luft eine hellblaue Färbung. Schließlich holte sie das Handy aus der Tasche ihres Parkas, wählte die Klassiker und spielte »Georgia on My Mind« von Ray Charles. Sie sah, dass er den Song erst vor ein paar Tagen hinzugefügt hatte.

Sophie ließ ihn noch einmal laufen. War das ein heiterer oder ein trauriger Song? War es die wehmütigste Melodie, die je komponiert wurde, oder projizierte sie da etwas hinein? Vielleicht hatte Jake ihn eigens für sie ausgesucht, weil er an sie dachte. Vielleicht war sie sein Georgia, die Heimat, die ihm immer wieder durch den Sinn ging. Diese Möglichkeit wirkte wie Medizin, und sie legte ihre Hände unterhalb der Rippen auf ihren Bauch. Sie vermisste ihr Georgia auch.

»Wie geht es Ihnen, Sophie?«, fragte Dr. Alice White am nächsten Tag. Sophie ging seit einem Monat zu ihr, hatte seitdem kaum etwas gesagt, erweckte aber den Eindruck, »es zu wollen«. Jede Woche kam sie pünktlich und setzte sich auf das Sofa, direkt an die Seitenlehne, in der Nähe von Dr. Whites Sessel. Dann zog sie traurig und unvermittelt die Brauen zusammen, legte zwei Finger an die Lippen, fasste sich an die Kehle, ganz auf die eigene Stimme fokussiert, die sie dann aber doch nicht gebrauchte. Unter ihrer Promotionsurkunde – Psychiatrie in Harvard – versuchte Dr. White immer wieder, die Blockade in Sophie zu lösen.

Schweigen.

»Was beschäftigt Sie?«, fragte Dr. White.

Sophie zupfte am Kapuzenband ihres schwarzen Nike-Hoodies. Sie legte es nicht darauf an, trotzig zu sein. Sie wollte sich selbst begreifen. Die Flashbacks von Jake, die sie ständig erlebte, störten ihren Alltag. Sie kamen ihr nicht wie gewöhnliche Erinnerungen vor. Alle fünf Sinne waren dabei im Spiel. Eben saß sie noch in der U-Bahn auf dem Weg zur Arbeit und musste die stickige Luft ertragen, und plötzlich saß sie neben Jake im Speisesaal und atmete seinen Geruch. Das war wie ein Klartraum, er besaß Masse, Substanz und eine spektakuläre Klarheit. Sie konnte die Cheerios in seiner Schale zählen. Sie konnte die Wärme der Sonne spüren, die im Berkeley durch die Fenster schien.

Sie war dort – aber sehr kurz und ohne die Verbindung zur Gegenwart zu verlieren. Es war, als befände sie sich in beiden Momenten zugleich.

Ihre Eltern hatten sie auch schon zu einem Allgemeinmediziner geschickt. Sie wollten nicht nur verstehen, warum sie diese »Halluzinationen« – die Wortwahl ihrer Eltern – hatte, sondern auch, warum sie so dünn und blass geworden war und sich immer wieder an den Bauch griff. Sophie hielt sich den Bauch, als machte sich dort ein Bandwurm bemerkbar. Aber alle Untersuchungen zeigten, dass sie gesund war.

»Beim vorigen Mal haben Sie über Seelenverwandtschaft gesprochen …«

»Ich sagte, ich hätte etwas dazu gelesen«, korrigierte Sophie Dr. White.

Sie hatte während der Arbeit bei Free People Gedichte gelesen, um das, was sie derzeit durchmachte, aus einer anderen Perspektive zu sehen. Rumi schrieb: »Abschiede erleben nur die, die mit den Augen lieben. Wer mit Herz und Seele liebt, für den gibt es keine Trennung.« Diese Passage war ihr wie ein Fingerzeig erschienen. Was könnte die Psychiatrie da schon Erhellendes hinzufügen? Warum wurde sie in die Vergangenheit geschleudert, sodass sie zugleich dort und im Hier und Jetzt war?

»Richtig«, sagte Dr. White. »Dann haben Sie mich gefragt, ob ich an Seelenverwandtschaft glaube.«

»Ja.«

»Ich sagte, dafür gebe es keine Beweise, und ich möchte das gerne genauer ausführen. Der Richtige, die große

Liebe – ich bin die Literatur noch einmal durchgegangen.« Dr. White beugte sich vor, sprach aber sanft, um Sophies Stimme nicht zu verschrecken. »Studien zeigen, dass Menschen, die an Seelenverwandtschaft glauben, mit höherer Wahrscheinlichkeit ihren Partner verlassen und schwierige Beziehungen haben. Weil sie glauben, dass es nur einen bestimmten Menschen für sie gibt, fragen sie sich ständig: Ist er es? Ist er der Eine? Es ist eine bessere Lebensstrategie, sich zu fragen: Wie kann ich meine Beziehung verbessern? Menschen sind glücklicher, wenn sie sich befähigt fühlen, ihre Beziehung zu verbessern. Wenn sie an Entwicklung glauben, nicht an Schicksal.«

»Ich glaube nicht, dass die Idee der Seelenverwandtschaft anderen schadet.«

»Hm.«

Dr. White versuchte, ihr mehr zu entlocken.

Das Schweigen schwoll an.

»Nun ja«, räumte Dr. White ein, »die Idee der Seelenverwandtschaft kann es schwerer machen weiterzuziehen, wenn die Person davon überzeugt ist, den Einen gefunden zu haben.« Dr. Whites Augen wurden größer, als sie begriff. »Was eine Trennung ebenfalls komplizieren kann, ist Introvertiertheit«, fuhr Dr. White behutsam fort. »Eine introvertierte Frau – Verzeihung, oder Mann – braucht länger, um sich zu öffnen. Wenn sie eine innige Beziehung findet, fühlt sie sich nicht mehr einsam. Sie findet Gemeinschaft, Leidenschaft, Tiefe und Vertrauen. Wenn diese Beziehung zerbricht, hat sie vielleicht keine engen Freunde, auf die sie sich in der Umstellungsphase stützen kann. Dann fehlt ihr die emotionale Unterstützung, die sie braucht, weil sie insgesamt weniger Beziehungen hat.«

Sophie spielte an einer Falte ihrer weiten Jeans herum.

»Warum sprechen wir darüber, Sophie?«, fragte Dr. White.

»Er …« Sophies Stimme versagte. »Wir waren vier Jahre lang zusammen.« Dr. White machte sich keine Notizen oder hemmte die Dynamik in irgendeiner anderen Form. »Er bat um eine Pause. Seitdem habe ich nichts mehr von ihm gehört. Seit, ich weiß nicht, einem Jahr.« *Und einem Tag.* »Wir sind nicht zusammen, aber … ich weiß, wir sind es. Dafür gibt es keinen Beweis. Das ist mir klar. Wenn wir miteinander alle Fakten durchgingen, würde ich Ihnen in jedem Punkt zustimmen. Ich weiß nicht, wie ich das messen soll. Ich weiß nur, dass wir zusammen sind. Nicht in einer anderen Realität, sondern in dieser. Nicht auf sichtbare Weise, dennoch auf eine reale. Ich weiß noch nicht, wie ich das beweisen kann, aber er ist bei mir. Ich weiß es einfach.«

»Sie haben das Gefühl, dass er bei Ihnen ist«, wiederholte Dr. White.

»Ja. Warum ist das so?«

Sophie wartete auf die Antwort.

Dr. White hielt ihren Stift in der Hand.

»Er ist in allem anwesend, was ich mag: in Orten, in Songs. Seinetwegen bin ich in New York City. Ich kann mich nicht ohne ihn sehen und … ich habe diese Flashbacks, in denen ich mit ihm im Berkeley-College bin. Aber die sind sehr real.« Sophie rieb in Augenhöhe die Finger aneinander, um zu betonen, wie fühlbar die Visionen waren. »Ich werde in diese Momente mit ihm versetzt, als würden sie von Neuem geschehen oder als hätten sie nie aufgehört zu geschehen. Ich bin an zwei Orten gleichzeitig. Ich verstehe das nicht.«

»Eine zerbrochene Beziehung kann traumatisch sein.«

Sophie zuckte zusammen.

»Eine unterbrochene Beziehung«, korrigierte sich Dr. White.

»Was passiert mit mir?«

»Studien zeigen, dass sich der Schock physisch auswirken kann …«

Sophie atmete unregelmäßig.

Dr. White zählte Symptome einer depressiven Episode auf.

»Um wieder ein gesundes Leben führen zu können, muss man dies vor allem wollen. Das ist der erste Schritt. Man kann sich wirklich dazu entscheiden. Studien zeigen, dass es nicht nur möglich ist, eine neue Liebe zu finden, sondern sogar auch ganz allgemein …«

Sophie schluckte ihren Widerspruch hinunter. Es ging ihr nicht darum, sich wieder gut zu fühlen, sondern zu begreifen. Sie musste darüber mit jemandem reden, der nach Erkenntnis suchte und nicht glaubte, sie schon zu besitzen. Was Sophie erlebte, war noch vollkommen ungeklärt.

»Was haben Sie?«, fragte Dr. White.

»Nichts«, log Sophie.

Dr. White tippte mit ihrem Stift auf ihren Block.

»Sophie, was haben Sie?«

Sophie wischte sich über die Augen.

»Es tut mir leid. Ich bin hier falsch.«

»Wollen Sie Hilfe?«

Sophie fasste sich an die Stirn und offenbarte ihre abgekauten Fingernägel. Der Nagel des kleinen Fingers war in der Mitte gebrochen, ein blutiger Strich zeichnete sich dort ab.

»Sophie, verletzten Sie sich?«

Sophie verbarg ihre Hand. Sie wusste, dass Dr. White bedenkliche Selbstverletzungen melden musste, die Frage hörte sich an, als wollte sie etwas auf einer Checkliste abhaken. Zum ersten Mal seit jenem Herbst wünschte sie sich, sie könnte mit Professor Malchik reden. Er hakte Probleme nicht einfach mechanisch ab. Er war der einzige Mensch, den sie kannte, der sich nach neuen Paradigmen sehnte und danach, alte überkommene Denkmuster aufzugeben, um Neues lernen zu können, so als lebte seine Seele von genau diesen Entdeckungen. Je fremdartiger ihre Theorien waren, desto besser.

»Sophie?«, sagte Dr. White.

Sophie bedeckte ihre Augen.

»Sophie, wollen Sie sich von mir helfen lassen?«

Nein. Sophie fasste sich an den Bauch. Ihr Schmerz war Information. Sie musste es nur verstehen, aber vielleicht war das hier nicht möglich. Sie schaute sich um. Die schlanke Stehlampe auf ihrer Seite des Sofas warf ein schummriges Licht an die Decke. Es erreichte kaum die Schachtel mit Papiertaschentüchern auf dem Beistelltisch, die neben zwei gebundenen Büchern stand: *Erziehung eines*

Wunderkinds von Dr. Alice White, MD und *Die Welt des begabten Kindes* von Dr. Alice White, MD. Sie hatte schon alle Antworten parat.

Sophie stand auf.

»Sophie …«

»Es tut mir leid, aber ich muss gehen.«

Während der Rückfahrt mit der U-Bahn überlegte Sophie, wie sie mit Professor Malchik Kontakt aufnehmen sollte. Zwischen ihnen lagen vier Jahre des Schweigens. Die Zeit, die sie miteinander verbracht hatten, war geprägt von ihrem inneren Rückzug, bei dem sie immer blasser und ihr mangelndes Interesse an seinem Unterricht immer deutlicher geworden war. Sie würde zuerst noch weiter an ihrem Thema arbeiten müssen, bevor sie sich wieder bei ihm meldete. Sie musste beweisen, dass sie sich für die Lösung des Problems engagierte, dass es keine Laune war, sondern ein verlässliches, dauerhaftes Interesse.

Ihr gegenüber saß ein kleiner Junge und spielte mit einer grünen Schlange aus beweglichen Plastikgliedern. Er hielt sie am Schwanz und erzeugte Schlängelbewegungen, die er wie gebannt verfolgte.

Vielleicht war das der Anfang einer Idee.

10

Peter griff um die Kante des Pultes vor dem leeren Vorlesungssaal. Er hätte sicher schon einige Hundert Meter zurückgelegt, so oft, wie er von einem Fuß auf den anderen getreten war. Seit Sophies E-Mail – Betreff: Physik-Promotion –, in der stand, dass sie sich heute immatrikulieren würde, hatte er diesem Moment entgegengefiebert.

Anscheinend hatte sie eine neue Idee und wollte in diesem Herbst seine Zeittheorie-Vorlesung hören. Sie freue sich darauf, ihn im Unterricht wiederzusehen. Er hatte sie sofort gegoogelt. In den vier Jahren nach ihrem Examen hatte sie den Lagerbestand bei Free People verwaltet. Aber was hatte sie während dieser Zeit gedacht? Einstein hatte auch auf einer Stelle weit unter seinen Fähigkeiten gearbeitet, im Patentamt, und unterdessen seine Relativitätstheorie entwickelt. Hatte die Monotonie ihren Geist befreit? Und in welchem Sinn? In der vergangenen Woche hatte Peter jede Person ganz genau betrachtet, weil er hoffte, ihr Gesicht unter all den anderen zu entdecken. Das neue Studienjahr war erst ein paar Tage alt, und diesmal spürte er die aufkommende Energie des Unibetriebs.

Er blickte hoch, als der erste Student hereinschlenderte – es war nicht Sophie.

Würde er sie wiedererkennen?

Und dann …

Sophie?

Ihre knochigen Wangen verjüngten sich zu einem kantigen Kinn. Ihre Haare waren dünner, schlaffer. Sie war schon immer blass gewesen, aber jetzt wirkte sie unter ihrer Kapuze fast durchsichtig.

Währenddessen fühlte sich Sophie in dieser lebensechten Replik der Vergangenheit noch verletzlicher als sonst. Yale hatte sich nicht verändert. Ihr altes College nahm noch immer einen halben Häuserblock ein, und die Sterling Library sah aus wie eine Kathedrale. Im Silliman-Speisesaal standen dieselben langen Tische unter denselben hohen Decken. Und … sie und Jake hatten in diesem Raum einen Kurs belegt. Zwei Dutzend Sitzreihen standen dem Podium gegenüber. Herausziehbare Klapptische in jeder Stuhlreihe.

Im Alter von achtzehn Jahren war das ihre Welt gewesen.

Professor Malchik sah noch genauso aus, wie in ihrer Erinnerung: dünn, unruhig. Sie winkte und setzte sich an die Wand. Als sie ihren Spiralblock aufschlug, öffnete sie in einem kurzen Flashback acht Jahre früher im selben Raum einen Spiralblock mit einem identischen Deckblatt. Jake saß neben ihr und tippte Notizen in sein MacBook. Sie sah ihn von der Seite an. Sie sah jede einzelne seiner dunklen Wimpern, konnte sie zählen. Er roch aggressiv sauber, gründlich gewaschen. Ihr war, als ereignete sich dieser Moment jetzt – und kurz war sie euphorisch –, bis er ihr entglitt.

Sie atmete tief ein und aus.

Mit rundlicher Schrift schrieb sie das Datum in die obere Ecke: 1. Sept.

»Mein Name ist Peter Malchik«, wandte sich Peter an die Studenten im Hörsaal. Niedergeschlagen schaute er auf seine Notizen auf dem Pult. Er hatte diese Einführung für *sie* geschrieben, angeregt durch das phönixhafte Wiedererwachen ihrer Energie. Sie persönlich zu sehen, war ernüchternd gewesen – bis sie den Kopf hob und seinem Blick begegnete. Ihre blauen Augen blickten klar. In ihnen sah er eine Zielstrebigkeit, die ihre Körperhaltung nicht ausdrückte.

»Bevor ich mit der Vorlesung beginne«, sagte er wie geplant, »möchte ich Ihnen erklären, warum ich auf diesem Fachgebiet forsche, während die Welt doch unendlich viele Möglichkeiten bietet. Die Wahrheit ist, dass die Welt mich verwirrt. Vielleicht hätte ich einen anderen Beruf gewählt, wenn das Leben leichter zu verstehen wäre oder mich geistloses Konsumieren reizen würde. Aber ich habe immer gedacht, dass die Welt viel mehr bietet, als wir sehen.« Das war ein Zitat aus Sophies Bewerbungsaufsatz. »Wir können nicht alles selbst wahrnehmen, aber die Physik kann uns helfen, über die uns gegebenen Sinne hinauszugehen. Ich ermutige Sie, sich einen offenen Geist zu bewahren. Was Sie für wahr halten, kann falsch sein. Was Sie für falsch halten, kann wahr sein. Meine Aufgabe ist es, Ihnen zu zeigen, was auf diesem Fachgebiet heute für wahr gehalten wird. Ich fordere Sie auf, diesen Erkenntnisstand zu verbessern.«

Nach der Vorlesung blickte Peter auf den Teppich, der ihn an Stahlwolle erinnerte, und gewährte seinen Studenten so die Annehmlichkeit der Anonymität, während sie hinausgingen. Er und Sophie hatten keine Zeit für ein Treffen vereinbart. In den E-Mails – sie meldete sich, er antwortete – war es bei einem »Ich freue mich, Sie wiederzusehen« geblieben. Verstohlen blickte er auf und sah, wie sie auf das Pult zukam. Nur sie beide waren noch im Hörsaal.

»Hi«, sagte sie mit gedämpfter Stimme.

»Sophie. Schön, Sie wiederzusehen.«

»Sie auch.«

Seine Hosentaschen hielten ihn von fahrigen Bewegungen ab.

Wieso sagte sie nichts?

»Ich habe mich gefreut, von Ihnen zu hören.« Er versuchte, den Schwung aufrechtzuerhalten. »Und zu hören, dass Sie sich wieder mit dem Gebiet befassen wollen.« Er musterte sie. Sie strahlte eine tiefe Empfindsamkeit aus, wirkte verletzt, offen, aber im Gleichgewicht, aufgrund einer neuen, spürbaren Entschlossenheit. »Manche Doktoranden lassen sich Zeit bei der Wahl ihres Themas. Es freut mich, dass Sie eins gefunden haben.«

»Ja. Blocktheorie.«

Oh … jetzt war ihm klar, warum sie seine Hilfe wollte. Peter hatte viel zu dem Thema veröffentlicht. Die Blocktheorie behauptete, dass alle Ereignisse der Vergangenheit, Gegenwart und Zukunft gleichzeitig stattfanden, wie in einem vierdimensionalen »Block« aus Raumzeit. Alles was passiert war oder künftig passieren würde, geschah genau genommen jetzt. Einstein hatte diese Theorie auf den Punkt gebracht: »Für uns strenggläubige Physiker ist die Unterscheidung zwischen Vergangenheit, Gegenwart und Zukunft nur eine sich hartnäckig haltende Illusion.« Dieser Block der Raumzeit wurde in wissenschaftlichen Aufsätzen als Quader dargestellt, bei dem die Länge die zunehmende Zeit darstellte: am einen Ende der Urknall und am anderen der letzte Augenblick des Daseins. Der Block enthielt zum Beispiel Sophies Geburt, jede Sekunde ihrer Collegejahre und ihren Tod, allesamt gleichzeitig. Die Blocktheorie besagte, dass Menschen zu verschiedenen Zeiten gleichzeitig existierten, aber das war bislang unbewiesen.

»Ich dachte, wir könnten darüber reden?«, sagte Sophie.

»Sehr gern. Und … um es direkt zu sagen: Ich bin hier nicht der Einzige, mit dem Sie über Ihre Theorien sprechen können.«

Sie zog die Brauen zusammen.

»Jeder Dozent wird Ihnen sehr gerne helfen, ganz gleich, worum es geht.« Er wandte den Blick ab. »Sie sind nicht verpflichtet, zu mir zu kommen, nur weil wir in diesem Kolloquium zusammengearbeitet haben.«

»Aber ich möchte gerne mit Ihnen sprechen.«

»Gut, danke.«

»Weil Sie engagiert sind.«

Beschwingt klopfte er an das Pult.

»Wenn das so ist, könnten wir uns morgen unterhalten?«, fragte er. Die Wanduhr hinter Sophie zeigte 18:10 Uhr. Vor seinem inneren Auge sah er Maggie in der

Küche vor einem brodelnden Topf Hühnersuppe stehen. »Meine Frau erwartet mich zu Hause zum Essen.«

»Darf ich Sie begleiten?«

»Blocktheorie also?« Peter gab das Stichwort, als sie die Hillhouse Avenue entlanggingen. »Wie sind Sie dazu gekommen?«

»Intuition.«

Zuzugeben, dass sie keine zwingenden Gründe hatte, machte sie verlegen. Die Wahl beruhte auf unbegründeter Überzeugung und unbewiesenem Wissen. Solche Gespräche waren typisch für New-Age-Heiler, Pastoren oder Yogalehrer. Wie würde er reagieren?

»Das ist in Ordnung«, versicherte er freundlich.

»Mir wurde bewusst, dass die Vergangenheit nicht vergangen ist. Sie geschieht jetzt.«

»Sie können … die Vergangenheit spüren?«

»Ja.«

»Wie kam es dazu?«

»Ich habe mich verliebt.« Peters aufgeschlossene Reaktion ermutigte sie. Sie ließ der Wahrheit freien Lauf. »Wenn man so liebt wie ich, ändert sich der Blickwinkel. Man hat mehr Kontakt mit der Welt, wie sie wirklich ist. Man kann Teile der Wirklichkeit sehen und fühlen, die man vorher nicht wahrgenommen hat.«

»Das habe ich noch nie gehört«, gab er zu.

Sie zuckte die Achseln.

»Wenn Sie Liebe sagen«, fuhr er fort, »was meinen Sie damit?«

»In Maine hängt eine Plastik von Anish Kapoor, eine Platte aus Spiegeln ungefähr so breit«, sie breitete die Arme ganz aus, »und wenn man davorsteht, sieht man sich so, als wäre man in Millionen Stücke zersprungen.« Sie und Jake hatten sie sich im Colby College Museum of Art angesehen, im August vor ihrem zweiten Studienjahr. »Lieben heißt, jemanden so sehen zu können und ihn unverändert zu lieben. Das ist schwer zu erklären, aber wenn man die Erscheinung des anderen zerlegt – praktisch bis ins Kleinste – und noch immer dasselbe empfindet, dann ist das Liebe.«

Professor Malchik blieb vor seinem Haus stehen.

»Möchten Sie hereinkommen?«, fragte er.

Sie schüttelte den Kopf.

»Bitte, ich bestehe darauf.«

»Entschuldigung, ich sollte mich nicht aufdrängen. Nicht mehr als ohnehin schon.«

Sie schob sich eine Strähne hinters Ohr.

»Na schön. Nun, ich würde gern mehr darüber hören. Ich werde meine alten Arbeiten heraussuchen.«

An diesem Abend ging Sophie mit der Kleidung ins Bett, die sie den ganzen Tag getragen hatte. Der Sommer klebte noch am Laub der Bäume und brannte auf dem Pflaster, doch sie zog sich die Decke bis zum Kinn. Im Liegen merkte sie, wie verspannt sie war, ihr Rücken ein Teppich geballter Fäuste, die sich allmählich lösten. Ihr Apartment war nur so breit wie ihr Bett, aber sie mochte das. Sie fand das behaglich, so als schliefe sie in jemandes Armen. Sie nahm ihr Handy und steckte sich die Ohrhörer ein. Heute nichts Neues in den Klassikern. Sie ging rasch ihre eigene Musikbibliothek durch, zu der John Mayers »You're Gonna Live Forever in Me« gehörte.

Dann Kygos »Fragile«.

Dann The Weepies mit »The World Spins Madly On«.

Die Songs spülten über sie hinweg, tränkten ihre Traurigkeit. Ihre Arbeit hatte sie den Tag über getröstet. Bei jedem Schritt hin zur Wahrheit hatte sie sich dynamischer gefühlt, aber jetzt vermisste sie Jake intensiv. Sie hätte ihre Mutter anrufen können, um sich nicht so allein zu fühlen, aber in letzter Zeit waren ihr die Gespräche steif erschienen. Sie hatte nicht die Energie, Kontakt herzustellen. Sie begnügte sich damit, bei Songs einzuschlafen, die sie verstanden. Aber wo war der Mensch, der sie verstanden hatte?

Am nächsten Tag in Peters Büro trug Sophie denselben Hoodie wie am Tag zuvor. Sie saß ihm in demselben Sessel gegenüber wie damals – nur dass sie dieses Mal ganz offensichtlich wirklich hier sein wollte. Er hatte noch nie eine solche Entschlossenheit in einer so schmächtigen Person gesehen. Ihr weiter Hoodie hing ihr schlaff über die Schultern. Aber in ihrem Gesicht sah er Eifer, Stärke.

Geht es Ihnen gut?

Er wollte sie nach ihrem Privatleben fragen. Andererseits war ihr neues Forschungsgebiet bereits sehr persönlich. Indem er darüber sprach, rührte er an ihr Gefühlsleben.

Peter räusperte sich.

»Ich habe in einem fort an Ihre Idee gedacht, Liebe und Zeit miteinander in Verbindung zu setzen. Wenn Sie recht haben, könnten Sie die Fragestellung Ihrer Doktorarbeit schon beantwortet haben. Es klingt noch nicht nach Wissenschaft, aber es ist ein Ansatzpunkt: Wenn man sich verliebt, wird die Zeit sichtbar?« Sophie nickte. »Demnach ermöglicht uns die Verbindung zu einem anderen, über den eigenen Punkt im Block hinauszusehen.«

»Ja.«

»Was wiederum erklären würde, warum Sie die Vergangenheit sehen.«

Sie nickte.

»Und es sind keine Erinnerungen«, betonte sie. »Ich weiß, dass ich in einer anderen Zeit bin. Die Visionen sind«, sie legte Daumen und Zeigefinger aufeinander, »dichter. Sie haben Gerüche, Temperaturen.« Jakes warmer Arm, die mollige Decke in der Hängematte im Berkeley College. »Bei Erinnerungen habe ich nie Wärme oder Kälte gespürt. Und die Visionen sind detailreich. Wenn man sich an eine Treppe erinnert, kann man nicht die Stufen zählen. Erinnerungen sind blass. Aber wenn ich die Vergangenheit sehe, kann ich alles zählen. Ich kann den Titel jedes Buches lesen. Die Details sind vorhanden. Ich bin tatsächlich dort und hier.«

»Haben Sie J. W. Dunne gelesen …?« Er fragte nach *An Experiment with Time,* in dem Dunne behauptete, in Träumen die Zukunft gesehen zu haben. In jenem Buch von 1927 schilderte Dunne seine Träume und dann die Ereignisse, die darauf folgten, die von ihm vorhergesehen worden waren. Er nahm an, Menschen bei vollem Bewusstsein könnten nur das Hier und Jetzt sehen. Die Aufmerksamkeit sei im wachen Zustand eingeengt, da sie nur wenige Information auf einmal handhaben können. Aber wenn sie schliefen, könnten sie über die Gegenwart hinauszublicken. »Dunne hat das nie bewiesen. Ich erwähne es nur, weil in dem Buch Teile Ihrer Idee bereits angedacht sind. Kann Liebe die Wahrnehmung so verändern, wie es Dunne zufolge der Schlaf kann? Was, wenn Liebe ihre Wahrnehmung genauso verändert wie Träumen?«

Sophie machte sich Notizen. Peter ließ seinen Gedanken freien Lauf, und sie ließ sich mitreißen und begeisterte ihn dabei immer mehr. Nach einer Stunde lebhaften Gedankenaustauschs gingen sie auf dem Science Hill umher und fragten sich, wie sie etwas so Gewaltiges beweisen sollten.

In New Haven wurde es kalt. Auf der Menütafel des Blue State Coffee stand in einer Schrift, die mit orangefarbenen Blättern verziert war, #PUMPKINSZN. Sophie und Professor Malchik sprachen täglich miteinander. Sie begleitete ihn im Anschluss an jede Zeittheorie-Vorlesung nach Hause, wo er sie jedes Mal einlud hereinzukommen. *»Maggie kocht immer mehr, als wir essen können«* und *»Möchten Sie eine Tasse Tee?«* und *»Eine heiße Schokolade vielleicht?«*

Ende Oktober schließlich nahm sie die Einladung an. Professor Malchik führte sie in die Küche, wo Maggie am Herd ein Gulasch umrührte. Ihr freundliches Lächeln vertiefte jede ihrer Falten. Heiter trug sie ihr gelebtes Leben im Gesicht, eingerahmt von einem grau-blonden Bob.

Sophies ausgestreckte Hand nahm sie mütterlich in beide Hände.

»Herzlich willkommen, Kind«, sagte sie.

Endlich lernte sie sie persönlich kennen.

Maggie hatte Peters hohe Erwartungen in Sophie vor fast zehn Jahren miterlebt, dann monatelang seine Frustration ertragen. Er hatte sie ebenso oft wie sich selbst beim Abendessen vor dem unberührten Teller gefragt, warum Sophie derart abgelenkt war, was er falsch gemacht haben könnte. Maggie war wochenlang allein zu Bett gegangen. Auf dem Weg ins Schlafzimmer war sie an seinem Arbeitszimmer vorbeigekommen, wo er über das Arbeitsblatt gebeugt dasaß, das er überarbeitete. Nun war Sophie zurückgekehrt und mit ihr die Leidenschaft und der Schmerz.

Maggie musterte Sophie, die in ihrer Kleidung ertrank und ein Stück Fleisch auf dem Teller hin und her schob. Peter spekulierte mit ihr über das Blockuniversum. Die Diskussion war lückenlos, präzise, aber Peter stellte nicht die Fragen, die Maggie interessierten. Denn den wichtigsten Punkt berührten sie nicht: Sophies Düsterkeit.

Maggie unterrichtete an einer Sonderschule in New Haven. Einige ihrer Schüler waren intelligent, kämpften aber mit emotionalen Problemen. Seinerzeit hatte sie sich gefragt, ob Sophie eine Form von Autismus hatte. Erklärte das ihre Begabung? Hatte sie Defizite, die ihren Stärken gegenüberstanden? Sophie war aus ihrem Leben verschwunden, bevor Maggies Frage beantwortet war. Nun sah sie, dass Sophies Empfindungsfähigkeit nicht defizitär war. Diese junge Frau war aufmerksam und rücksichtsvoll.

Sie hörte rückhaltlos zu und unterbrach Peter nie. Wenn überhaupt, dann war Sophie ebenso empathisch wie intelligent. Sie war außergewöhnlich freundlich – und traurig.

»Sie trauert«, erklärte Peter später beim Abwasch.

»Um wen?«

Er zuckte die Achseln.

»Du weißt es nicht?«

»Um jemanden, den sie noch immer liebt.«

»Du fragst sie nicht danach?«

»Nein.«

Sie räumten schweigend die Küche auf.

Wenn Peter sie nicht fragte, wer fragte sie dann?

Schließlich aß Sophie nach jeder Zeittheorie-Vorlesung bei ihnen zu Abend. Ihre ersten Unterhaltungen kreisten um das Blockuniversum. Dann fing Maggie an, Fragen zu stellen. Sie wollte wissen, wo Sophie wohnte (»Direkt neben dem 24-Stunden-Deli«) und mit wem (»Allein«). Maggie fragte nach Sophies Gesundheit, Familie und dem Zustand ihrer Wohnung. Sie kochte an den Abenden, wenn Sophie kam, nahrhafteres Essen: gefüllter Kürbis mit Käse, Pekannüsse und Grünkohl oder Beef Stroganoff mit Sahne, oder sie machte eine Buttercremetorte. Beim Abschied umarmte sie Sophie jedes Mal. Und sie bestand darauf, dass Sophie ihre Jacke an die Familiengarderobe hängte.

Mit der Zeit bemerkte Maggie, dass das Geschehen in der Welt völlig an Sophie vorbeiging – die Zwischenwahlen, die Waldbrände in Kalifornien, die Tausende obdachlos machten, und die #MeToo-Bewegung. Sie schien sich darüber nicht zu informieren. Wenn Sophie ihr persönliche Fragen stellte, dann sonderbarerweise nur zu ihrer Kindheit. »Hatten Sie ein Haustier?« Von ihrem eigenen Leben musste Maggie selbst erzählen. Sie erzählte Sophie alles über Zack und Benji, bis zu jenem Abend, an dem sie zum ersten Mal von der University of Connecticut nach Hause gekommen waren. In jenem Herbst saßen sie zu fünft um den Esstisch. Peter hatte einen fünften identischen Stuhl neben seinen gestellt.

Zack und Benji kamen in dem Jahr noch einige Male von der Universität nach Hause. Ihre Lebhaftigkeit – wie sie übereinander redeten, sich den Bauch vor Lachen hielten, auf den Tisch schlugen – all das wirkte auf Sophie mitunter so erdrückend, dass sie während des Essens ins Badezimmer flüchtete, um kurz allein zu sein. Dort beruhigte sie sich, indem sie alte Voicemail-Nachrichten von Jake abspielte.

Der Februar überzog die kahlen Bäume mit einer weißen Schicht. Sophie saß Peter in seinem Wohnzimmer gegenüber, während Maggie den Tisch deckte. Sophie hielt den Notizblock auf ihrem Schoß umklammert. Die Seite war so dicht mit Zahlen gefüllt, dass man nicht hätte sagen können, ob das Papier schwarz oder weiß gewesen war.

»Hat es etwas gebracht?«, fragte Peter.

Er hatte Sophie als Anregung ihre alten Arbeitsblätter noch einmal mitgegeben. Sie war sie in den vergangenen Tagen durchgegangen und hatte ihre Gedanken in das

Tagebuch geschrieben, das sie überallhin mitnahm. Sie machte sich Notizen während ihrer Gespräche mit Professor Malchik, während sie mit seiner Familie zu Abend aß, und manchmal blieb sie mitten auf dem Campus in der klirrenden Kälte stehen, um eine Idee zu notieren, sodass die Studenten um sie herumgehen mussten. Es war eine journalistische Sicht auf ihr eigenes Leben. Sie wollte keinen wichtigen Gedanken verlieren. Mitunter verflüchtigten sie sich rasch, und darum hielt sie sie lieber sofort fest. Sie waren der Schlüssel zum Beweis des Blockuniversums, um zu zeigen, dass Zeit nicht auf die Weise verging, wie die Menschen sie wahrnahmen. Die Vergangenheit existierte genauso gegenwärtig wie der Stift in ihrer Hand.

»In gewisser Weise«, räumte sie ein.

In den alten Arbeitsblättern fand sie eine Nebenbemerkung zur Farbe besonders interessant. Farbe war Licht, das mithilfe von Wellenlänge und Frequenz, Schwingungen pro Sekunde, beschrieben werden konnte. Sophie hatte auf einer der Seiten etwas am Rand notiert: *Farbe ist eine Funktion der Frequenz. Frequenz ist eine Funktion der Zeit.* Das war ihr beim Lesen ins Auge gesprungen. Da Farbe sichtbar war und mathematisch nur einen String von Zeit entfernt lag, hatte sie damals darüber nachgedacht, dass der Schlüssel zur Sichtbarmachung von Zeit in diesem Zusammenhang zu finden sein könnte. Die Idee faszinierte sie nun von Neuem.

Die Haustür ging auf, und Zack und Benji kamen herein. Ihre struppigen Haare waren mit Schnee bestäubt.

Maggie kam mit Topfhandschuhen angelaufen und schloss sie in die Arme, sodass ihre Daunenparkas hinterher ganz platt gedrückt waren. Sophie klappte ihren Block zu und winkte ihnen. Peter bemerkte, dass sie ihr Tagebuch festhielt, während sich alle begrüßten. Sie hielt es so fest wie eine Karte, ohne die sie nicht mehr nach Hause finden würde. Maggie bat alle an den Tisch. Es gab Spaghetti und Hackbällchen, um die Jungs für ihr Skiwochenende mit Freunden in Killington, Vermont, zu stärken. Sophie legte ihren Block offen neben den Teller. Sie stocherte in ihren Nudeln herum. Irgendwann drehte sie ein paar davon auf die Gabel, doch die Spirale übte keine Faszination aus. Sophie war an Essen nicht interessiert. Sie dachte über die Verbindung zwischen Farbe und Zeit nach. Zwischen dem Sichtbaren und dem, was nicht zu sehen war. Alle paar Augenblicke schrieb sie etwas hinein. Die Abstände wurden kürzer. Sie begann, auch zwischen ihren Gedanken zu schreiben – *kurze Pause, ich denke nach* –, aus Angst, den Stift einfach hinzulegen und etwas Wichtiges zu verpassen. Sie schrieb in ganzen Sätzen, ohne den Stift abzulegen, bis …

»Sophie, Liebes«, sagte Maggie.

Sie zuckte zusammen und kehrte mit ihren Gedanken an den Tisch zurück, wo sie Zack und Benji gegenübersaß. Beide saßen vor ihren leeren Tellern. Ihre Münder waren rot von der Tomatensoße. Die bereiften Fensterscheiben hinter ihnen ließen den Sturm draußen nur erahnen. Sophie fühlte Maggies Fingerspitzen an ihrer Schulter und blickte auf den Stift in ihrer Hand, der ihr wie getrennt von ihrem Körper erschien. Die Seite war mit unleserlichen Gleichungen gefüllt. Sophie klappte ihren Block zu.

»Tut mir leid«, stotterte sie.

»Sind Sie fertig mit Essen, Liebes?«

»Ja. Ich räume ihn gleich weg.«

»Ich mach das schon.«

Maggie nahm ihren Teller, dann Peters und Benjis. Zack folgte ihr mit seinem in die Küche. Sophie schaute in die Gesichter der anderen, um vielleicht noch mitzubekommen, worüber sie sich unterhalten hatten. Peter entschuldigte sich und ging ins Bad. Sophie saß Benji allein gegenüber.

»Brb«, sagte er und stand auf.

Die Küchentür schwang hinter ihm zu.

»Was ist mit ihr los?«, fragte er flüsternd.

Sophie spitzte die Ohren.

»Sch!«, befahl Maggie.

»Lass sie doch«, sagte Zack.

»Das ist echt gruselig«, flüsterte Benji.

»Sie wurde sitzen gelassen«, sagte Zack.

»Was?«, fragte Benji.

»Sch! Ich meine es ernst.«

»Ich dachte, es steht bloß auf der Kippe oder so«, murmelte Zack. Sophies Bauch zog sich zusammen. »Ich hab ihn mal am Telefon mit ihr reden hören. Im Badezimmer. Sie kam raus und sah aus, als hätte sie geweint. Dann habe ich kapiert, dass sie gar nicht telefoniert haben. Das habe ich an ihrem Display gesehen. Sie hat bloß alte Voicemail-Nachrichten von ihm abgehört.«

»Was für eine Verrückte«, sagte Benji.

Sophie stand auf und eilte leichtfüßig über den Teppich zur Haustür, so leise, als schwebte sie über das verschossene Muster. Mit gesenktem Kopf zog sie sich Parka, Handschuhe und Stiefel an.

Abgesehen von den Straßenlaternen lag die Hillhouse Avenue im Dunkeln. Sophie zog ihr iPhone aus der Parkatasche und sah sich die Voicemails an, die lange Liste, die nur seinen Namen enthielt – *Jake :) Kristopher.* Sie wollte die Nachrichten nicht löschen. Sie wollte nicht weiterziehen. Wie könnte sie? Ihre Flashbacks waren so intensiv wie zuvor. Es verging kein Tag, an dem sie nicht in die Vergangenheit geworfen wurde und für einen rauschhaften Moment an seiner Seite war. Sie tauchte immer wieder in Momenten auf, die sie vergessen hatte, sah Details, die unmöglich nur auf ihrer Gedächtnisleistung beruhen konnten. Sie waren zusammen – jetzt. Auf dem Heimweg gefroren ihre Tränen auf den Wangen. Sie schloss die Tür des Hauses auf, wo im zweiten Stock ihr Apartment auf sie wartete. Sie rief ihre Mutter an.

»Sophie? Was ist los?«

Es war eine Woche her, seit sie miteinander gesprochen hatten.

»Bin ich verrückt?«, fragte Sophie.

»Wie meinst du das?«

Sophie schloss die Wohnungstür ab. Sie setzte sich im Dunkeln aufs Bett.

»Bin ich verrückt, weil ich einfach so weitermache?« Sie stützte die Ellbogen auf die Knie und weinte beim Sprechen. »Jeder andere fängt neu an …«

»Sophie, Liebes, atme.«

»… nur ich kann das nicht. Warum bin ich so anders?«, fragte Sophie.

»Ach, Schatz, ich bitte dich.«

»Ich war immer anders.«

»Nein«, beharrte Isabel. »Du bist dir deiner Empfindungen nur stärker bewusst als andere, aber du fühlst das Gleiche wie sie. So warst du immer. Andere machen dasselbe durch wie du. Du erlebst es nur … intensiver.« Natürlich wollte niemand von vorne anfangen. Niemand wollte sich wieder neu verlieben, nachdem er sein Herz an jemanden verschenkt hatte, der nicht mehr kam. Isabel hatte nach Aidan mit keinem mehr ausgehen wollen. Doch kaum jemand lehnte das so derart hartnäckig ab wie Sophie.

»Danke, Mom.«

»Ich hab dich lieb.« Isabel hatte das eine ganze Weile nicht mehr sagen können, und sie vermisste ihre Kleine. In der Spüle hinter ihr lief Wasser in Kaskaden über einen Stapel schmutziges Geschirr. »Du bist nicht verrückt. Nicht mal ein bisschen, fürchte ich.«

»Ich hab dich auch lieb, Mom.«

Sophie blickte auf ihr Tagebuch.

»Ich sollte jetzt Schluss machen«, sagte sie. »Muss noch arbeiten.«

Sophie hätte gern weiter mit ihr gesprochen, aber ihre Mutter würde nur unangenehme Fragen stellen. Ob sie spazieren ginge, ob sie Freunde habe. Also wünschten sie sich eine gute Nacht. Nachdem Sophie aufgelegt hatte, zog sie den Stift aus der Tasche, ließ den neusten Song der Klassiker laufen und spürte seine Seele im Raum wie einen Temperaturwechsel.

Etwas später, als sie im Bett lag, hatte sie plötzlich einen Flashback. Sie war mit Jake zusammen, es war im ersten Jahr, und sie spürte, wie er sich mit dem Kopf an ihren Bauch kuschelte.

»Noch eine?«, bat er im Dunkeln.

»Na gut«, sagte sie. »Heute habe ich gelesen, wie unterschiedlich schnell für Tiere die Zeit vergeht.« Sie streichelte ihn weiter über den Kopf. »Je kleiner das Tier, desto langsamer vergeht aus seiner Perspektive die Zeit.« Er seufzte zufrieden. »Es ist leichter zu verstehen, wenn man sich flackerndes Licht vorstellt. Wenn ein Licht schnell genug hintereinander aufleuchtet, sieht ein Tier das als durchgehendes Leuchten. Kleinere Tiere haben ein schnelleres visuelles System. Daher sehen sie flackerndes Licht, wo wir ein durchgehendes Leuchten wahrnehmen. Das heißt, sie sehen effektiv in Zeitlupe. Für Fliegen laufen Geschehnisse siebenmal langsamer ab als für uns.«

Sie atmeten im selben Takt.

»Bist du eingeschlafen?«, fragte sie.

»Ich höre zu.« Er küsste ihren Bauch.

»Okay. Bei uns ist das auch so. Für uns vergeht die Zeit unterschiedlich schnell, je nachdem, was um uns herum passiert. Wenn es etwas Ungewöhnliches ist, vergeht die Zeit langsamer. Das Gehirn schaltet um. Wir analysieren jedes Detail. Unser

visuelles System arbeitet schneller. Daher sehen wir die Abläufe wie in Zeitlupe, etwa wie die Fliege.«

»Menschen können also spüren, wenn die Zeit stillsteht?«

Als die Vision endete, war Sophie allein in ihrem Zimmer – in einem anderen Moment, der aber ebenso real, ebenso gegenwärtig war. Sie musste nur intensiv daran weiterarbeiten, dann würde sie es auch beweisen können.

Sophie stützte sich in der Küche der Malchiks auf beide Seiten des Spülbeckens ab. Peter und Maggie beobachteten sie von der Tür aus. Das heiße Wasser, das ins Becken lief, hüllte ihren Hoodie in Dampf, während sie in Gedanken versunken reglos dastand. Eine Flasche Spülmittel lag umgekippt auf dem Beckenrand, orangefarbene Seife tropfte heraus.

Peter hielt das für seine Schuld. Im zweiten Jahr ihrer Doktorarbeit hatte sie ihr Thema immer noch nicht eingegrenzt. Wenn er ihr um ein oder zwei Uhr früh eine Lektüre mailte, teilte sie ihm gegen Morgen ihre Gedanken mit. Wenn ihm mitten am Tag eine Idee kam und er sie bat, bei ihm im Büro vorbeizukommen, erschien sie innerhalb einer Stunde. Über ein Jahr lang war sie besessen gewesen von dem Zusammenhang zwischen Farbe und Zeit. Sie könne es nicht erklären, aber sie habe die Vermutung, dass es hier einen Zusammenhang mit der Blocktheorie geben könnte, sagte sie. Doch seit Monaten machte sie keine Fortschritte.

Sie hatte versucht, ihren Blickwinkel zu erweitern. Heute Nachmittag hatte sie ihm einen neuen Aufsatz über Schwarze

Löcher geschickt, die entstanden, wenn Sterne am Ende ihrer Entwicklung kollabierten. Innerhalb eines Schwarzen Lochs war die Gravitation so stark, dass ihm nichts mehr entkam, was in seinen Bereich geraten war. Es war bekannt, dass sich mit zunehmender Gravitation die Zeit verlangsamte und bei abnehmender Gravitation beschleunigte. An einem Schwarzen Loch verlangsamte die unbegrenzte Gravitation die Zeit bis zum Stillstand. Objekte innerhalb des Schwarzen Lochs wurden vernichtet, aber es dauerte unendlich lange, bis das passierte. Also schienen Planeten und Sterne an der Oberfläche Schwarzer Löcher zu bleiben, obwohl sie hineinstürzten. Darin sah Peter eine Verbindung zu ihrer gemeinsamen Arbeit. Hier gab es ein Beispiel dafür, dass die Zeit verging, aber dem Anschein nach stillstand. Das Gegenteil der Blocktheorie. Konnten sie die Berechnungen in diesem Aufsatz für ihre Zwecke nutzen?

Während er sie anstarrte, bereute er, ihr die E-Mail geschickt zu haben. Sie brauchte mehr Betreuung, nicht mehr Lektüre. Es war Zeit, sie direkt auf ihr Privatleben anzusprechen. Immerhin aß sie jeden Tag bei ihnen zu Abend. Mit einem gewissen Abstand betrachtet, war sie Zack und Benji durchaus ähnlich.

Er räusperte sich.

Sophie schreckte hoch.

»Wie wär's, wenn wir in mein Arbeitszimmer gehen?«, schlug er vor.

Sophie nahm ihren Schreibblock – dessen Blätter abgenutzt und gewellt waren – und folgte ihm. Oben auf dem Flur kamen sie an Zacks und Benjis Zimmern vorbei. An allen Wänden in Peters Zimmer standen Bücherregale, und jedes Fach enthielt mehr Bücher, als eigentlich hineinpassten. Gebundene Ausgaben und Paperbacks füllten in zwei Reihen selbst den Raum über dem obersten Brett und lagen hoch aufgestapelt auf dem Fußboden. Peter setzte sich in einen Ohrensessel, über dessen Armlehne eine weiche Wolldecke mit Fransen lag. Er bot Sophie das Pendant gegenüber an. Trotz des weichen Polsters machte Peter ein Gesicht, als wäre ihm unbehaglich. Sophie schloss die Tür hinter sich und setzte sich vorsichtig, während Peter die Fingerspitzen aneinanderlegte.

»Ich kenne Sie nun schon eine ganze Weile, nicht wahr?«, begann er.

Sie nickte.

»Seit dem ersten Tag Ihres ersten Collegejahrs. Und jetzt befinden wir uns im zweiten Jahr Ihrer Promotion.« Er trommelte mit den Fingerspitzen und dachte daran, dass er ihr nur noch auf eine Art helfen konnte. Wenn das ihre Arbeit beeinträchtigte, sei's drum. »Maggie hat Sie sehr gern. Ebenso Zack und Benji. Die zeigen es nicht gerade, aber sie mögen Sie. Wir wollen, dass Sie sich bei uns jederzeit willkommen fühlen.«

»Das tue ich.«

»Ich meine, das ist ein guter Zeitpunkt, um Ihnen ein wenig mehr über mich zu erzählen.« Er entschied, es behutsam anzugehen. »Ein Grund, warum Maggie und ich harmonierten, war das Timing. Wir beide liebten unsere Arbeit, und es gefiel mir, wie freundlich sie war. Menschen ohne starke Persönlichkeit kann man als nett beschreiben im Sinne eines Füllworts, denn sie haben keine bemerkenswerten Eigenschaften. Aber Maggie ist auf bemerkenswerte, aktive Weise nett, wie ich es nie war, und das habe ich immer bewundert. Am wichtigsten aber war, dass wir dieselbe Vorstellung von Familie hatten. Wir wollten für immer zusammenbleiben und eine Familie gründen. Manche sind dafür geschaffen. Andere nicht. Wir betrachten Sie als Mitglied unserer Familie. Sie haben bei uns immer ein zweites Zuhause.«

»Danke.«

»Gewiss.« Er schwieg für einen Moment. »Maggie und ich sind fast unser ganzes Leben zusammen, aber wir haben uns mit dem Kinderkriegen Zeit gelassen. Wir waren in den Dreißigern, als sie zum ersten Mal schwanger wurde. Das war für uns eine ganz besondere Zeit. Wir hatten uns sehr lange ausgemalt, Kinder zu haben. Und dann bekamen wir die Jungen. Wir hatten immer drei Kinder haben wollen. Als sie wieder schwanger wurde, sollte es ein Mädchen werden. Ich glaube, sie hat die Babysachen noch.« Er rang die Hände. »Inzwischen war sie ein paar Jahre älter. Die Ärzte sagten von Anfang an, dass sie eventuell mit einer Fehlgeburt rechnen müsse. Aber aus irgendeinem Grund haben wir immer drei gewollt.«

Er räusperte sich.

»Ich habe seit Jahren nicht mehr darüber gesprochen«, sagte er.

»Das tut mir leid.«

»Die Jungs wissen nichts davon. Ich erzähle Ihnen das, weil ich damit sagen will, dass ich weiß, wie es ist, jemanden zu verlieren, der unersetzbar ist. Wir haben zwei Söhne, aber sie ersetzen Annie nicht. Ich habe gelernt, dass man nicht darüber hinwegkommen, aber weiterleben kann. Es gibt ein Leben nach dem Verlust. Es ist nicht dasselbe Leben, und man erinnert sich stets, aber das ist kein Grund, nicht weiterzumachen. Ich will mich nicht einmischen. Sie brauchen mir nichts zu erzählen. Ich weiß nur, was ich in Ihnen sehe, und ich erkenne es wieder.«

Für den Trauernden schien die Zeit stillzustehen, das wusste er nur zu gut. Die Welt drehte sich weiter, sie entwickelte sich weiter, aber Trauernde nicht. Sie waren in der Vergangenheit gefangen, während sie alte Fotos und Erinnerungsstücke betrachteten und sich fragten, ob sie wirklich alles Menschenmögliche getan hatten. Da war so vieles, was sie mit dem Menschen, den sie verloren hatten, nie wieder gemeinsam erleben konnten. Und das belastete sie. Es war, als würde man am Rand eines Schwarzes Lochs stehen – oder das Blockuniversum erleben. Und genau diese Anzeichen waren auch bei Sophie zu erkennen. Sie sah noch genauso aus wie damals, als sie zum ersten Mal in seine Vorlesung gekommen war. Er fragte sich, ob sie auch noch denselben Hoodie trug und ob er von *ihm* stammte.

»Ich weiß, wie das aussieht«, sagte sie. »Aber ich habe ihn nicht verloren.«

Peter zog die Brauen zusammen.

»Ich denke, wir sind noch zusammen. Nur eben … nicht …« Sophie bewegte die Hände, als spielte sie ein unsichtbares Akkordeon. Mit dieser Geste hatten sie beide bisher immer illustriert, wie ein Mensch in der Blockzeit auseinandergezogen wird.

»Nicht hier?«, half Peter weiter.

»Genau. Nicht hier, aber …«

»Gegenwärtig.«

Sie nickte.

Peter trommelte ungewohnt langsam mit den Fingerspitzen. Sophies Traurigkeit milderte seine Ungeduld. Er wusste noch immer nichts über den Mann, der angeblich bei ihnen war. Er sah nur Sophie und wie fest sie sich an ihr Tagebuch klammerte, wie intensiv sie arbeitete und alles, was sie seit Jahren opferte, um an der Zweisamkeit festzuhalten. Das Schicksal der Blocktheorie und ihre alte Beziehung waren miteinander verknüpft. Wenn das stimmte, wären sie wirklich noch zusammen. Annie wäre wirklich noch bei ihnen. Maggie und er würden sich noch immer zum ersten Mal treffen. Sophies Suche hatte etwas furchtbar Trauriges, aber auch etwas Heldenhaftes an sich. Er hoffte, dass die Liebe ihres Lebens – wer immer er auch war und wo immer er sich aufhielt – wusste, was er aufgegeben hatte.

»Tja«, sagte er schließlich, »ich hoffe, der Mistkerl hat es verdient.«

Am nächsten Tag stand Jake im Aufzug und blickte auf sein Handy. Seine breiten Schultern und die schmale Taille steckten in einem Maßanzug. Er war konzentriert und ruhig wie ein Chirurg, bis er Lionels Name auf dem Display sah.

Haben Sie eine Minute?
Lionel Padington
CEO, Padington Associates

Wenn Lionel ihn sprechen wollte, als einer seiner Investoren oder als sein Mentor, dann überquerte er normalerweise den Flur und kam in Jakes Büro. Die Doppeltür von Padington Associates lag der von Olympus genau gegenüber. Der Ableger von Lionels Firma verwaltete inzwischen zweiundfünfzig Millionen Dollar. Jake hatte das Startkapital um über zwanzig Prozent pro Jahr vermehrt, und die atemberaubende Leistung hatte weitere Geldbeutel geöffnet. Er beschäftigte vier Uniabsolventen und einen Vierundzwanzigjährigen, der nur einen Highschool-Abschluss hatte. Alle waren brillante, ehrgeizige Köpfe, die bei anderen Firmen wegen ihrer mangelnden Berufserfahrung abgelehnt worden waren. Sie legten sich ins Zeug, um weiter zum Gewinnerteam zu gehören und in der bestbezahlten Branche der Welt zu bleiben.

Eine Minute?

Gestern hatten sie eine Stunde lang miteinander gesprochen. Lionel hatte bei Jake angeklopft, um mehr über seine große neue Investition in Roxster zu erfahren. Denn nach Lionels Ansicht war das für Olympus eine ungewöhnliche Wahl gewesen. Jake hatte immer auf bewährte Unternehmen gesetzt, die sich Gewinner der Vergangenheit zum Vorbild nahmen. Aber Roxster war ein kleiner neuer Smartwatch-Hersteller, und die Firma investierte so viel in die Entwicklung, dass sie keinen Gewinn machte. Die zukünftigen Produkte waren noch nicht getestet. Jake verglich Roxster mit Apple und anderen großen Technologieunternehmen, aber Lionel wirkte nicht überzeugt. Schließlich verlor er das Interesse an der Sache und nippte an dem Kaffee aus seinem Thermobecher, der inzwischen kalt geworden war. Bevor er ging, erwähnte er Giulias Geburtstagsparty in der kommenden Woche und fragte Jake, ob er gern jemanden mitbringen würde. »Nein, Sir.«

Jake schritt durch die Tür von Padington Associates und eilte an Menschen vorbei, die ins Mikro ihres Headsets schnauzten, als ihm plötzlich etwas kochend Heißes an die Brust schwappte.

»Scheiße!«

Heißer Kaffee lief ihm übers Hemd.

Eine bebrillte Assistentin erstarrte mit einem Tablett voller Starbucks-Becher.

»Das tut mir unendlich leid, Jake.«

»Ich sollte nicht schreien. Das war mein Fehler.«

Die Assistentin betupfte sein Hemd mit einer braunen Serviette.

»Bitte, machen Sie sich keine Gedanken«, sagte Jake.

»Hi, Jake«, sagten zwei junge Männer in Padington-Westen im Vorbeigehen. Jake hörte sie nicht. Er nahm sich noch eine Serviette von dem Tablett und tupfte mit der Assistentin zusammen sein Hemd ab, während er weiter versuchte, sie davon zu überzeugen, dass alles in Ordnung sei. Als sie aufgehört hatte, sich zu entschuldigen, ging er zu Lionels Eckbüro und klopfte an die offene Tür. Lionel stand am Fenster, eine Hand in der Hosentasche. Als er

Jake hereinwinkte und den braunen Fleck auf dessen Hemd betrachtete, wirkte er viel weniger lebhaft als sonst. Er setzte sich an seinen Schreibtisch und bot Jake den Platz gegenüber an.

»Ich wollte über etwas mit Ihnen reden«, sagte Lionel langsam.

»Ist alles in Ordnung?«

Lionel legte eine Hand locker auf einen Stoß Papier, der vor ihm lag.

»Gestern habe ich Sie gefragt, ob Sie jemanden zu Giulias Party mitbringen. Es spielt natürlich keine Rolle, ob Sie in Begleitung kommen oder nicht, aber Ihre Antwort hat mich zum Nachdenken gebracht. Darüber, wie hart Sie arbeiten. Wie viel Zeit Sie im Büro verbringen.« Er hielt kurz inne. »Sind Sie glücklich?«

Er blickte Jake zweifelnd an.

»Ja, natürlich.«

Lionel brummte.

»Ich werde das nicht noch mal sagen, mein Junge. Wenn Sie nicht glücklich sind, lohnt es sich nicht.«

»Ich bin glücklich!« Das kam zu rasch und klang reflexhaft, konnte gar nicht auf aufmerksamer Selbstbetrachtung beruhen.

»Tun Sie mir einen Gefallen. Tun Sie etwas für sich.«

»Ja, natürlich.«

»Nein«, schnauzte Lionel und fing sich wieder. »Denken Sie darüber nach. Nur für einen Moment. Lassen Sie sich durch den Kopf gehen, was ich sage. Wie alt sind Sie jetzt?«

Jake stutzte.

»Ich bin achtundzwanzig.«

»Sind Sie mit jemandem zusammen?« Jake hatte seit Sophie Jones keinen Frauennamen mehr erwähnt. Angesichts der vielen Abende, die Jake im Büro verbrachte, bezweifelte er, dass der Junge in den letzten Jahren ein Date gehabt hatte. Er fasste Jakes Schweigen als Nein auf und ging davon aus, dass er auch auf alle anderen diesbezüglichen Fragen ein Nein zu hören bekommen würde: Keine Beziehung in Aussicht? Nicht einmal der Gedanke daran. Keine unkomplizierten Männerfreundschaften, mit denen er nur alle paar Monate mal ein Bier trinken ging. »Okay, antworten Sie nicht. Aber denken Sie darüber nach. Überlegen Sie, wer an Ihrer Ziellinie stehen wird. Wenn Ihnen keiner einfällt, werden Sie es nicht schaffen. Die Anstrengung ist es nicht wert. Sie brauchen andere Menschen oder wenigstens mehr Spaß in ihrem Leben. Ich weiß, Sie sind begabt, aber Sie sind auch ein Mensch. Sie können nicht ewig für zwei arbeiten. Das ist kein nachhaltiger Erfolg. Was nicht im Gleichgewicht ist, bricht leicht zusammen.«

Jake sammelte sich. Lionel hatte sich noch nie in sein Privatleben eingemischt. Ihre Verbundenheit beruhte auf ihrem gemeinsamen Selbstverständnis: Sie waren Macher, die unablässig arbeiteten. Dass Lionel eingriff und Jake riet, sich zu entspannen … vielleicht hatte er die Geduld verloren. Aber auch wenn Jake weiterhin schwieg, fühlte es sich nicht an, als würde er kritisiert, sondern als würde jemand auf ihn aufpassen. Lionel kümmerte sich um ihn. Lionels Gesichtsausdruck wurde milder, während Jake sich seinen Ratschlag durch den Kopf gehen ließ. Er war ein herausragender junger Mann – noch unfertig, überdurchschnittlich. In der Belegschaft hatte er den Spitznamen Einstein. Aber er machte zu viel Eindruck auf sie, als dass die Kollegen ihn so auch ansprachen, also lief das hinter seinem Rücken. Ja, Jake verbuchte geniale Ergebnisse, und Einstein war ein Genie gewesen. Aber Einstein war auch berühmt für seine Unordnung: zerzauste Haare, chaotischer Schreibtisch. Er hatte nie Socken getragen. Er hatte sich die eigene Telefonnummer nie merken können. Ähnlich verhielt es sich mit Jake: Er sah die Menschen nicht, die direkt vor ihm standen. Manchmal wusste er nicht, ob er zu Mittag gegessen hatte, und musste seine Assistentin fragen. Er wusste nie, welcher Wochentag gerade war. Anfangs hatte Lionel das amüsant gefunden. Dann liebenswert, als er begriff, dass Jakes Stärke – die ihm erlaubte, seine ganze Energie in eine Sache zu stecken – auch seine Achillesferse war. Jake war vielleicht einfach nicht aufgefallen, dass er kein Privatleben hatte. Jeder brauchte dann und wann Hilfe.

»Wenn Sie reden wollen – worüber auch immer –, ich bin da.«

»Danke.«

»Selbstverständlich, mein Junge.«

Lionel entließ ihn mit einer herablassenden Geste, um die Vertraulichkeit auszugleichen. Nachdem Jake gegangen war, blickte Lionel auf das Foto, auf dem sie sich vor den Türen von Olympus die Hand reichten. Es gefiel ihm, wie ähnlich sie einander waren, wie dieselbe Person im Abstand von dreißig Jahren. Das Foto war an Jakes erstem Tag im neuen Büro gemacht worden. Hatte der Junge seitdem irgendwann einmal nicht gearbeitet? Seine Hingabe war überirdisch, sicher, aber das Ungewöhnlichste an seiner Arbeitsmoral war, dass er mit ganzem Herzen dabei war. Er liebte, was er tat. Dass so jemand allein war, war nicht richtig. Lionel wusste nicht, warum Jake und Sophie nicht mehr zusammen waren. Er nahm an, dass sie ihn verlassen hatte, nicht umgekehrt, denn Jake hatte noch Monate nach der Trennung den Kopf hängen lassen.

Jake betrat seine Firma. Seine Analysten saßen in einem Großraumbüro zusammen mit Tawny, seiner Assistentin, einer alleinerziehenden Mutter in Janice' Alter. Jeder drehte ein wenig den Kopf, als er vorbeiging. Aber er blieb in seiner Gedankenblase. In seinem Büro setzte er sich in den schwarzen Schreibtischstuhl, den er aus seinem Zimmer im College mitgenommen hatte. *»Mehr Spaß in Ihrem Leben.«* Wie sollte er das anstellen?

Zwei Wochen später stöckelte eine Immobilienmaklerin – Stacy? Oder wie hieß sie noch mal? – vor ihm her in ein Penthouse, das sechzigtausend Dollar im Monat kosten sollte. Am Samstagabend um 22:15 Uhr, nur dann hatte er Zeit gehabt. Sie waren allein bei der Besichtigung. Jenseits ihrer glatten braunen Haare, die im Schein der Kronleuchter glänzten, sah er bodentiefe Fenster und das Panorama New York Citys. Manhattan erschien hier wie sein privater Hinterhof. Jake nickte beeindruckt.

»Ist es groß genug?«, fragte Stacy.

Sie zog eine dünne Braue hoch. Jake hatte den Eindruck, dass sie mit ihm flirtete. Als sie ihm die Broschüre gab, streifte sie seine Handfläche mit ihren rot lackierten Nägeln. Sie begannen mit dem Rundgang. Alle drei Schlafzimmer hatten einen begehbaren Kleiderschrank und eine Terrasse. Außerdem hatte das Haus einen zwanzig Meter langen Meerwasserpool, Bocciabahnen und einen Golfsimulator. Er würde jederzeit einen Lexus mit Chauffeur nutzen können. Er nickte. Wenigstens beeilte sich Stacy. Bei seiner letzten Besichtigung hatte sich der Makler lang und breit über die »rustikalen und doch stilvollen« Rankenmuster an den Wänden ausgelassen. Die Handvoll Wohnungsbesichtigungen waren die einzigen sozialen Kontakte, die er seit Monaten, wenn nicht Jahren gehabt hatte. Für Jake war nichts weiter dabei herausgekommen als die Bestätigung, dass er mit den meisten Menschen nicht klarkam.

»Haben Sie Kinder?«, fragte sie.

»Nein. Wieso?«

»Das Haus ist wunderbar für Kinder geeignet. Und nun das Beste zum Schluss.« Stacy reichte Jake eine von zwei Sektflöten mit perlendem Champagner, die auf einem Tisch neben der Doppeltür standen. Die andere nahm sie selbst und stieß mit ihm an. Sie öffnete die Tür zu einem Schlafzimmer mit einem großen Doppelbett und einem ebenso großen Oberlicht. »Das ist in meinen Augen das Highlight.« Sie zeigte zur Decke. »Die schönste Aussicht der ganzen Stadt.« Mit kleinen Schritten, mehr ließ ihr enger Bleistiftrock nicht zu, ging sie in die nächstgelegene Ecke und schaltete das Licht aus, sodass der Himmel zur Geltung kam. Der dunkle Ausschnitt war nur spärlich mit Weiß gesprenkelt.

»Sehen Sie? Da ist ein Stern.«

Jake schaute zu dem Lichtpunkt, auf den sie zeigte.

»Das ist kein Stern«, sagte er.

»Hm?«

»Das ist die Venus, ein Planet.«

»Planet, Stern.« Für Stacy Synonyme.

»Das ist ein Unterschied.«

Jake und Sophie lagen in ihrem zweiten gemeinsamen Winter nebeneinander im Bett. Über ihrem Fenster funkelte die Milchstraße. Sophie zeigte auf zwei leuchtende Himmelskörper und bestimmte sie als Venus und Uranus. Beide standen neben dem v-förmigen Sternbild der Fische, das sie ihm schon gezeigt hatte. Jake versuchte, sich die Szene einzuprägen. Sophie hatte ein Bein über das seine gelegt, die Decke bis zum Kinn hochgezogen.

»Zeig mir einen mit Mond«, bat Jake.

Ohne Zögern deutete Sophie auf Jupiter mit seinen vier Monden. Sie zeigte ihm auch das Weltraumlabor, als es wie eine kosmische Libelle vorbeisauste.

»Wird dir je der Lehrstoff für mich ausgehen?«, fragte er.

Sie lachte.

»Oder wirst du eines Tages sagen: Scheiße, was nun?«

»Wahrscheinlich nicht.«

Sie küsste ihn auf die Wange.

»Kannst du die Schatten sehen?«, fragte sie.

»Du bist so schön.«

»Die Schatten auf dem Mond?«

»Ach so.« Er schaute wieder aus dem Fenster. »Ja.«

»Der Mond hat keine Atmosphäre. Also keine Luft. Keinen Wind. Also wird dort alles bleiben, wie es ist – die Krater, die Fußaufdrücke der Astronauten, alles. Es gibt kein Wasser, das etwas wegwaschen könnte. All das wird auch in Millionen Jahren noch dort sein.« Dabei zog Jake ihre Hand an seinen Mund. Er drückte ihre Fingerspitzen an seine Lippen, um sie langsam zu küssen. »Aber das gefällt mir. Auf der Erde sind die Lebenszyklen sehr kurz. Hier verändert sich ständig alles und zerfällt. Im All ist das anders. Wenn man in dem Vakuum da oben zwei Stücke Metall aneinanderhält, verbinden sie sich für immer. Danach kann man sie nicht mehr voneinander lösen.«

Er küsste sie auf den Scheitel.

»Noch etwas?«, bat er.

»Na gut.«

Sie schmiegte sich in seine Arme.

»Im Universum besteht alles aus Atomen, okay?«, begann sie. Er nickte, wobei er mit dem Kinn über die Seite ihres Kopfes strich. »In jedem Atom gibt es einen Atomkern, umgeben von einer Elektronenhülle. Die Elektronenhüllen befinden sich nicht besonders nah am Atomkern. Da ist viel Platz dazwischen …« Sie verstummte allmählich. »Was ich sagen will, ist Folgendes: Wir halten die Welt für etwas Festes, aber das ist sie nicht. Fast alles besteht zu mehr als 99,9 Prozent aus leerem Raum. Würde man den leeren Raum aus den Atomen entfernen, würde die gesamte Menschheit so viel Platz einnehmen wie ein Stück Würfelzucker.«

»Das glaube ich.«

»Gut. Denn es ist wahr.«

Er lachte.

»Ich meinte nur, das, was die Menschen besonders macht, ist nichts, was man sehen und anfassen kann, stimmt's?«, sagte er. »War das verständlich ausgedrückt? Ich weiß nicht. Du bist jedenfalls weitaus mehr, als das, was ich sehen kann.«

Das war bisher sein längster Flashback gewesen. Danach hatte er noch immer das Gefühl, sie wäre bei ihm. Sie befand sich in dem Schlafzimmer, in ihm, überall.

Es wurde nicht leichter für ihn, mit den Flashbacks zurechtzukommen. Sie waren überwältigend und gespickt mit Details, die er vergessen hatte, bis hin zu bestimmten Sternbildern, dem Geschmack der Zahnpasta auf seiner Zunge und dem Gefühl, jung und frei zu sein und den größten Luxus auf Erden zu haben: Zeit mit der einen verbringen zu können, die er liebte.

Er hatte nie jemandem von den Vorfällen erzählt. Wer würde ihm schon glauben? Er spürte ganz genau, ob er sich an einen Moment erinnerte oder den Moment erlebte, aber er konnte es anderen unmöglich vermitteln. Aber er selber wusste es. Wenn er einen plötzlichen Flashback hatte, wusste er, dass er sich in jenem Moment befand, als würde er sich hier und jetzt ereignen. Vielleicht war so viel von ihm in der Zeit mit Sophie zurückgeblieben, dass er zwischen damals und heute hin und her wechseln musste, um ganz zu bleiben. Er dehnte sich aus, und die Flashbacks hielten ihn zusammen. Natürlich war das unbegreiflich, aber er akzeptierte die Vorstellung wie eine spirituelle, mit den Fakten unvereinbare Wahrheit. Sophie fehlte ihm jeden Tag.

»Ich werde es mir überlegen«, log er.

Er sah auf die Uhr.

»Dürfte ich Ihnen noch …«, begann Stacy.

»Entschuldigen Sie, ich muss einen Anruf erledigen. War schön, Sie kennenzulernen, Stacy.«

»Tracy.«

»Was?«

»Mein Name.«

»Oh.« Hatte er sich bei ihrem Namen verhört? »Verzeihung. Nochmals vielen Dank.«

Auf der Straße war es dunkel und hell zugleich. Das Licht beschränkte sich auf Fenster, Autoscheinwerfer und Verkehrsampeln. Die Lichthöfe waren scharf umrissen, und jenseits davon war es dunkel. Jake ging zur U-Bahn, um nach Hause zu fahren. Er lebte seit dem Examen in derselben Wohnung und verlängerte den Mietvertrag jeden Mai. Schließlich verbrachte er dort kaum Zeit. Er lud auch niemanden zu sich ein. Brauchte er da wirklich mehr Platz? Aber hier war er nun mal, um »Spaß« zu haben. Er nahm sich vor, Tracy die Absage per E-Mail zu schicken und die nächste Wohnung einfach zu nehmen, ohne sie vorher besichtigt zu haben. Seine einzige Bedingung: keine Oberlichter.

Er blieb vor dem U-Bahn-Eingang stehen und sah zum Himmel hoch. Wo war sie jetzt? Er wusste, dass sie an ihrer Doktorarbeit schrieb, weil er sie alle paar Wochen googelte. Vor zwei Jahren hatte er es bei LinkedIn gesehen und sich gefreut. Er hatte richtig gehandelt. Ihr Profilfoto war noch das aus der Zeit ihres Examens. Sah sie inzwischen anders aus? Woran arbeitete sie? Traf sie sich mit jemandem?

Er stellte sich vor, was sie tun würden, wenn sie sich heute Abend über den Weg liefen. Das war eine Fantasie, in der er morgens auf dem Weg zur Arbeit schwelgte. Jetzt stellte er sich vor, sie käme ihm entgegen. Ihre Haare waren immer noch so lang, ihre Augen immer noch leuchtend blau. Sie trug ein in Plastikfolie eingeschlagenes Buch aus der Bibliothek unter dem Arm. Was würde wohl als Nächstes geschehen? In dem einem Szenario gingen sie aneinander vorbei, um nicht in alten Wunden zu rühren. In einem anderen blieben sie stehen und unterhielten sich stockend über Nichtigkeiten wie die Eckdaten ihres Alltags. Er hatte Schmetterlinge nicht nur im Bauch, sondern auch in den Armen, im Hals und in der Brust. Dann würde er sich von Neuem entscheiden, sich zurückzuziehen. In einem anderen Tagtraum liefen sie einander blind in die Arme. Er bat sie beim ersten Atemzug um Verzeihung und ließ sie nie wieder los.

Aber das waren Fantasien.

Er schaute auf seine Uhr, einen Roxster-Prototyp, den er an diesem Morgen zum ersten Mal angelegt hatte. Die schmale schwarze Armspange war Telefon, Computer, Kreditkarte, Patientenakte, Arzt, alles zugleich. Sie würde nächstes Jahr auf den Markt kommen.

Er hatte Lionel über Roxster nicht die ganze Wahrheit gesagt. Tatsächlich hatte er vor Wochen etwas über die Firma gelesen, als er eine ungewöhnliche Fußnote in der Präsentation des Investors entdeckte. Die Firma hatte bekannt gegeben, dass sie wissenschaftliche Forschung zur Zeittheorie finanzierte. Jake hatte um ein Treffen mit dem

CEO gebeten, Steve Traffy. Wie sich herausstellte, war Steve ein kleiner Mann mit einem großen Ego, der ununterbrochen redete und viel lachte. Nachdem sie ein paar Sätze gewechselt hatten, sprach Jake ihn auf die ungewöhnliche Bekanntmachung an. Anscheinend war Roxster an der Finanzierung von Programmen an einigen Elitehochschulen beteiligt, die sich mit dem Wesen der Zeit befassten. Jake wurde klar, dass er Sophies Forschungsgebiet unterstützen würde, wenn er in das Unternehmen investierte. Er konnte ihr also helfen. Und so wurde Roxster zu seinem Vorzeigeprojekt.

Mit Sophie im Herzen stieg er in die U-Bahn. Natürlich würde er sie immer unterstützen. Aber sie musste auch für sich selbst sorgen.

11

Nachdem es ihr jahrelang nicht gelungen war, die Blocktheorie zu beweisen, verlegte Sophie sich auf ein anderes Thema, um zu promovieren. Sie schrieb ihre Arbeit über Photismus, eine Form der Synästhesie. Für Menschen mit Photismus hatten Klänge Farben. Wenn sie Musik hörten, sahen sie lebhafte, dynamische Farbkompositionen. Das erinnerte Sophie an ihre Flashbacks. Als sie das Thema beim Vorsitzenden des Fachbereichs verteidigen musste, sagte sie, sie forsche an der Umwandlung einer sensorischen Wahrnehmung in eine andere, bei der Klänge sichtbar würden. Ähnliche Forschungen hatten die Grundlage für die Infrarotabbildung geschaffen, bei der Wärme sichtbar gemacht wurde.

In ihrer Arbeit untersuchte Sophie das Auftreten von Photismus. Die meisten Menschen, die Musik »sehen« konnten, wurden mit dieser Eigenschaft geboren. Allerdings konnte sie sich auch später entwickeln. Sie befragte hundert betroffene Erwachsene. Ganz am Ende ihres langen Fragebogens – was darüber hinwegtäuschte, wie wichtig diese Auskunft für sie war – wollte Sophie wissen: *Glauben Sie an Seelenverwandtschaft?* Erstaunlicherweise traf das auf neunzig Prozent ihrer Studienteilnehmer zu. Und natürlich fragte sie anschließend auch: *Sind Sie Ihrem Seelen-*

verwandten begegnet? Wenn ja, wann? Jeder, der diese Frage bejahte, hatte den Photismus erst nach dieser Begegnung entwickelt.

Sophie ließ das in ihrer Dissertation unerwähnt. Sie zeigte nur Peter, was sie entdeckt hatte. Es bestätigte sie beide in ihrer Vermutung: Liebe veränderte die Wahrnehmung in grundlegender Weise.

»Zack!«, rief Sophie selbstbewusst. Er war einen Kopf größer als die meisten Läufer an der Startlinie. Er kam mit Benji auf sie zugejoggt.

»Bist du startklar?«, fragte Zack.

»So startklar wie ihr«, witzelte sie.

Zack grinste.

Vor Monaten hatte sie sich bereit erklärt, mit ihnen am New Haven Halbmarathon teilzunehmen. Jetzt, in den letzten Wochen ihrer Promotion und wenige Tage vor ihrem zweiunddreißigsten Geburtstag, war es so weit. Sie war seit Jahren kaum mehr als vier Kilometer am Stück gelaufen. Sie hatte die meiste Zeit ihres Lebens sitzend verbracht, und dieses Semester war sie noch mehr eingeschränkt gewesen als sonst, da sie ununterbrochen an ihrer Dissertation schrieb. Manchmal geriet sie außer Atem, wenn sie den Science Hill hinaufstieg, aber am Ende hatte sie sich entschieden, an dem Marathon teilzunehmen. Laut Zack war die Teilnahme »eine Malchik-Tradition«.

Vor einer halben Stunde hatte sie sich ein Haargummi von ihrem Schreibtisch genommen und sich einen hohen

Pferdeschwanz gebunden. Zack und Benji trugen Stirnbänder von ihrer Studentenverbindung. Peter und Maggie standen in der Nähe, um mit dem Handy Fotos zu machen. Sophie schwenkte die Arme nach vorn und hinten, als ein Lautsprecher sie anwies, die Plätze einzunehmen. Benji fasste mit gebeugten Knien an seine Zehen und sah aus wie der Primat ganz links im Schaubild zur Evolution. Der Startschuss fiel. Benji sprintete voran. Zack verschwand im Gewoge aufgeblähter T-Shirts, während Sophie angestrengt joggte. Immer mehr Läufer überholten sie, bis sie sich in einer Gruppe älterer Menschen wiederfand.

Die Strecke beschrieb eine Acht. Die Meilen drei, fünf und sechs walkte sie, blieb aber kein Mal stehen. Die Bäume warfen bizarre Schatten auf den Asphalt. An Klapptischen trank sie Wasser aus Pappbechern. Die Zuschauerscharen am Rand wurden mal dichter, mal spärlicher. Auf ihrem Weg über die Campusmitte, dort wo sich die Wege kreuzten, wo sie mit jedem Schritt einen persönlichen Rekord aufstellte, lief sie auch an der psychologischen Fakultät vorbei, wo sie und Jake sich kennengelernt hatten. *Sie standen drei Schritte voneinander entfernt, verbunden durch Licht.* Der Flashback spornte sie an. Sie ging schneller, als sie am Speisesaal der Silliman vorbeikam, wo sie zum ersten Mal zusammen gegessen hatten. *Sie erstarrten wie in einem spitzen Winkel, am Scheitelpunkt berührte ihr Mund den seinen.*

Sophie joggte über den unsichtbaren Rand des Campus hinaus. Sie keuchte so heftig, dass ihre Kehle ganz trocken war. Die Mittagssonne brannte auf ihrem geröteten Gesicht. Ein Schild informierte sie, dass noch 4,9 Kilometer vor ihr lagen. Sie sagte sich, dass die Malchiks an der Ziellinie warteten. Sie stellte sich vor, wie sie Zack umarmten und Benji gratulierten. Vielleicht bekam Maggie auf einem Gruppenfoto zwischen ihren Söhnen feuchte Augen. Oder vielleicht stand Benji keuchend und vornübergebeugt da. Abgesehen von dem Marathonlauf, an dem sie jedes Jahr teilnahmen, um für Maggies Schule Spenden zu sammeln, hatten die Jungs mit Sport nicht viel am Hut.

Sophie wünschte, ihre Eltern stünden auch an der Ziellinie. Die wussten nicht, dass sie heute einen Marathon lief. Sie ging nur noch selten ans Telefon. Und wenn sie ihren Anruf annahm, fiel es ihr schwer, von sich zu erzählen. Sie antwortete einsilbig und gab von sich aus nichts preis, weil sie glaubte, dass sie ihre Eltern gerade enttäuschte. *»Ich möchte nur, dass du die Schule nicht zu ernst nimmst.«* Doch sie hatte einen Doktor und war besessen von einer Theorie. Sie hatte über ein anderes Thema promoviert, aber das hatte daran nichts geändert. Diese Theorie würde sie niemals loslassen.

Jetzt stellte sie sich ihre wartenden Eltern vor. Ihre Mutter trug große Kreolen mit Traumfängern. Ihr Vater hatte seinen Arm um sie gelegt. Umgeben von lauter Familien nahmen sie von den Malchiks kleine Wasserflaschen an.

Und Jake.

Sie stellte sich ihn ein Stück abseits vor. Er hielt sein MacBook unter dem Arm und sah genauso aus wie in ihrer

Collegezeit. Ein Nike-T-Shirt klebte an seiner Brust. Sie sprintete und überholte zwei Läufer. Ihr Kopf fühlte sich leicht an, ihre Füße noch leichter. Jake wollte, dass sie ans Ziel kam, damit sie zusammen nach Hause gehen konnten. Sie hatten nichts Besonderes vor. Vielleicht würden sie im Berkeley zu Abend essen und hinterher auf dem Sofa reden, bis ihr die Augen zufielen. Er würde sie ins Bett bringen. Sie würden nah beieinander auf einer Seite des Betts einschlafen. Und das Letzte, an das sie sich erinnern würde, bevor sie einschlief, war das Gefühl der Geborgenheit. Als die Ziellinie endlich in Sicht kam, hörte sie nicht auf, ihn sich vorzustellen. Er blickte sie seelenvoll an. Peter machte seine Familie auf sie aufmerksam, als sie unter der großen Digitaluhr durchs Ziel rannte. Dann blieb sie stehen und beugte sich vornüber, sodass ihr Kopf sich auf Höhe der Taille befand.

»Gut gemacht!«, rief Peter.

Sie richtete sich auf.

Zack und Benji hatten jeder eine Medaille um den Hals hängen.

»Wow«, sagte Benji.

Maggie bot ihr Wasser an. Sophie trank es in großen Schlucken.

»Welche Zeit ist sie gelaufen?«, fragte Benji.

»Nur ein paar Minuten langsamer als du«, sagte Zack.

»Wow«, staunte Benji noch einmal. »Dein letzter Kilometer war wie bei Transformers.«

»Was hast du gesagt?«, fragte Sophie scharf.

»Benji«, schalt Maggie.

Transformation – das war es. Sie konnte sich nicht erklären, wieso sie noch nie daran gedacht hatte.

»Ich muss los«, sagte sie.

»Kommst du zum Abendessen?«

Sophie ging, rannte und dann sprintete sie schneller als vor der Ziellinie, bis sie zu Hause ankam. Im Haus nahm sie zwei Stufen auf einmal. Seit sie nach New Haven zurückgezogen war, lebte sie in diesem Apartment. Es war zu klein, um unordentlich zu werden. Ein graues Futonsofa stand zwischen der Küchenzeile und ihrem Bett, dem Schreibtisch gegenüber. Im Geschirrschrank standen zwei Schachteln Salzcracker und ein Glas Erdnussbutter. Ihr Schreibtisch war das Zentrum. Sie setzte sich, sodass sie auf die Pinnwand blickte, die mit Haftnotizen und handschriftlichen Gleichungen bedeckt war. Bücher- und Fachzeitschriften lagen im Halbkreis gestapelt hinter ihr.

Sie griff nach einem Stift.

Dann klappte sie einen neuen Spiralblock auf.

Bei ihren tausend Versuchen, die Blocktheorie zu beweisen, war sie einmal daran gescheitert, die Zeit-Variable aus Bewegungsgleichungen zu entfernen. Damit hätte sie bewiesen, dass es keine Rolle spielte, wann Ereignisse auftraten. Es gab keinen absoluten Zeitfluss. Alle Momente existierten jetzt – die Fourier-Transformation. Ihr letztes Arbeitsblatt aus dem ersten Studienjahr hatte sie daran erinnert. Dieses Verfahren nahm Gleichungen aus dem Zeitbereich und wandelte eine zeitabhängige Funktion in eine frequenzabhängige Funktion um. Aus Sekunden machte sie beispielsweise Hertz. Auch als sie das Blatt vor Jahren noch einmal las, hatte sie nicht verstanden, was das für sie bedeuten könnte. Aber das war das entscheidende Verfahren. Das war es, wonach sie fast zehn Jahre gesucht hatte. Die Fourier-Transformation würde all ihre Zeitfunktionen in Frequenzfunktionen umwandeln und so die Zeit als Variable entfernen.

Das war es.

Das war der Beweis.

Gleichung um Gleichung wandelte Sophie alles in Fourier-Raum um. Sie füllte Seite um Seite. Es kam ihr nicht so vor, als betriebe sie Mathematik. Vielmehr teilte sie der Welt mit, wie es gewesen war, sie zu sein. Das war es, wo ihre Intuition sie hingeführt hatte.

Als es dämmerte, zog sie an der Schnur ihrer Schreibtischlampe. Sie arbeitete weiter, bis es ihr tief in der Nacht gelungen war, jede Beschreibung von Bewegung in eine zeitunabhängige umzuwandeln. Sie lehnte sich zurück. Jahrelang hatte sie Jake bei sich gespürt. Sie hatte ihn jeden Tag gesehen. Aber in diesem Moment, als sie auf die letzte Seite starrte, die den unwiderlegbaren Beweis der Blocktheorie bildete, sah sie alles von ihm. Sie sah nicht nur einen Moment, sondern ihr gesamtes Beisammensein umgab sie, weil es sich jetzt ereignete. Sie weinte, dass ihre Schultern bebten, Wangen, Kinn und Finger nass wurden. Jake war der Einzige, den sie wollte, weil sie immer zusammen gewesen waren und immer zusammen sein würden. Auf ihrem Spiralblock stand nicht nur der Beweis für die Blocktheorie.

Für Sophie war das der Beweis für Liebe.

Am Wochenende des 4. Juli saß Jake in seinem Büro, als eine Sondermeldung seinen Bloomberg-Terminal dominierte. »Yale-Absolventin löst Raumzeit-Rätsel« und »Yalie: Was ist Realität?« und »Entdeckung des Jahrhunderts: Die Blocktheorie«. Jake klickte auf einen Artikel, weil er hoffte, den Namen Sophie Jones darin zu finden. Und da stand er.

Offenbar hatte sie die letzten sechs Stunden in Cambridge verbracht. Im größten Vorlesungssaal hatte sie den Beweis der Blocktheorie auf zwanzig Whiteboards geschrieben. Jake las einen weiteren Artikel, dann einen dritten. Den Berichten zufolge hatte im Auditorium niemand vor sich hin gekritzelt, mit dem Knie gewippt oder ins Leere gestarrt. Sophie hatte die Aufmerksamkeit Hunderter Physiker, Mathematiker, Vordenker und Theologen einen Nachmittag lang gefesselt. Anschließend war es zu einer erregten Frage-Antwort-Runde gekommen, die schließlich mit tosendem Applaus endete.

Jake stand auf, um seine Bürotür zu schließen, als ihm einfiel, dass längst alle ins Wochenende gestartet waren. Alle Bildschirme waren schwarz. Seine Roxster zeigte in türkisblauen Leuchtziffern 22:02 Uhr an. Zurück am Schreibtisch las er alle verfügbaren Berichte. Am Ende fand sich jeweils eine Flut von Kommentaren. Die Leute setzten sich damit auseinander, was die Erkenntnis für die großen Fragen des Lebens bedeutete. Wenn alle Augenblicke gleichzeitig existierten, gab es dann einen freien Willen? Im Fernsehen gab es dazu Livestream-Diskussionen. Zwei bekannte Nonkonformisten lehnten die Blocktheorie ab, die theoretischen Physiker nicht. Das war der größte Fortschritt im Verständnis von Raum und Zeit seit Einsteins Relativitätstheorie von 1905. Sophie Jones würde bald in jedem Schulbuch stehen.

Jakes Herz schlug schneller.

Er war begeistert, stolz, er triumphierte.

Sie hatte es geschafft.

In der neusten Ausgabe des *Daily Mirror* war ein Foto von ihr zu sehen, das vom heutigen Nachmittag stammte. Er fuhr vom Bildschirm zurück, als hätte ihn eine Kugel in die Brust getroffen. Der Schnappschuss zeigte Sophie Jones, wie sie über ein Kopfsteinpflaster an eleganten Autos vorbeiging und sich vor dem Blitzlicht duckte. Man sah sie im Profil. Ihre Haare waren so hell und lang wie früher, aber dünner und glatt. War sie glücklich? So wie sie es verdiente?

Er drehte sich um und schaute über den Madison Square Park. Zwischen Bäumen sah er die Bank, wo es passiert war. Wo er das letzte Mal mit ihr gesprochen hatte. Hunderte Male war er kurz davor gewesen, ihr zu schreiben, aber es war ihm nie richtig vorgekommen. Sein Daumen schwebte jedes Mal gerade lang genug über dem Symbol für Senden, um zur Vernunft kommen zu können. Sie mussten getrennt bleiben. Warum es noch schwerer machen, als es war?

Sie hatte es geschafft.

Sie war angekommen.

Er überlegte, was er sagen sollte, wie er es sagen sollte. Eine Handynachricht wäre zu beiläufig, ein Anruf zu aufdringlich. Er würde ihr eine E-Mail schicken. Für den Rest des Nachmittags formulierte er daran herum. *Liebe Sophie* war zu fordernd, nur *Sophie* war besser.

Er überarbeitete die E-Mail immer wieder. Es wurde während der nächsten Woche zu einer lustvollen Obsession. Und er machte auch noch damit weiter, als Sophie bereits aus den Nachrichten verschwunden war. Seine E-Mail an sie sollte stimmig sein. Er durchkämmte noch einmal die Flut der Berichte auf der Suche nach einer letzten Inspiration, dabei stieß er auf ein Interview mit ihr, aufgenommen von den *Yale Daily News*. Er klickte auf den dreieckigen Play-Button des Vorschaubilds. Sie sah dünner aus, wirkte aber stärker. Sie schreckte nicht vor dem Interviewer zurück, wie sie es früher getan hätte. Ein paarmal sah sie direkt in die Kamera, und in ihren Augen leuchtete ihr ganzes Wesen. Jake beschloss, die E-Mail sofort abzuschicken, wenn er das Video zu Ende gesehen hatte. Er wollte keine Zeit mehr vergeuden.

Doch dann endete der einminütige Videoclip für ihn mit einer Überraschung.

»Und wie sieht Ihr nächstes Projekt aus?«, fragte der studentische Reporter.

»Ich habe schon ein paar Ideen«, antwortete Sophie.

Jake blinzelte.

Er sah sich die Stelle noch einmal an.

»Ich habe schon ein paar Ideen.«

Jake zog die Brauen zusammen. Er blickte wieder auf seinen E-Mail-Entwurf.

Sophie,
herzlichen Glückwunsch zu deinem großen Erfolg! Ich bin voller Bewunderung. Um ehrlich zu sein, würde ich gerne noch einmal mit dir reden. Nicht über etwas Bestimmtes. Wir haben uns nur einfach so lange nicht gesehen. Ich kann jederzeit nach New Haven kommen. Wenn ich die Blocktheorie richtig verstehe, sind wir ja schon dort (oder nicht, wenn dir das lieber sein sollte), was in der Zwischenzeit ein netter Gedanke ist.
Herzliche Grüße
Jake

»Ich habe schon ein paar Ideen.«

Er löschte den gesamten Text.

Sophie hatte ihm im College vom größten Durchbruch des 19. Jahrhunderts erzählt: James Maxwells Entdeckung des Elektromagnetismus. Er verknüpfte Elektrizität, Magnetismus und Licht in revolutionären Gleichungen, die zu den weitreichendsten Erfindungen führten, darunter auch Thomas Edisons Glühbirne. Laut Sophie hatte Maxwell mit Anfang dreißig die größten Erkenntnissprünge gemacht, alle innerhalb eines Jahres.

Und Sophie war jetzt zweiunddreißig Jahre alt.

»Ich habe schon ein paar Ideen.«

Zweiter Teil

25 Jahre später

12

Sophie folgte den letzten beiden Studenten aus dem Hörsaal. Mit ihren sechsundfünfzig Jahren sah sie trotz ihrer hellgrauen Haare – die als spärlicher Zopf wie eine wilde Ranke an ihrer Seite herabhingen – jünger aus als die meisten Dozenten ihres Alters in Yale. Die Ärmelsäume ihres T-Shirts waren mit Marienkäfern gemustert. Um Augen und Mund waren feine Fältchen zu sehen, besonders wenn sie lächelte, aber ihr klarer Teint lenkte davon ab. Sie ging die Hillhouse Avenue entlang und genoss den Februarnachmittag. In den zwanzig Jahren, die sie an der Yale Physik lehrte, hatte sich die Straße kaum verändert. Die Temperaturen waren gestiegen, hatten Frühling und Sommer verlängert, aber hier standen noch dieselben Nadelbäume wie in ihrer Jugend, Grautannen und Atlaszedern. Yale war noch genauso wie in ihren Erinnerungen an die Collegezeit. Der Unterricht wurde noch immer als Vorlesung erteilt. Der Fachbereich war nur um dreihundert Studenten gewachsen. Die meisten Gebäude hatten ihr ursprüngliches Erscheinungsbild bewahrt. Als sie wie immer nach der Zeittheorie-Vorlesung am Haus der Malchiks vorbeiging, sah sie einen jungen Mann die Straße überqueren. Ein paar Schritte vor ihr bog er auf ihren Weg ein. Sie stutzte – dieses Profil. Schmales Gesicht, kantiges Kinn, dunkles Haar –

sie assoziierte starkes Konzentrationsvermögen. Sophie verspürte ein plötzliches Brennen im Bauch. Prüfend schaute sie ihm hinterher. Diese Schultern waren die gleichen, die ihr damals so vertraut gewesen waren.

»Zeig mir einen mit Mond.«

Der junge Mann war in Begleitung einer schlanken Inderin mit langen schwarzen Haaren. Sie hielten sich locker bei den Händen. Sophie folgte ihnen. Das Paar drückte das Tor des Silliman auf. Sophie schlenderte hinterher in den Hof und dann die Marmortreppe hinauf, wo die beiden den Speisesaal betraten. Sophie stand auf der Schwelle. Im Saal war es voll und laut. Junge Leute mit schwankenden Essentabletts wichen einander aus. Ein massiger Mann im Football-Sweatshirt streifte Sophie im Vorbeigehen an der Schulter.

Wen hatte sie gerade gesehen? Er mochte ein Verwandter oder eine Ausgeburt ihrer Fantasie sein. Sie ging hinein und setzte sich an einen langen Tisch ans Fenster. Sie gab in ihre Roxster »Jake K« als Suchbegriff ein. Er wurde ergänzt mit: Jake Kristopher, Jake Kristopher Vermögen, Jake Kristopher Haus.

Sie tippte auf seinen Namen. Der Wikipedia-Artikel über ihn war das erste von drei Millionen Suchergebnissen. Als sie sein Foto betrachtete, legte sie einen Arm um sich. Seine kurzen Haare waren weitgehend grau. Doch aus irgendeinem Grund sah man bei Menschen, die man in ihrer Jugend gekannt hatte, auch im Alter noch das Gesicht von damals. »Jake Kristopher (*1. Dezember 1992) ist ein amerikanischer Milliardär, Investor und Philanthrop. Er ist

CEO von Olympus Capital, einem der größten Hedgefonds, der derzeit über 105 Milliarden Dollar verwaltet. Sein Vermögen wird auf zehn Milliarden Dollar geschätzt …«

Aber das wusste sie bereits. Sie hatten zwar seit über dreißig Jahren nicht mehr miteinander gesprochen, aber es war einfach gewesen, über ihn auf dem Laufenden zu bleiben. Olympus wurde häufig wegen seiner herausragenden Firmenergebnisse in den Nachrichten erwähnt. Jake wurde bei Spendengalas abgelichtet. Er trat bei NBC und anderen Sendern auf, um Börsenempfehlungen zu geben und sich zu Fragen der Makroökonomie zu äußern. Sophie hatte ihn im stumm geschalteten Fernseher im Aufenthaltsraum ihrer Fakultät gesehen. Der Erfolg hatte ihn zu einer Person des öffentlichen Lebens gemacht.

Sie dachte, er hätte sich in den Tagen, Wochen oder Monaten nach ihrem Beweis der Blocktheorie bei ihr gemeldet. Er musste davon gehört haben. Und nach allem, was sie miteinander geteilt hatten – all die ungeschützten Momente, bevor sie etwas taten oder jemand waren –, musste er sich Gedanken darüber gemacht haben, was er ihr sagen könnte. Doch sie hatte nichts von ihm gehört. In ihren Augen war seine Botschaft klar: Er war der Meinung, dass sie nicht zusammen sein sollten. Obwohl Sophie bewiesen hatte, dass sie das noch immer waren.

Sie überlegte, sich stattdessen bei ihm zu melden. Aber was angebracht wäre, kam ihr unehrlich vor, und was ehrlich wäre, unangebracht. Sie waren noch nie oberflächlich miteinander umgegangen. Sie waren nicht zuerst Freunde gewesen. Schon als sie sich kennengelernt hatten und sich auf dem Weg zum Mittagessen abwechselnd Fragen stellten, hatten sie sich ineinander verliebt. Außerdem schien es Jake gut zu gehen. Bei jedem Interview wirkte er so scharfsinnig wie eh und je, so fit wie zu Collegezeiten. Seine Zähne waren mittlerweile gerade. Er schien die Zukunft zu leben, die er sich immer ausgemalt hatte.

Sophie scrollte hinunter zu dem Abschnitt über sein Privatleben.

Sie hörte Stuhlbeine quietschen.

Sie hob den Kopf.

Jakes junges Ebenbild setzte sich an ihren Tisch. Ihr schoss Magensäure in den Rachen, sodass sie erschrocken den Atem anhielt. Die Inderin setzte sich neben den jungen Mann. Er legte den Arm auf ihre Rückenlehne und küsste sie auf die Wange. Eine kleine Feder landete auf dem schlaffen Kragen seines weißen Leinenhemds. Die Frau zupfte sie mit langen, eleganten Fingern ab und schnippte sie weg. Sophie schaute zwischen Jakes Foto auf ihrer Armbanduhr und dem jungen Mann hin und her. Als die Feder zu ihr geweht wurde, schaute das Paar ihr nach und bemerkte Sophie.

»Man kann also spüren, wenn die Zeit stillsteht?«

Sophie starrte den Doppelgänger an.

Er winkte, stand auf und kam auf sie zu. Sein breites Lächeln wirkte freundlich. Er schob seine großen Hände in die Taschen seiner Khakihose. Die Sonne spiegelte sich in seinen wachen Augen.

»Hi«, sagte er.

Sophie spürte, dass sie aus dem Gleichgewicht geriet.

Was passierte hier?

Wer war er?

Ihr Magen war still und gähnend leer.

Sie musste etwas sagen.

»Entschuldigung«, sagte sie.

»Kennen wir uns?«, fragte er.

»Nein.«

»Ich bin Liam.«

Ganz langsam streckte er die Hand aus.

»Man kann also spüren, wenn die Zeit stillsteht?«

Liams Hand wartete.

»Ist alles okay mit Ihnen?«, fragte er.

»Entschuldigung. Es ist nur ...«

Sie schüttelte kraftlos seine Hand.

Er schaute sie besorgt an.

»Die Ähnlichkeit«, stotterte sie.

»Ach so«, sagte er. »Sie kennen ihn also.«

Sophie verstand nicht.

»Meinen biologischen Vater«, erklärte Liam.

Sophie runzelte die Stirn.

»Sie sind Jakes ...«

»Sohn«, ergänzte er.

Er verzog das Gesicht. »Ich sage das selten.« Er lächelte verlegen.

Sophie räusperte sich.

»Ich wusste nicht, dass er ...«

Kinder hat.

»Wie heißen Sie?«, fragte er freundlich.

»Sophie. Ich lehre hier Physik.«

»O, ich habe auch eine Vorlesung belegt«, sagte Liam. »Für den Abschluss. Physik und Gesellschaft, die leichteste. Nach dem Mittagessen gehe ich zu meinem Tutor. Ich studiere Kunst im Hauptfach.«

Er lachte.

»Allerdings bin ich mir nicht sicher, ob das mit dem Tutor etwas nützen wird«, fügte er zweifelnd hinzu.

»Warum?«

»Ich bin noch nicht auf dem Stand, wo man mir helfen könnte«, sagte er. Er legte immer wieder die Hände übereinander. »Es endet immer damit, dass ich sie Persönliches frage und vom Thema abkomme. Dann trinken wir zusammen einen Kaffee. Ich zeige ihnen Fotos von meinen Arbeiten. Es ist ein Desaster.«

Jake hätte sich nie ablenken lassen. Die äußere Ähnlichkeit zwischen den beiden war unverkennbar, aber davon abgesehen waren sie völlig verschieden. Liam hatte nichts von Jakes düsterer Ausstrahlung – und dennoch jeden seiner Gesichtszüge. Sophie wollte nicht, dass er wieder ging.

»Ich würde sie mir auch gern ansehen«, sagte sie also.

»O nein«, sagte er. »Ich will keinen Eindruck schinden.«

»Ich bestehe darauf.«

Sophie war entschlossen.

»Bitte«, fügte sie milder hinzu.

Liam gab nach.

Er zog ein Tablet aus seinem Rucksack und machte Sophie mit seiner Freundin Daya bekannt. Daya studierte auch Kunst. Sie hatte feine Züge: schmale Nase, schmale

Lippen in einem ovalen Gesicht. Ihre schwarzen Haare glänzten.

»Sie kommen mir bekannt vor«, sagte Daya.

Sophie lächelte, ging aber nicht darauf ein. Das hatte sie jahrzehntelang in allen Varianten gehört. Schließlich hatte ihr Beweis einigen Wirbel erzeugt. Sie hatte sogar einmal für ein Halloweenkostüm Pate gestanden: blonde Perücke, Spiralblock mit handschriftlichen Gleichungen und Zifferblättern und ein Yale-Sweatshirt, das sogenannte Sophie Jones. Das Kostüm wurde in einer vakuumierten Plastiktüte verkauft. Dann machte sich natürlich die Zeit bemerkbar. Sophie wuchs aus ihrem typischen Look heraus. Sie schrieb nicht mehr Geschichte und erschien nicht mehr in den Nachrichten. Ihre Theorie hatte ihren Platz in den Schulbüchern gefunden, aber ihr Foto war dort nicht mehr zu sehen. Wenn ihr Name außerhalb ihres Fachgebiets fiel, horchten die Menschen auf, aber mehr und mehr nur die älteren.

Liam öffnete seine Hausaufgaben auf dem Tablet.

Verlegen zeigte er ihr sein Übungsblatt.

Während der nächsten halben Stunde wurde es im Speisesaal leerer und ruhiger. Daya verabschiedete sich und ging zu ihrer nächsten Vorlesung. Sophie tat ihr Bestes, um Liam zu helfen. Auf einige seiner Fragen antwortete sie umfassend, aber es gab Momente, da war die Ähnlichkeit derart fesselnd, dass sie nur nicken oder den Kopf schütteln konnte.

»Beschleunigung ist Meter mal Sekunde im Quadrat?«, fragte er.

Sophie nickte.

»Das ist irre.«

Als er den Bogen einer Zwei nachzog – so sorgfältig, als arbeitete er an einer Zeichnung, erinnerte sie sich, wie penibel sich Jake an dem Morgen, an dem er mit seiner Mutter verabredet war, die Haare gekämmt hatte. Und sie erinnerte sich an seine akkuraten Papierstapel, aus denen kein Blatt hervorragte. Es waren keine Flashbacks, nur Erinnerungen. Unscharfe, kostbare. Eine nach der anderen machte ihr deutlich, wie rückhaltlos sie ihr Herz verschenkt hatte und dass es ihm noch immer gehörte. Sie war vor ihm nicht verliebt gewesen und nach ihm auch nicht mehr. Die Zeit mit Jake hatte ihre Nerven versengt, sie konnte nicht mehr so tief empfinden wie damals. Sie konnte sich nicht vorstellen, noch einmal so gut mit jemandem zusammenzupassen. Die gemeinsamen Jahre kamen ihr bedeutender vor als alles, was sie bisher getan hatte.

»Scheiße«, sagte Liam. »Ich kriege eine negative Geschwindigkeit heraus.«

Sophie blinzelte.

Sie prüfte seine Berechnung.

»Kann das sein?«, fragte er.

»Nein. Geschwindigkeit ist ein Skalar.«

Er schaute bestürzt.

»Das heißt, der Wert ist immer positiv.«

»Ach.«

Diesmal gab Sophie ihm klare Anweisungen.

Liam fing noch einmal von vorne an.

Sie half ihm Schritt für Schritt, bis er die korrekte Zahl am Rand notierte. Er kringelte sie ein und schloss den

Kreis mit einem Schnörkel. Sophie führte ihn durch die übrigen Aufgaben des Übungsblatts, erklärte jeden Begriff auf brillant einfache Weise. Sie half ihm, indem sie Fragen stellte und ihn schlussfolgern ließ.

»Wir haben es geschafft.« Er strahlte. »Vielen Dank.«

Er schob einen Arm durch einen Gurt seines Rucksacks.

»Kein Vergleich mit den Tutoren.«

»Wir können uns gern wieder zusammensetzen«, sagte sie.

Sein Lächeln wärmte sie.

Sie sagten sich auf Wiedersehen.

Liam drückte die Tür auf und verschwand ins Tageslicht. Sophie ging in die Damentoilette, schloss sich in einer Kabine ein und lehnte ihre heiße Stirn an die kühle Metalltür. Ein Sohn? Wie das? Ausnahmsweise fürchtete sie sich vor einer Antwort.

Sophie ging kraftlos und gebeugt nach Hause. Vor ihrem Haus auf der Hillhouse Avenue blieb sie stehen. Zwei Türen weiter wohnten noch immer Peter und Maggie. Yale hatte ihr vor zehn Jahren die Villa aus dem 19. Jahrhundert angeboten. Zuerst hatte sie abgewinkt – zu viel Platz für sie allein, fand sie. Außerdem lebte sie sowieso mehr in ihrer Gedankenwelt als außerhalb. Der Luxus einer Villa wäre an sie verschwendet. Doch die Verwalter blieben hartnäckig, die Unterkunft sei angesichts ihrer Verdienste angemessen. Also nahm sie an und bezog das zweigeschossige Haus mit den drei Schlafzimmern. Die alten Möbel blieben. Welche Rolle spielte es, ob man diese oder jene Sessel hatte? Solche komplizierten Entscheidungen waren ihr immer fremd gewesen.

Drinnen setzte sie sich nahe bei der Tür auf das verschossene gelbe Sofa und streifte die flachen Schuhe ab. Ihre Zehennägel waren weiß lackiert und die großen Zehen jeweils mit einer dunkelblauen Mondsichel verziert. Die hatte sie selbst mit einem Zahnstocher gezogen. Sie sah auf ihre Roxster, die gleiche, die Liam, Daya und fast jeder auf dem Campus trug. Zehn Prozent der Weltbevölkerung hatten eine. Das Gerät war so allgegenwärtig wie früher das iPhone. Roxster war jahrzehntelang Jakes größtes Investment bei Olympus gewesen und hatte einen Großteil seiner zweistelligen Zuwächse erbracht. Hatte er vielleicht ihretwegen in einen Uhrenhersteller investiert – in Zeitmesser? Sie hatte sich vorgestellt, dass es eine emotionale Entscheidung gewesen sein musste. Vielleicht hatte er darin eine Möglichkeit gesehen, ihr nahe zu sein. Doch dann kam ihr der Gedanke zu narzisstisch vor.

Sie öffnete noch einmal den Wikipedia-Artikel über ihn, eine Hand hatte sie an ihren Hals gelegt. »Kristopher lebt bekanntermaßen zurückgezogen. Er hat sich nie öffentlich zu einer Beziehung bekannt. Er war nie verlobt oder verheiratet. Er hat einen Sohn, Liam Carlson. Dessen Mutter, Lily Carlson, arbeitet als Anwaltsgehilfin in New York City. Sie und Kristopher pflegen eine freundschaftliche Beziehung.«

Kalter Schweiß brachte sie zum Frösteln.

Wie hatte ihr das entgehen können? Selbstverständlich hatte sie den Artikel schon gelesen, Dutzende Male, aber seit einiger Zeit nicht mehr. Sie dachte, sie hätte immer passiv an seinem Schicksal teilgenommen. Er war so oft in den Nachrichten. Immer hatte sie darauf geachtet, ob er einen Ehering trug – und nie einen gesehen. Ab und zu hatte sie ihn gegoogelt, aber nur flüchtig. Es schmerzte sie, an ihn erinnert zu werden. Der Abschnitt über sein Privatleben … war der neu? Oder hatte sie ihn ausgeblendet, um sich zu schützen? Nur gesehen, was sie sehen wollte?

Sie gab »Lily Carlson« in die Suchleiste ein und klickte auf »Bilder«.

Fünfzig verschiedene Fotos erschienen.

»Lily Carlson, Anwaltsgehilfin.«

Eine Frau stach in der obersten Reihe hervor. Ihr professionelles Porträt war der erste Treffer. Sophie vergrößerte es. Lily hatte ein herzliches Lächeln. Der brünette Kurzhaarschnitt betonte ihre schönen herzförmigen Wangen. Ihre braunen Augen strahlten unter kräftigen Brauen. Sie schien ihr der Typ zu sein, der viel lachte, einen großen Freundeskreis hatte und jede Einladung annahm.

Wie hatte sie Jake kennengelernt?

Wie lange war sie mit ihm zusammen gewesen?

Gefiel Jake ihre optimistische Art? Vielleicht diente Lily als Kontrast zu allem, womit er selbst rang – Einsamkeit, ungewöhnliche Hingabe an ein einzelnes Ziel –, während Sophie das nur verstärkt hatte.

Hatte es noch andere Frauen gegeben?

Nicht nur Lily?

Sophie hatte seit dem College nur eine Handvoll Dates gehabt. Nachdem sie die Blocktheorie bewiesen hatte, wurde ihre Ausstrahlung lebhafter. Maggie war über die Veränderung begeistert gewesen, und in ihrer überschwänglichen Freude bot sie damals an, Sophie mit einem Nachbarssohn zusammenzubringen. Sophie wollte Maggie die Laune nicht verderben. Darum fuhr sie mit der Bahn nach New York City, um mit Hanson Lawrence, einem aus Virginia stammenden Finanzier von Ende dreißig, essen zu gehen. Am Ende seines ersten Monologs versuchte er nicht etwa, Sophie in ein Gespräch zu verwickeln, sondern erzählte von seinen monatlichen Jagdausflügen nach Texas, wo er von einem Hubschrauber aus Großwild erlegte. Er zeigte ihr Fotos von seinen Wohnungen in New York City, Houston, Aspen und London. Während dieser Präsentation starrte Sophie nur auf das Armband seiner Roxster. Nichts von alledem hatte etwas mit Liebe zu tun, sie sah nichts als Mauern und Ego. Nach dem Essen mit Hanson traf sie sich dank Maggie noch mit ein paar anderen Männern, aber mit keinem ein zweites Mal.

Schließlich hörte Maggie auf, sie mit Männern bekannt zu machen. Die Leute respektierten ihre Entscheidung, lieber allein bleiben zu wollen. Im Übrigen gestand man Physikern mehr Exzentrik zu als anderen Menschen. Unter Denkern war Einsamkeit nicht ungewöhnlich.

Die Sonne ging allmählich unter.

Die Fenster wurden dunkler.

In ihrer Küche setzte Sophie den Wasserkessel auf, um sich Tee zu machen. Sie drehte am Regler und erzeugte einen Ring blauer Flämmchen. Sie hatte sich nicht mit vernetzten Geräten ausgestattet, wie die Malchiks. Sie besaß noch dieselben handbetriebenen Wasserhähne, Holzschränke und unintelligenten Wände wie bei ihrem Einzug. Wenn die Malchiks sie besuchten, bewunderten sie diese Einfachheit. Außer ihnen kamen nur ihre Eltern zu Besuch. Isabel und Roger stiegen zweimal im Jahr in den Zug, um ihre berühmte Semesterschlussvorlesung über die Blocktheorie zu hören. Sie wiederum besuchte sie zu Thanksgiving, Weihnachten und zum 4. Juli, wenn sie mit Isabel wandern ging.

Bei einem Waldspaziergang in der Nähe des Hauses vor einigen Jahren stießen sie zum ersten Mal auf die Gänse. Isabel entdeckte sie als Erste. Zwei schöne Kanadagänse glitten über einen stillen Teich. Der Boden war mit totem Laub, von Pilzen durchzogenem altem Holz, Kiefernschösslingen und duftender Erde bedeckt. Kein Laut störte die Ruhe. Während Sophie die Gänse beobachtete, fragte sie sich, wie Tiere ohne eine komplexe Sprache eine solch starke Verbundenheit entwickeln konnten. Einige Monate später kam sie mit Isabel auf demselben Waldweg an dem Teich vorbei, und sie trafen nur noch eine Gans an. Isabel erzählte ihr, dass der Nachbarshund den Ganter getötet habe. Gänse seien monogam. Sie fanden nicht nur für ein ganzes Leben zusammen, sondern blieben auch nach dem Tod des Gefährten an dem Ort, wo sie ihn verloren hatten.

Der Kessel pfiff.

Sie goss heißes Wasser in eine Tasse.

Seitdem sah sie sich ab und zu als Gans auf dem Teich, an dem sie Jake zuletzt gesehen hatte. Nun jedoch mit seinem Sohn.

Sophie wartete in Peters altem Büro auf Liam. Als er sich zur Ruhe setzte, hatte sie es samt aller Möbel übernommen. Sie hatte ein gerahmtes Foto ihrer Eltern an die Wand gehängt, neben einem von ihr selbst mit den vier Malchiks, das bei ihrem zweiten New-Haven-Halbmarathon entstanden war.

Peters Wanduhr tickte vor sich hin.

Seit sie Liam in der vergangenen Woche kennengelernt hatte, aß sie jeden Mittag im Silliman. Sie setzte sich mit einem Erdnussbutter-Gelee-Sandwich und einem Eistee in die hinterste Ecke. Die Wände stießen unmittelbar hinter ihr aufeinander, das Rückgrat des Raumes nur wenige Zoll hinter ihrem. Das war der beste Platz, um nach ihm Ausschau zu halten. Würde er sein blaues Gatorade mit Eiswasser verdünnen wie Jake? Sie traf sich nicht mit ihm, um Jake in ihm wiederzusehen. Sie fühlte sich nicht zu Liam hingezogen, weil er ein Verbindungsglied zu Jake und Lily war. Vielmehr fühlte sie sich aus irgendeinem Grund verpflichtet, ihn zu beschützen. Wenn er hier zu Mittag aß, dann sollte sie ebenfalls hier sein. Doch er war nicht wieder im Speisesaal aufgekreuzt.

Es klopfte.

Liam stand lächelnd in der Tür.

»Hi!« Sie stand auf, um ihm die Hand zu geben.

Er trug ein hellrosa Leinenhemd. Die Falten verliehen dem Stoff Tiefe und ließen nichts von den Konturen seiner Brust erahnen. Sophie bedeutete ihm, sich mit ihr an den runden Tisch zu setzen, und machte dieselbe steife Armbewegung wie Professor Malchik seinerzeit. Genauso hatte er ihr bei ihrem ersten Treffen einen Platz angeboten. Liam setzte sich mit seinem Tablet ihr gegenüber. Sophie beachtete es kaum. Stattdessen sah sie jetzt die Züge seiner Mutter in ihm. Ihre hinreißenden Wangen, die Liams Gesicht breiter machten als das von Jake. Ihren kleinen femininen Mund, der sein Kinn weicher erscheinen ließ. Sophie sah noch andere Ähnlichkeiten mit Lily, die aber dezenter waren.

Sie zwang sich, das Gespräch zu eröffnen.

»Wie geht es Ihnen?«, fragte sie.

»Gut!« Er reckte einen Daumen.

Seine Hand war mit weißer Farbe bespritzt.

»Haben Sie heute Morgen gemalt?«

Er sah auf seine Hand und lachte.

»Wie haben Sie das erraten?« Er kratzte sich am Kopf. Er hatte Sommersprossen an den Ohren. Eine einzelne hinter dem Ohrläppchen. Sie konnte sich nicht vorstellen, dass dort viel Sonne hinfiel.

»Woran arbeiten Sie?«

»An meiner Abschlussausstellung. Die ist noch zwei Monate hin, aber da muss ich meine besten Bilder zeigen. Es ist schwerer, wenn man mit dem Herzen dabei ist.«

»Das stimmt.«

Schweigen.

Liam tippte auf sein Display, bis das Übungsblatt erschien.

»Also …«, begann er.

»Gefällt es Ihnen hier?«, fragte sie.

Sie faltete ihre geäderten Hände auf dem Tisch. Ihre schmalen Schultern waren ihm zugewandt.

»Und ob«, antwortete er.

Sie wartete.

»Vor allem die Leute«, fuhr er fort. »Hier habe ich Daya kennengelernt. Es ist eine schöne Universität. Ich darf hier tun, was ich gerne tue.« Er lächelte, um sein Glück zu betonen.

»Was wollen Sie nach dem Abschluss machen?«

»Malen. Am liebsten jeden Tag, so viel ich kann.«

Sie wartete.

»Das bedeutet allerdings, dass ich mehr Bilder verkaufen muss. Oder ein paar wenige, aber teurer.« Er lachte. »Zum Glück werden einige Kunsthändler bei der Abschlussausstellung sein. Ich habe gehört, die können einen an Galerien und dergleichen vermitteln.« Erneut gab er der Neugier nach, die in ihrem Schweigen lag. »Aber mir kommt es weniger darauf an, irgendwo anzukommen. Mir ist wichtig, was ich tagtäglich mache.«

»Interessant.«

»Danke.«

»Bekommen Sie in Ihrem Fachbereich genügend Hilfe?« Sie blickte ihn forschend an.

»Die sind fantastisch.« Hatte ihn das schon mal jemand gefragt? Außer Daya? Er setzte sich aufrechter hin. »Vor allem, weil sie an mich glauben. Mein Betreuer und ich sind uns einig, dass Kunst widerspiegeln sollte, was in einem vorgeht. Große Kunst ist eine Verschmelzung der Erfahrungen, der Zeit. Daya und ich sind letzte Woche zu einer Dada-Ausstellung gegangen. Das war nicht mein Geschmack. Die Kollagen waren aggressiv, brutal. Sie haben industrielle Motive, Körperteile und Zeitungsausschnitte wahllos zusammengemengt. Aber das ist ein Reflex der Zeit. Darum war es große Kunst. Ich glaube, Künstler haben immer das Bedürfnis, einen Ausdruck für die Welt um sie herum zu finden. Dabei wählt jeder Künstler andere Mittel. Für den einen sind es Bilder, für andere Skulpturen oder Kollagen oder …«

»Physik?«

Sie lächelte.

»Vielleicht für Sie. Für mich nicht.«

»Liegen Sie mit Ihren Arbeiten gut in der Zeit?«

»Ja. Außer mit einem letzten Bild, aber das wird schon irgendwann fertig.«

Sie wartete.

Und wartete.

Er lächelte.

»Also gut«, sagte sie schließlich. »Wollen wir?«

Liam saß auf einer Bank in der Sonne. Er hatte Sophies Büro gerade verlassen.

Wer war diese Frau?

Dafür, dass er sie kaum kannte, war sie viel zu großzügig. Sie hatte ein zartes, bedächtiges Interesse an seiner Kunst gezeigt und ihn dann eine Stunde lang durch simple Matheaufgaben geführt. Sie wurde nie ungeduldig. Sie widmete jeder seiner dummen Fragen ihre volle Aufmerksamkeit. Sie war nicht einmal ans Telefon gegangen, wenn es geklingelt hatte. Sie verhielt sich, als würde sie nichts lieber tun, als mit ihm die Grundlagen der Physik zu wiederholen. Nachdem sie die letzte Aufgabe gelöst hatten, bot sie an, ihm nächste Woche wieder zu helfen. Natürlich hatte er zugesagt. Aber waren nicht eigentlich Lehrassistenten und Tutoren für diese Aufgaben zuständig, um den Lehrkörper zu entlasten? Er fühlte sich schlecht, weil er sich der älteren Frau aufdrängte.

Also blickte er auf seine Roxster und suchte nach »Sophie Yale Physik«, wobei er die Suche auf Bilder einschränkte. Eine Million Treffer? Gab es wirklich eine Million Fotos von ihr? Oder Fotos, die mit ihr zu tun hatten? Er scrollte. Präsident Cohan? Eine viel jüngere Sophie Jones schüttelte ihm vor den unverkennbaren Säulen des Weißen Hauses die Hand. Im nächsten Foto stand sie festlich gekleidet neben den Obamas bei einer Nobelpreis-Verleihung. Sie hatte tatsächlich den Physik-Nobelpreis bekommen. Dann sah er sie am Kuppelbau der brasilianischen Botschaft in Buenos Aires vorbeigehen. Die Bildunterschrift erwähnte eine internationale Wissenschaftskonferenz, bei der Sophie die Hauptrednerin gewesen war. Liam vergrößerte das nächste Foto: Sophie Jones, Halloween-Kostüm.

Wow.

Sophie Jones.

Natürlich.

Die mit der Blocktheorie.

Die hatten sie mal in der Highschool durchgenommen. Sophie hatte sie mithilfe des Malchik-Theorems bewiesen. Jeder, der diesen Moment miterlebt hatte, sagte später von sich, dass er sich erschreckend detailgenau daran erinnerte. Das Ereignis hatte Menschen auf der ganzen Welt gerührt.

Isaac Newton, Albert Einstein und Stephen Hawking, Wissenschaftler, die jeder kannte – sogar Maler. Und Sophie Jones gehörte dazu. Die Frau, mit der er gerade so völlig selbstverständlich geredet hatte, war nicht irgendeine Sophie Jones, sondern *die* Sophie Jones. Sie stand hinter der bahnbrechendsten Erkenntnis dieses Jahrhunderts.

Wieso kümmerte sie sich um ihn? Als er zur Tür ging, hatte sie ihn gefragt, wie er die Speisesäle fand. Ob ihm das Essen schmeckte. Ob er genügend trinke. Es war als spräche er mit seiner Mutter – nur dass die sich nie richtig auf ihn hatte konzentrieren können.

Lily war ein Freigeist, liebevoll und unvoreingenommen, aber nicht die fürsorglichste Mutter. Sie war nie fähig gewesen, sich zu einer bestimmten Uhrzeit zu verabreden. Sie sagte immer, dass es auch eine halbe Stunde später werden könnte, aber meist dauerte es noch länger, bis sie endlich auftauchte. Sie brachte das Abendessen jeden Tag zu einer anderen Zeit auf den Tisch. Als er noch am Trinity-College war, aßen sie manchmal abends um sechs in ihrer Wohnung an der Ecke 90th und Lexington, und manchmal erst um neun. Und es war unmöglich vorauszusagen, wann innerhalb dieses Zeitfensters das Essen am nächsten Abend auf dem Tisch stehen würde. Natürlich fragte sie ihn manchmal auch, wie es ihm ging und was er machte, aber nie so gezielt und so im Detail. Sie löste die Aufgaben des Lebens auf eine spontane Art – was er völlig okay fand. Unter dem Strich war er glücklich. Gesund. In Yale.

Aber Sophie hatte ihm wirklich zugehört.

Sophie Jones.

Vor Verlegenheit schlug er sich die Hand vor die Augen. Sein Physikunterricht war für Studenten der Geisteswissenschaften zugeschnitten. Er wusste, dass die Übungsaufgaben peinlich simpel waren, und trotzdem hatte er Mühe, sie zu kapieren. Sollte sie sich nicht mit den großen Fragen von Raum und Zeit befassen? Statt mit seiner Abschlussausstellung? Von Menschen wie ihr wurde erwartet, dass sie viel arbeiteten. Sein Vater tat das. Liam kannte ihn kaum. Und waren Genies nicht selbstgefällig? Nutzten sie es nicht aus, dass sie vergöttert wurden? Picasso war menschlich bekanntermaßen ein Albtraum gewesen. Von den sieben Frauen in seinem Leben waren zwei verrückt geworden, und zwei hatten sich umgebracht. Sophie war freundlich gewesen. Wieso hatte die brillanteste Frau der Welt kein Gespür für ihre Bedeutung?

In der Woche darauf erschien Liam in einem frischen weißen Oxfordhemd und Khakihose mit Gürtel. Er betrat Sophies Büro mit einer beinahe staatsmännischen Ausstrahlung.

»Guten Tag«, grüßte er.

Sie gaben sich die Hand.

»Wie geht es Ihnen?«, fragte sie freundlich.

»Gut.«

»Wie läuft die Arbeit für Ihre Ausstellung?«

Sie nahmen die gewohnten Plätze ein.

»Sie läuft.« Sophie spürte, dass etwas unausgesprochen im Raum stand. »Habe heute an Entwürfen gearbeitet.

Und länger an den Aufgaben gesessen als sonst. Ich habe mir wirklich Mühe gegeben.«

Als er sein Übungsblatt auf dem Tablet öffnete, waren diesmal unter jeder Aufgabe Gleichungen zu sehen. Er wirkte nervöser als sonst. Hatte er sie gegoogelt? Seinen Eltern von ihr erzählt? Die Nachmittagssonne wärmte das Zimmer. Als Liam die Ärmel bis zu den Ellbogen hochkrempelte, wurde Sophies Blick unweigerlich von den dunklen Härchen auf seinen Unterarmen angezogen, es war ein vertrauter Anblick. Er trug ein Muschelarmband, das auf seine Roxster zurutschte. Es war, als sähe sie das Bild eines Ortes, an dem sie mal gelebt hatte und sich noch heimisch fühlte, obwohl er sich verändert hatte.

Liam zog einen handgroßen Skizzenblock aus der hinteren Hosentasche. Er legte ihn neben das Tablet und zeichnete Sophies Augen.

»An welcher Skizze haben Sie heute gearbeitet?«, fragte sie.

»An meinem letzten Bild für die Ausstellung.«

Sie wartete.

»Ich fange immer mit Bleistift an.« Er schlug das Deckblatt des Blocks zurück. Dayas Gesicht in Mondscheingrau. Die Ähnlichkeit war verblüffend, aber ihre Haare waren Blumenstängel, die unterhalb des Schlüsselbeins Blüten trugen. »Das wird ein Porträt für die Ausstellung.«

»Es ist schön.«

»Danke.«

»Hat Ihre Ausstellung ein bestimmtes Thema?«

»Eigentlich nicht«, gestand er. »Aber alle Bilder haben

mit meinen Beziehungen zu tun.« Er blätterte zu einer zweiten Skizze von Daya. Ein Blumenstängel formte ihren Körper, und an den Armen wuchsen Blätter. Es erinnerte Sophie an *Die Brennende Giraffe* von Salvador Dalí. Die zentrale Figur hatte Schubladen in den Beinen. Eine Schublade ragte auch aus dem Brustkorb. Sie stand in der Wüste und in der Ferne eine Giraffe, die entlang der Wirbelsäule brannte – eine schockierende Fantasie. Sophie mochte Dalí. Liam hatte den gleichen Ansatz, Phantastisches und Realität miteinander zu verbinden, aber unter seinen Händen wurde daraus etwas Schönes.

Er ließ die Blattränder unter dem Daumen hindurchgleiten und erzeugte so eine Slideshow seiner Skizzen. Bei der letzten hielt er an. Dasselbe schmale Gesicht, aber umgestaltet. Jakes Mund war ein Zifferblatt, sein Jackett mit dem Namen Roxster gemustert. Liam hatte die Skizze offenbar verworfen, Zickzacklinien zogen sich über das Blatt. Schwarze, zerstörerische Blitze durchzogen die Details. Liam klappte den Block zu.

Er lachte gezwungen.

»An dem arbeite ich noch«, sagte er.

Das Porträt war so wenig schmeichelhaft, dass Sophie sich genötigt fühlte, Jake zu verteidigen.

»Er ist ein komplizierter Mensch.«

Liam erstarrte.

Natürlich wusste er, dass Sophie ihn kannte. Das hatte er schon bei ihrer ersten Begegnung bemerkt, als sie sagte, wie ähnlich er seinem Vater sehe. Liam hatte daraus sofort geschlossen, dass sie Jake während ihrer Collegezeit begegnet war. Ein Dr. Richards, einer der Dozenten, hatte sich bei einer genauso zufälligen Begegnung auf dem Cross Campus auf dieselbe Art geäußert. Er hatte mit Jake zusammen eine Vorlesung zum Kalten Krieg gehört und lehrte heute in Yale Geschichte. Liam hatte immer angenommen, dass Sophie und Jake nur oberflächlich und kurz miteinander zu tun gehabt hatten. Jake ging mit niemandem eine Beziehung ein, nicht einmal mit Lily und ihm, seiner Familie. Doch Sophies Bemerkung – *er ist ein komplizierter Mensch* – hatte zu liebevoll geklungen. Es lag mehr Vertrautheit darin, als Liam erwartet hatte. Plötzlich verstand er, warum sie ihm half: Sie hatte Jake nahegestanden.

»Hm. Tja … Sie kennen ihn wahrscheinlich besser als ich.« Er zuckte die Achseln, sah verletzlich aus. »Mein biologischer Vater und ich reden eigentlich nicht miteinander.«

»Das tut mir leid.«

»Muss es nicht. So ist das Leben.«

Sein Ton wurde kraftlos. Während er sich verschloss, spürte er Sophies Mitgefühl. Sie hatte mit demselben Schicksal gerungen: der permanenten Verbundenheit mit Jake. Sie wollte dafür sorgen, dass es Liam gut ging.

Sie deutete auf den Skizzenblock.

»Was wollten Sie mit dem Bild ausdrücken?«, fragte sie.

Sophie schaute so ehrlich besorgt, dass er ihr mehr erzählen wollte. Er war ein offener Mensch, und es war angenehm, mit ihr zu reden. Sie konnte außerordentlich gut zuhören, so als hätte sie vier Ohren und zwei Herzen.

»Wollen Sie das wirklich wissen?«

Sie nickte.

»Tja, wie gesagt, große Kunst zeigt, was in einem vorgeht. Die Antwort ist also ein bisschen persönlich – falls das für Sie okay ist.«

Sie nickte wieder.

Er holte tief Luft.

»Vielleicht wissen Sie ja schon einiges. Jedenfalls waren meine Mom und Jake nur kurz zusammen, bevor ich auf die Welt kam. Ein paar Monate. Ich glaube, er wollte nicht, dass sie mich bekommt, also die Sache durchzieht. Sie hat das nie explizit gesagt und er wahrscheinlich auch nicht, aber … Er hat einen guten Charakter. Er hat meine Schulgebühren immer gezahlt, aber ich habe kein einziges Wochenende mit ihm verbracht. Sehen Sie, was ich meine? Er war einfach nicht da. Er war ein Ernährer, aber ich glaube nicht, dass er je mein Vater sein wollte.« Liam verzog dabei das Gesicht, als schmeckte das Wort schlecht. »Mom sagt, er ist kalt, aber …«

Er schüttelte den Kopf.

»Aber?«, fragt Sophie.

»Es ist nicht so, dass er gleichgültig wäre. Er ist sehr engagiert, aber nur bei seiner Arbeit. Er glaubt wirklich, er erfüllt sein Schicksal, indem er jeden Tag arbeitet. Die meisten betrachten ihre Arbeit nur als Job, aber *sein* Job ist anscheinend ein Ausdruck seiner Persönlichkeit.« Liam schwieg kurz. »Ich verstehe das ein bisschen, weil ich male, aber das ist nicht dasselbe. Er scheint nichts zu genießen. Meine Theorie ist, dass er irgendwann mal verletzt wurde und dann zugeschnappt ist wie eine Auster.« Er mimte mit den Händen zwei Muschelschalen. »Vielleicht hat er sich vor der Welt verschlossen. Keine Ahnung.«

»Es tut mir leid.«

»Warum?«

Sie senkte den Kopf.

»Weil ich davon angefangen habe«, sagte sie.

»Ist schon okay.«

Er lächelte, um sie zu beruhigen.

»Ich schreibe ihm alle paar Monate eine E-Mail und erzähle ihm, wie es mir geht. Manchmal antwortet er.« Er zuckte die Achseln. »Aber meine Mom war immer für mich da.«

Sein Tablet schaltete auf Bildschirmschoner.

»Also haben Sie Jake beim Studium kennengelernt?«, fragte er.

»Ja.«

»Wie war er?«

Sophie sah sich in ihrem zweiten Jahr neben Jake in der Hängematte liegen. Die untergehende Sonne verlieh der Silhouette des Collegedachs einen gelben Rand. Auf Jakes Brust lag ein aufgeklapptes Taschenbuch mit dem Rücken nach oben: *New Haven: Reshaping the City 1900–1980.* Er sollte das dritte Kapitel für den Unterricht lesen. Sein grünes Poloshirt war an Kragen und Ärmeln zerschlissen. Sophie betrachtete durch die Löcher seine braune Haut.

»Mit wem ich essen würde?«, fragte er.

Sophie nickte. »Ja. Wenn du dir aussuchen dürftest, mit wem du heute Abend essen gehst, ich ausgenommen, wer wäre das?«

»Wahrscheinlich mein Dad.«

Sie schaukelten hin und her.

»Warum?«, fragte sie.

»Nur um zu sehen, wie es ihm geht. Wie er ist.«

Liam wartete auf ihre Antwort.

»Wie war er?«

Sie zupfte an den Ecken ihres Kragens herum.

»Er war ehrgeizig. Lernte viel. War hoch konzentriert. Sicher wissen Sie das alles.« Sie versuchte, genügend zu sagen, ohne allzu viel preiszugeben. Sie wollte sich nicht zu ihrer Beziehung mit Jake bekennen, damit Liam sich in ihrer Gegenwart nicht unwohl fühlte und sich zurückzog. »Aber ich habe ihn nie für egoistisch gehalten. Manche Leute wollen viel erreichen, weil sie ein großes Ego haben, aber ich fand immer, dass er auch die Gesellschaft im Blick hatte. Er sah über den eigenen Tellerrand hinaus.«

Liam nickte.

»So sind hier viele«, sagte er. »Ehrgeizig. Sie hocken über ihren Büchern und lassen keinen an sich ran, aber Jake ist in der Hinsicht extrem. Mir ist meine Arbeit auch wichtig, klar, aber noch wichtiger sind mir Daya, meine Mom, meine Freunde.« Er überlegte. »Wenn man seinem Privatleben genauso viel Aufmerksamkeit widmet wie seiner Arbeit, sehen die Leute auf einen herab. Man wird dafür verurteilt. Keiner sagt das, aber man spürt es. Das ist nichts, was andere wirklich respektieren.«

»Das kommt mir bekannt vor.«

Liam wartete.

»Mir ist es so ähnlich gegangen«, fuhr Sophie vorsichtig fort. »Im Studium wurden mir meine Beziehungen – nun ja, eine genau genommen – wichtiger als alles andere, und die Leute fanden, ich würde mein Potenzial nicht ausschöpfen. Mir hat das nie gefallen. Als müsste man Liebe und Arbeit gegeneinander abwägen. Liebe macht alles besser.« Sie atmete tief durch. »Aus meinem Mund klingt das vielleicht seltsam. Ich weiß, wie man über mich denkt. Man wird mich wegen meines Theorems, wegen meiner geistigen Leistung in Erinnerung behalten. Die Leute sehen nicht, dass meine größte Gabe eigentlich …« *Meine Liebesfähigkeit ist.* »Wie auch immer. Mir ist nicht wichtig, wie man sich meiner erinnert, aber ich finde es interessant, dass es so irreführend ist.«

Sie senkte den Blick, sah das Tablet.

»Nun«, sagte sie, »wir sollten uns jetzt wohl mal der Physik zuwenden.«

Eine Woche später erschien Liam wieder in Sophies Büro.

Und in der Woche danach.

Und so weiter.

Jeden Dienstag um 16:00 Uhr nahmen sie dieselben Plätze an dem runden Tisch ein. Mindestens die Hälfte der Zeit redeten sie nicht über Physik. Sophie löcherte ihn mit Fragen. Wo war er aufgewachsen? Bei seiner Mutter an der Upper East Side. Wo sah er sein Zuhause? Überall, wo Daya war. Wie lange waren sie schon zusammen? Sie hatten sich bei der Einführungsveranstaltung kennengelernt. Sie trug ein leuchtend orangefarbenes Kleid und goldene

Kreolen, die, wenn sie lachte, wie der schimmernde Äquator aufschienen. Hatte er schon immer malen wollen? Ja. Als Kind bemalte er zwanghaft die Wände in der Wohnung seiner Mutter: Mondsicheln, dichte Sternhaufen und die Sonne als makellosen Kreis. Warum hatte er Himmelskörper gemalt? Er sah Jake nur zweimal im Jahr, und immer kam er mit einer Astronomiezeitschrift unterm Arm an.

»Danke für Ihre Zeit«, sagte Liam.

So beendeten sie jedes ihrer Treffen.

Inzwischen hatte Liam einen neuen Skizzenblock im Yale Bookstore gekauft. Er musste mit seinem Porträt von Jake vorankommen. Die übrigen Ausstellungsbilder waren schon fertig: drei Ölbilder von Daya, zwei von Lily und zwei vom Berkeley, in dem er seit vier Jahren wohnte. Eins davon hatte er im ersten Semester gemalt und das andere, ein Diptychon, im letzten Jahr. Blatt um Blatt zeichnete er Jake auf die unterschiedlichsten Arten, aber keine Skizze fand er ehrlich genug. Er hatte sie alle verworfen und mit Zickzacklinien überzogen. Sophie hatte wissen wollen, ob er sich gut mit Jake verstand, aber wenn er ehrlich war, wusste er das nicht. Vielleicht waren ihm die anderen Porträts ja leichter gefallen, weil er wusste, wie er zu den Menschen stand, die er malte.

»Ist das richtig?«, fragte Liam.

Er tippte auf die Zahl, die er gerade auf sein Tablet geschrieben hatte, und sah sie skeptisch an. Sophie überprüfte die Berechnungen, dann hielt sie inne.

Er war seit einer Stunde hier, und sie hatten gerade erst mit seinem Übungsblatt angefangen. Schlief er gut? Wie ging es Daya? Wie viel Zeit sich Sophie für ihre fürsorglichen Fragen nahm – zusätzlich zu dem Einzeltutorium, das schon an sich ein enormes Privileg war. Allmählich kam ihm das falsch vor. Er rieb sich die Augen. Sie war zu freundlich. Er hatte versucht, das Plaudern zu verkürzen, aber ihre bescheidene Art ließ das nicht zu. Inzwischen wusste er über Wikipedia, dass sie nie verheiratet gewesen war und keine Kinder hatte, dass sie an der Hillhouse Avenue wohnte und als verschlossen galt. Aber davon abgesehen war über sie nichts zu erfahren. Wie hatte sie Jake im Studium kennengelernt? Er sprach sie nicht darauf an. Das wäre viel zu aufdringlich.

»Warum sind Sie Professorin geworden?«, fragte er.

»Hm«, sagte Sophie.

Er hörte auf, sich die Augen zu reiben.

»Ist sie weg?«, fragte Jake in ihrem Zimmer. Sein linkes Auge tränte. Er blinzelte. Ein Rinnsal lief ihm über die Wange. Sophie sah genau hin, während sie ihn an den Schultern festhielt, die nach dem Joggen nass vom Regen waren.

»Ja«, versicherte sie. »Keine Fliege mehr.«

»Ist mit meinen Augen alles okay?«

Sie machte ein ernstes Gesicht.

»Soph, sind meine Augen rot?«

»Sie sind weiß. Du wurdest verflucht.«

»Soph! Ich meine es ernst.«

»Tut mir leid. Alles in Ordnung, ehrlich.«

»Sie ist mir direkt ins Auge geflogen.«

Jake sah sie ängstlich an.

»Ehrenwort«, sagte sie. »Ich habe gründlich geguckt.«

»Okay. Danke.«

»Du bist nur ein bisschen verflucht.«

»Sophie!« Er grinste.

»Ganz geringfügig.«

Er lachte.

»Okay, okay«, sagte er. »Du kannst von Glück reden, dass ich dich liebe, weißt du.«

Sie küsste ihn auf die Stirn.

»Ja, das kann ich.«

»Es kommt mir vor, als ob ich Ihre Zeit verschwende«, gestand Liam. »Ich bin Ihnen wirklich dankbar. Da habe ich echt Glück, aber … ich weiß nicht. Wollten Sie lehren?«

Sophie betrachtete ihn liebevoll. Der Gedanke, er könnte sich ihr aufgedrängt haben, quälte ihn ganz offensichtlich. Sie durfte nicht all seinen Fragen ausweichen. Sie lehnte sich zurück und nahm die gleiche Körperhaltung ein wie er.

»Nun, ich hatte eigentlich nicht vor, hier zu enden.«

»Ach«, sagte Liam. »Sie wirken auf mich wie jemand, der alles plant und dann auch umsetzt.«

Sie lächelte.

»Möchten Sie das wirklich wissen?«, fragte sie.

»Ja.«

Sophie neigte den Kopf zur Seite.

»Mir ging es darum, Dinge zu begreifen, die ich nicht sehen konnte«, erklärte sie.

»Was meinen Sie?«

»Ach, das ist langweilig.«

Sie schob sich eine Strähne hinters Ohr.

»Nein, überhaupt nicht«, insistierte er.

»Na gut«, sagte sie zögernd. »Nehmen Sie zum Beispiel die Luft. Sie ist da und für uns unsichtbar, aber sie besteht aus Stickstoff, Sauerstoff, Kohlendioxid und Argon. Sie haftet an unserem Planeten aufgrund der Gravitation, bewegt sich in Wirbeln, die wir als Wind spüren, und sie trägt Schallwellen.« Liam schaute ratlos. »Oder denken Sie an die magnetische Kraft. Die Erde hat ein eigenes Magnetfeld, und das reicht vom Erdkern bis in den Weltraum. Es schützt uns vor schädlichen Partikeln von der Sonne.« Liam schaute noch immer ratlos. »Oder denken Sie an die sogenannten Streamer. Die Elektrizität in der Luft bevor der Blitz entsteht? Was ich damit sagen will, ist: Nichts davon können wir sehen, aber spüren, und die Physik kann ihre Existenz beweisen. Sie können diese Kräfte nicht sehen, aber die Physik zeigt Ihnen, dass es sie gibt.«

»Aha.« Er dehnte die beiden Silben.

»War das verständlich?«

Er nickte.

»Sie können manche Dinge nicht sehen, wissen aber, dass es sie gibt.«

»Ja«, sagte sie.

»Wie manche Menschen.«

»Genau.«

Sie erschraken beide, als jemand anklopfte.

»Professor Jones?« Eine unscheinbare Studentin streckte den Kopf herein.

Liam stand auf.

»Danke«, sagte er hastig.

Er nahm sein Tablet – es war fast leer.

»Wir sind noch nicht fertig«, protestierte Sophie.

»Sie haben mir sehr geholfen. Und ich muss ein Bild malen …« Er schwang einen unsichtbaren Pinsel. »Danke für Ihre Zeit.«

»Keine Ursache.«

Sophie trat ans Pult, um ihre Semesterabschlussvorlesung zu halten. Sie würde ihren berühmten Beweis, das Malchik-Theorem erklären. Der Hörsaal war brechend voll, es herrschte lautes Stimmengemurmel. In den Gängen zwischen den Sitzreihen saßen die Leute auf den Stufen. Es kamen immer noch mehr herein, obwohl es schon eine Minute vor zwei war.

Peter saß mit Maggie in der ersten Reihe. Sie waren zwanzig Minuten vor Beginn gekommen, wie immer. Seine Wangen waren voller geworden, seine Züge weicher, das Kinn nicht mehr so spitz. Hellbraune Altersflecken sprenkelten sein heiteres Gesicht. Er war insgesamt milder geworden, was Maggie seinem »inneren Frieden« zuschrieb. Auf der anderen Seite neben Maggie saßen Isabel und Ronald händchenhaltend neben ihrer Betreuerin, einer jungen Pflegerin namens Jolene. Isabels Fingernägel waren weiß lackiert, ihre Haare waren ebenfalls weiß. Sophie lächelte.

»Guten Morgen«, sagte sie.

Auch mit leiser Stimme erlangte sie die Aufmerksamkeit des Publikums.

»Heute werde ich das Malchik-Theorem beschreiben …«

Peter erinnerte sich daran, wie er die Bezeichnung während ihrer Zugfahrt nach Cambridge zum ersten Mal gelesen hatte. Sophie reiste an, um vor einem riesigen Publikum, den anspruchsvollsten Kollegen ihrer Zunft, ihren Beweis an der Tafel zu entwickeln. Fernsehteams waren bereits vor Ort, um zu berichten. Die letzte Seite ihres Beweises lag auf Peters Schoß. Er war die hundert Seiten Zeile für Zeile durchgegangen, bevor Sophie das Theorem an jenem Nachmittag präsentierte, nur für den Fall, dass sie etwas vergessen sollte und er ihr den nächsten Schritt nennen musste. Sie hatte ihn nicht darum gebeten, aber er hatte helfen wollen. Erst am Schluss war er auf den Namen gestoßen: das Malchik-Theorem.

»Danke«, sagte Peter ernst.

Englische Landschaften zogen vor dem Fenster vorbei.

Sophie nahm einen Ohrhörer heraus.

Mochte er Ray Charles?

»Danke«, wiederholte Peter.

»Schon gut.«

Sophie hatte nie erklärt, warum sie das Theorem nicht nach sich selbst benannt hatte. Vielleicht weil sie möglichst wenig Aufmerksamkeit wollte, nahm Peter an. Aber sicher auch aus Zuneigung für ihn und Maggie – weil sie ihm für die Zeit dankbar war, die er ihr seit dem ersten Semester gewidmet hatte, und weil sie sich bei ihnen zu Hause fühlte.

Nach ihrer Präsentation saßen Peter und Sophie in einem dunklen Pub über zwei Körbchen mit Bratfisch und Pommes frites. Peter aß nur ein paar von den Pommes frites. Er starrte auf das rot karierte Tischtuch, während Sophie ihre Traubensaftschorle trank und noch lange weiter aß, als er längst fertig war. Peter rang die Hände und suchte nach den passenden Worten.

Er wollte ihr sagen, dass ihm klar war, wie sehr ihre Trauer ihr Handeln bestimmte. Wenn sie bis spät abends in seinem Wohnzimmer blieb und ihm Fragen stellte, ging es ihr nicht nur um die Erkenntnis, sondern um ihn, wer immer er war und was immer zwischen ihnen gewesen war. Doch als Peter mit ihr in dem Pub saß – in dem Wissen, wie viele Tausend Stunden sie gebraucht hatte, um dorthin zu gelangen, wie viel Energie bei Rückschlägen, Beharrlichkeit, wenn sie mal nicht weiterkam, und auf wie viele Alltagserfahrungen sie für dieses unsichere Unternehmen verzichtet hatte – da dämmerte ihm, dass Sophie etwas ganz anderes bewiesen hatte. Vielleicht konnte nur er das sehen. Da gab es den Beweis an der Tafel, das war das eine. Aber er sah noch einen zweiten Beweis in Sophies Leben. Durch ihre Entscheidungen hatte sie ohne den Schatten eines Zweifels ihre Liebe zu dem einen Mann bewiesen, den sie verloren hatte. Peter wollte Sophie sagen, wie sehr er nicht nur ihren Verstand bewunderte, sondern auch ihr Herz, und er war so stolz, als ob … er fand kein passendes Wort dafür.

Peter sah Maggie von der Seite an. Er nahm ihre Hand und drückte sie voller Stolz, als wäre Sophie ihre Tochter.

Kurz nach Beginn der Vorlesung wurde die hintere Tür geöffnet und geschlossen. Drei weitere Yalies waren hereingetröpfelt und mischten sich unter die Zuhörer, die entlang der Wand standen. Sophie verlor kurz den Faden. Wie viele Augenpaare waren auf sie gerichtet? Mindestens vierhundert. Sie engte ihr Blickfeld auf die vertrauten Gesichter ein: ihre Eltern, die Malchiks, die Frau, die während des Semesters bei jeder zweiten Folie die Hand gehoben und etwas gefragt hatte, den Mann, der in jeder Vorlesung eines Schale Cornflakes gegessen hatte, und seinen Freund, der immer die Füße auf den Stuhl des Vordermanns stützte.

Liam und Daya kamen von hinten in den Hörsaal. Sie hielten sich an den Händen, während sie geduckt den Mittelgang hinunter und zur vorderen Reihe schlichen, um sich ein paar Schritte vor dem Podium auf den Boden zu setzen. Liam winkte ihr zu, bis Daya seinen Arm herabzog.

Sophie lächelte.

»Wie ich gerade sagte …«

Nach der Vorlesung standen Studenten Schlange, um mit Sophie zu sprechen. Ihre Eltern zogen sich aus dem Gedränge zurück und gingen mit Jolene und den Malchiks hinaus. Sophie begrüßte jeden, der in der Schlange wartete. Am Ende stand Liam mit Daya in seinem Arm. Beim Händeschütteln sah sie einmal zu ihnen hinüber. Daya trug einen knielangen Jeans-Overall. Auf Liams T-Shirt war an einer Seite ein langer silberner Farbspritzer zu sehen, der die Form eines Apostrophs hatte. Er war Jake am ähnlichsten, wenn er Daya auf die Stirn küsste oder ihren Arm drückte. Das junge Paar schien das lästige Warten gar nicht wahrzunehmen. Sophie schüttelte jedem die Hand, bis nur noch sie drei übrig waren.

»Professor Jones!« Liam umarmte sie. »Das hat mich umgehauen.«

»Danke fürs Kommen.«

»Na ja, wir waren nicht bloß wegen der Physik hier.« Liam angelte einen Katalog aus der Hosentasche. Vorne auf dem Einband schlug ein gemalter Blitz in die Erde ein. Kometen spritzten an der Einschlagstelle auf. Die fantastische Szene war seltsam schön. Auf der nächsten Seite stand: »Verbunden. Abschlussausstellung Liam Carlson.« Darunter »Dank« und eine lange Aufzählung von Namen. Liam zeigte in die Mitte, wo »Dr. Sophie Jones« stand.

»Wir würden uns geehrt fühlen, wenn Sie auch kämen«, sagte er.

Daya nickte.

»Nicht nur, weil Sie mir geholfen haben, in Physik zu bestehen.« Liam lachte. »Unsere Gespräche haben mich zu einem der Bilder inspiriert. Bei der Ausstellung würde ich Ihnen gern mehr darüber sagen.«

Sophie sah sich den Katalog an, während sie die Hillhouse Avenue hinaufging. Ihr Kopf kam ihr blutleer, hohl vor. Sie simste ihren Eltern und den Malchiks, sie fühle sich nicht gut und glaube, sie sollte den Abend allein verbringen. Sie werde sie nächste Woche bei der Abschlussfeier sehen.

Würde er auch kommen?

Sie stieg die schmale Treppe in den ersten Stock hinauf und dann die zweite zum Dachboden. Geduckt unter der Schräge räumte sie eine Plastikbox mit Winterstiefeln zur Seite, um an einen eingestaubten Schuhkarton heranzukommen. Den nahm sie mit nach unten ins Wohnzimmer und setzte sich aufs Sofa. Er enthielt etliche an sie adressierte Briefe. Die zarten weißen Umschläge waren nachgedunkelt. Aus einem zog sie zwei Blatt Papier heraus, es war dünn wie Kosmetiktücher. Sie faltete sie auseinander. Er hatte den Brief mit blauer Tinte geschrieben:

Sophie,
fröhliche Weihnachten! Wenn du das liest, wirst du schon zu Hause und ich bei meiner Mutter sein, und wir werden uns ein paar Tage nicht gesehen haben. Für den Fall, dass du es im Moment nicht richtig spürst, da drüben, wo ich dich nicht im Arm halten kann: Ich bin wahnsinnig in dich verliebt.

Wenn ich darüber nachdenke, was im letzten Jahr in meinem Leben los war, ich hätte nie gedacht, dass jemand – du – in mein Leben treten und mein Herz im Sturm erobern würde. Unsere gemeinsamen Monate waren traumhaft schön. Ich kann es nicht oft genug sagen: Du bist schön, faszinierend, freundlich, und du erstaunst mich jeden Tag. Du hörst mir immer zu, und du verstehst, was ich sagen will. Es ist leicht, in bestimmten

Situationen romantisch zu sein. Aber wenn ich aus der Sporthalle komme und dein Gesicht sehe, oder wenn ich dir auf dem Science Hill über den Weg laufe, hüpft mein Herz, wie ich es noch nie erlebt habe. Jeden Tag wache ich auf und staune darüber, wie wir dahingekommen sind und, offen gestanden auch darüber, dass so etwas überhaupt möglich ist. Es ist ein unfassbares Glück, dass ich den einen Menschen gefunden habe, der mich versteht. So etwas habe ich noch nie zuvor erlebt.

Auch wenn ich jetzt nicht bei dir bin – all das ist wahr.

Bis bald.

Liebe Grüße

Jake

Sophie legte den Brief neben sich auf das Sofa.

Sie nahm einen anderen aus dem Umschlag.

Sophie,

die Zeit rast, wenn man Spaß hat. Mir ist, als wäre es erst gestern gewesen, dass wir in Psycho zum ersten Mal nebeneinandersaßen. Nur falls ich neulich bei deinem zwanzigsten(!) Geburtstag (!) etwas davon vergessen habe, sage ich dir jetzt noch mal. Sophie, ich liebe es, wenn:

Du mein Bein hältst, wenn wir nebeneinandersitzen.

Du mich auf einmal langsamer küsst und durch meine Haare streichst.

Du den Kopf zur Seite neigst, wenn du tief über etwas nachdenkst.

Du mir im Bett vor dem Einschlafen etwas beibringst.

Du überall im Zimmer Post-its hinterlässt.

Du nach meinem »ich liebe dich« sagst »ich weiß«.

Du mir das Gefühl gibst, dass ich alles erreichen kann.

Du in mir den Wunsch weckst, besser zu werden, ohne mir das Gefühl zu geben, dass ich mich ändern muss. Ich hatte immer große Träume, aber das Zusammensein mit dir gibt ihnen Bedeutung.

Auch deshalb sollst du wissen, dass du für mich perfekt bist. Ich bin jeden Tag froh, dir begegnet zu sein. Ich hoffe, du hattest einen schönen Geburtstag, und kann es nicht erwarten, noch viele mit dir zu verbringen.

Ich liebe dich von ganzem Herzen.

Jake

Sie las nach und nach alle Briefe, nur einen mied sie, bis nur noch er übrig war. Ihr Name darauf war mit schräger Schrift hastig hingeworfen. Jake hatte ihn ihr an dem Tag gegeben, an dem er sein Geburtstagsdinner mit der Abschlussklasse aufgeschoben hatte. Dass sie das geplant hatten, fiel ihm erst wieder ein, als Sophie anfing zu kochen. Es war sein letzter Brief an sie.

Sophie,

es tut mir sehr leid, dass ich inzwischen jedes Zeitgefühl verloren habe.

Ich möchte den Moment nutzen, um dir zu sagen, was ich gar nicht oft genug sagen kann: Du bist einzigartig und außergewöhnlich. Ich weiß, du kannst es nicht leiden, wenn man dich so mit Lob überhäuft, aber mir ist es wichtig, dass du weißt, wie besonders du bist. Auch wenn du das nicht zugeben willst.

Mir ist klar, dass es im Augenblick nicht so läuft, wie es sollte, aber ich weiß auch, dass unsere Liebe füreinander ungeheuer stark ist. Die Situation ist chaotisch und hart, aber so ist das Leben. Am Ende wird es uns besser und stärker machen.

Liebe Grüße

Jake

Sophie legte den Brief auf ihren Bauch.

13

Jake beendete das Training in seinem Pool und schaute schwer atmend über die veränderte New Yorker Skyline – ein grünes Panorama. Die Schwimmbrille saß direkt unter dem Haaransatz über seinen tiefen Stirnfalten. Seit seiner Collegezeit war das Meer weiter nach Manhattan eingedrungen und füllte neue Kanäle, bildete Sümpfe und Salzwiesen. Er blickte auf den Timer: fünfundvierzig Minuten. Er stieg aus dem Pool und trocknete sich auf dem Weg ins Schlafzimmer ab.

Dabei kam er an leeren Wänden vorbei. Seine Raumgestalterin hatte an Dutzenden Stellen großformatige Fotos an die Wände gelehnt, ein Porträt von Muhammad Ali, galoppierende Pferde. Jake hatte versprochen, sie aufzuhängen, aber in Wirklichkeit gefielen ihm die leeren Wände. Es gab noch so viel zu tun. Der Zeitpunkt, um aufzuhören, war noch nicht gekommen. Er hatte nur das Schlafzimmer eingerichtet und im Wohnzimmer ein Sofa aufgestellt, sodass sein Penthouse weiterhin unbewohnt wirkte. Er empfing keine Gäste.

In der Dusche liefen Nachrichten über das Glas, neben einem Feld, auf dem sein körperlicher Zustand angezeigt wurde. Er las die Meldungen beim Haarewaschen. Als er das Wasser abstellte, verschwanden sie, und Jackie Wilsons

Soulstimme klang durch die Wohnung. Auch wenn sich die Technik weiterentwickelt hatte, Jake liebte den Song *(Your Love Keeps Lifting Me) Higher & Higher*, ein hinreißendes inneres Tattoo, das er auswendig kannte.

In seinem begehbaren Kleiderschrank hingen die Jacketts an einer langen hufeisenförmigen Stange über den Hosen. In den Fächern an den Seiten standen mehr als hundert Paar Schuhe. Er zog sich ein graues T-Shirt und ein leichtes Jackett an. Jeden Tag ein anderes, leicht abgewandeltes Outfit. Er trug nur Grautöne und fast sein Leben lang denselben Haarschnitt.

Schließlich sprang er in den Fond eines schwarzen Wagens.

»Boss«, grüßte dessen maskuline KI.

»Carl, bitte bringen Sie mich zu Olympus.«

Jake saß auf einem honigfarbenen Sitz. Er las die Nachrichten auf seiner Armbanduhr, bis sie sein Bürogebäude in der Innenstadt erreichten.

»Boss, wir sind da.«

Jake las weiter.

»Boss, wir sind da.«

Die Ansage wurde jeweils lauter wiederholt.

»Carl, stopp. Carl, wie wird das Wetter heute?«

»Heute wird ein Spitzenwert von siebenundzwanzig Grad erreicht, die Tiefsttemperatur liegt bei zweiundzwanzig Grad, der Himmel ist wolkenlos.«

Draußen herrschte tropische Luftfeuchtigkeit. Im Gebäude empfing ihn klimatisierte Kühle. Im Aufzug auf dem Weg nach oben scrollte er durch die eingegangenen

E-Mails – eine von Liam Carlson ohne Betreff. Als er sie öffnete, erschien ein Blitz auf dem Display. Er wischte zur nächsten Seite. Die Ankündigung von Liams Kunstausstellung mit dem Titel »Verbunden« und darunter eine Danksagung und etliche Namen – *Dr. Sophie Jones.*

Die Aufzugtüren glitten zur Seite.

Jake stand einfach nur da.

Die Türen begannen sich zu schließen.

Er steckte den Arm dazwischen.

Woher kannten sie sich?

Er betrat seine Firma, die die oberste Etage einnahm. Dicke weiße Schrägbalken stützten die Decke. Von den Dachsparren wuchsen Grünpflanzen: Farne, Bogenhanf, dunkelgrüner Efeu und Grünlilien mit langen hellen Ablegern. Jake ging den Mittelgang hinunter, der das Büro in zwei Bereiche teilte. Die meisten seiner Analysten arbeiteten stehend an durchsichtigen Touchscreens, die in Augenhöhe an fast unsichtbaren magnetischen Halterungen hingen. Nur im Vorbeigehen bemerkte man das sanfte Schimmern der gerundeten Kanten.

Jake machte die Tür hinter sich zu.

Er setzte sich.

Sein Magen zog sich zusammen.

Würde sie zu Liams Ausstellung kommen?

Nachdem Sophie die Blocktheorie bewiesen hatte, war Jake jeden Abend mit demselben Bild im Kopf zu Bett gegangen: wie er sie in New Haven wiedertraf. Er stellte sich vor, dass sie ihm mit ein paar aufmerksamen Zeilen auf seine E-Mail antworten würde, um eine Uhrzeit zu vereinbaren, zu der sie sich im Blue State oder Ashley's oder auf dem Cross Campus treffen konnten. Tagsüber zwischen den Meetings, bei denen er mit den Gedanken häufig abschweifte, recherchierte er online, um sich auf die Begegnung vorzubereiten. Er suchte nach wissenschaftlichen Untersuchungen zum Thema »Wiedersehen mit der ersten Liebe«. In dem Feld »andere suchten auch nach« stand:

Woran erkennt man die erste Liebe?

Warum ist die erste Liebe so besonders?

Warum ist es so schwierig, die erste Liebe zu vergessen?

Die meisten Artikel unter dem Suchbegriff waren oberflächliche Zehn-Punkte-Listen oder mit Werbung gespickte Präsentationen. Eine Woche lang las er solches Zeug und hoffte immer wieder auf brauchbare Informationen, ohne welche zu bekommen. Bis zu dem Tag, als sie in dem Interview bekannte, sie habe noch einige Ideen.

In diesem Moment ließ er seine Wiedersehensfantasie los.

Ein paar Monate später traf er Dr. Chuck Bradley bei einer von Olympus ausgerichteten Benefizveranstaltung in New York City. Die Deckengemälde im Midtown Cipriani wurden überstrahlt von der festlichen Gesellschaft. Alle Einnahmen gingen an Empower Now, eine Wohltätigkeitsorganisation, die es sich zum Ziel gesetzt hatte, den Kreislauf der Armut zu durchbrechen. Jake war zu diesem Zeitpunkt bereits als Philanthrop bekannt. Er saß bei Empower Now im Vorstand, er finanzierte Ausbildungsinitiativen in Armutsvierteln, er trat in Highschools in der

Innenstadt auf, um Jugendliche an das Finanzwesen heranzuführen, und er überflog jede Bewerbung, die bei Olympus einging und wegen mangelnder Berufserfahrung abgelehnt worden war.

An jenem Abend also, als er sich an der Bar für einen Drink anstellte, lernte er Chuck kennen, der sich als Sozialwissenschaftler von der New York University vorstellte.

Jake schüttelte ihm die Hand.

»Woran forschen Sie zurzeit?«, fragte er.

»An der ersten Liebesbeziehung von Menschen.«

Chuck sagte, er führe eine Studie an Personen durch, die ihre erste Liebesbeziehung erst nach ihrer Jugend erlebt hatten. Jake stellte daraufhin eine Reihe Fragen, so leidenschaftlich und gezielt, dass er fürchtete, Chuck könnte ihn irrtümlich für einen potenziellen Förderer halten. Chuck schrieb ihm mehrere relevante Aufsätze zu dem Thema auf eine Serviette.

»Aber das ist nur Hintergrundinformation«, sagte er.

»Was meinen Sie?«, fragte Jake.

Chuck sagte, sein neuester Aufsatz »Liebe mit Unterbrechung«, schließe eine Lücke in der Fachliteratur. Schon lange habe sich niemand mehr mit dem Thema befasst. Vor zehn Jahren hatte Chuck tausendzwei amerikanische Paare im Alter zwischen achtzehn und Anfang zwanzig für eine Studie gewonnen, die zum ersten Mal verliebt und mindestens seit einem Jahr zusammen waren. Im vergangenen Jahr hatte er wieder zu allen Kontakt aufgenommen. Dreiundzwanzig Paare waren durch äußere Umstände getrennt worden – meistens, weil sie wegen eines Jobs oder des Studiums hatten umziehen müssen – und hatten sich fest vorgenommen, sich wieder zu treffen. Chuck befragte sie vor und nach dem Wiedersehen. Die Ergebnisse würde er in zwei Monaten in einer extern begutachteten Fachzeitschrift veröffentlichen.

Dann kam Chuck darauf zu sprechen, wie selten erstklassige Forschung in der Psychologie geworden sei, weil sie unterfinanziert war. »Eine Dürreperiode«, wiederholte er und hielt bei ihm die Hand auf, während er über die schwierigen Bedingungen lamentierte. Jake nickte nur.

»Unterbrochene Liebe« erschien wie angekündigt.

Jake las die Studie sofort.

Chuck hatte festgestellt, dass nach zehn Jahren dreiundsiebzig Prozent der zweitausendvier Personen ihre erste Liebe als die intensivste ihres Lebens ansahen. Chuck hatte die Personen gebeten, die besonderen Merkmale aufzuzählen und mit denen späterer Beziehungen zu vergleichen. Die Mehrheit gab an, in ihrer ersten Liebesbeziehung seien sie am vertrauensvollsten, verletzlichsten, sexuell aktivsten, abhängigsten und euphorischsten gewesen und hätten am meisten gelitten. Durch die Bank war die erste Liebe in jeder Hinsicht die intensivste. Chuck erklärte, der beste Indikator für die Qualität einer Beziehung sei die positiv miteinander verbrachte Zeit. Er verwies auf etliche andere Studien – einige davon hatte er Jake als Lektüre empfohlen – und fasste am Ende zusammen: »Das Entscheidende in der Liebe ist die Zeit.« Junge Menschen haben Zeit im Überfluss. Sie könnten sie in großen Mengen in eine Beziehung investieren. »Die

Chance, noch einmal eine so tiefe Beziehung zu entwickeln, ist äußerst gering.«

Jake hatte nur die ersten zehn eng gesetzten Seiten von Chucks Aufsatz gelesen, als er merkte, dass Tawny hereingekommen war und ihn an eine Besprechung erinnerte, die gleich anfangen würde. Sein fünfköpfiges Team traf sich einmal im Monat, um sich gegenseitig neue Investmentideen vorzustellen. Von den Präsentationen seiner Mitarbeiter bekam er jedoch kaum etwas mit, weil er über das Fazit des Aufsatzes nachdachte: »Das Entscheidende in der Liebe ist die Zeit.«

Eine Stunde später las er weiter. Ein anderer Indikator für die Qualität einer Beziehung war, welche Ansichten ein Paar über die Liebe hatte. Junge Menschen idealisierten sie. Sie glaubten, wahre Liebe sei spektakulär und halte ewig, so wie sie es gerade in ihrer Beziehung erlebten. Als Beleg dazu zitierte er Studien zu der Frage, wie Erwartungen die Wahrnehmung beeinflussten. Mit fortschreitendem Alter fiel es den Menschen schwerer, das Leben durch die rosarote Brille zu betrachten. Sie wurden von Freunden oder Familienmitgliedern enttäuscht, ihre Träume platzten, sie wurden krank oder durchlebten andere problematische Umstände. Da schafften es nur wenige, idealistisch zu bleiben und das Erlebnis der ersten Liebesbeziehung zu wiederholen, zumal das in einer Zeit stattgefunden hatte, in der sie nur das Beste in anderen Menschen gesehen hatten. Chuck schrieb: »Um wahre Liebe zu erleben, muss man an sie glauben.«

Schließlich gelangte Jake zu dem Abschnitt »Ergebnisse der Befragung über das Wiedersehen von dreiundzwanzig

Paaren zehn Jahre nach ihrer ersten Liebesbeziehung«. Für ihn war es inzwischen fast genauso lange her, seit er Sophie zuletzt gesehen hatte. Er seufzte. Offenbar nahmen die Gedanken an das Wiedersehen die Paare völlig in Beschlag, sobald sie den Plan zu einem Treffen gefasst hatten. Gleich nachdem Sophie die Blocktheorie bewiesen hatte, war er auch mit Gedanken an ein Wiedersehen beschäftigt gewesen. Er las nicht weiter. Stattdessen erinnerte er sich daran, wie Chuck im Festsaal recht schnell bei ihm die Hand aufgehalten hatte. Jake gefiel es plötzlich gar nicht, dass der Autor dieser Studie so schnell begonnen hatte, über Geld zu sprechen. Wer war dieser Chuck Bradley eigentlich? Was machte ihn zu einem Experten in Liebesdingen?

Jake hatte den Aufsatz nie zu Ende gelesen. Die Lektüre lag nun fast fünfundzwanzig Jahre zurück, und er wusste noch immer nicht, wie das Wiedersehen der Paare verlaufen war. Er wollte einfach nicht, dass die Treffen unglücklich ausgegangen waren. Er wollte weiter daran glauben können, dass wenn er Sophie wiedersah …

Wann fand Liams Ausstellung statt?

Am 18. Mai 2048.

Liam hatte ihn schon ein paarmal zu Ausstellungen eingeladen. Jake war nie hingegangen, hatte sich aber immer in den Katalog vertieft, und er hatte beim Betrachten der Bilder so einiges gelernt Die Welt war auf diesen Bildern so gründlich umgestaltet, es war wie ein Weckruf für Jake, und ihm wurde klar, dass noch so viel mehr möglich war. Vor zwei Jahren hatte Liam seine Mutter unter einem fremdartigen Baum gemalt, dessen Blätter aus großen Apfelscheiben bestanden, alle mit einem herzförmigen Querschnitt, roter Schale und weißem Fruchtfleisch. Der Baum war aus einem kolossalen Apfel gewachsen, der auf dem Gras lag. Lily lehnte am Stamm. Der Name des Bildes, »Meine Mutter, der Wunderbaum«, beschrieb ihre schönen Flausen.

Seine Mutter hatte zwei von Liams Ausstellungen besucht und dort offenbar auch seine Freundin Daya kennengelernt. Janice' wichtigste Eigenschaft war ihre Verlässlichkeit. Sie war jetzt fünfundsiebzig und verbrachte ihren Ruhestand in einer Park-Avenue-Wohnung an der Upper East Side, die Jake für sie gekauft hatte. Das Ticket nach New Haven, um an Liams Abschlussfeier teilzunehmen, hatte sie sich schon gekauft.

Jake schaute prüfend in seinen Terminkalender.

Jake wartete im Gotta Robota auf Lily, einem Grab&Go-Restaurant in der Nähe seiner Firma, das ganz ohne menschliche Angestellte auskam. Die Luft dort war stark heruntergekühlt. Er faltete die Hände auf dem groben Holztisch. Auf seiner Uhr leuchteten in türkisblau die Ziffern 11:55.

Vorige Woche, gleich nachdem Liam ihm seine Einladung geschickt hatte, bekam er sie noch einmal von Lily. Sie fragte, ob er hingehen werde. Er hatte darauf nicht geantwortet. Sie verstanden sich gut, darum ging es nicht. Er hatte sich bloß noch nicht entschieden. Er wusste nicht, ob das die richtige Gelegenheit war, Sophie wiederzusehen. Sie war sehr sensibel, jedes Detail war wichtig für sie. In Gegenwart von Liam und Lily … Das Wiedersehen wäre völlig anders, als er es sich in seinen Tagträumen immer vorgestellt hatte. Und so hatte das Ausbleiben seiner Antwort an Lily die Bitte um ein persönliches Treffen nach sich gezogen.

11:57 Uhr.

Jake wusste noch immer nicht, was er Lily sagen würde. Diese Woche war er jeden Morgen schweißgebadet aufgewacht. So hatte sein Körper noch nie rebelliert. Sein Leben lang hatten sich seine Glieder der Disziplin gebeugt. Er war nie ernsthaft krank gewesen. Nun waren seine grauen Bettlaken jeden Morgen durchnässt und hatten dunkle, wolkenhafte Flecken. Er träumte immer wieder, dass er angeklagt wäre. Der verschwommene Staatsanwalt beschuldigte ihn der »Abwesenheit ersten Grades«.

12:00 Uhr.

Entlang der Wand gab es in Augenhöhe Touchscreen-Speisekarten, hinter denen sich die Speisen befanden. Darauf gab man seine Bestellung ein, dann fuhr der Touchscreen hoch wie eine Zugbrücke, und man konnte das Essen entnehmen. Die meisten Kunden nahmen ihre weißen Schalen mit. Wer blieb, aß allein. Jake sah auf die Uhr und knirschte mit den Zähnen. Es ärgerte ihn, dass außerhalb der Finanzbranche kein Mensch den Wert der Zeit zu begreifen schien – nun ja, außer einem.

12:05 Uhr.

12:15 Uhr.

Er hatte 12:00 Uhr gesagt, aber Lily war schon immer auf einer anderen Wellenlänge gewesen, was das anging. Sie hatten sich bei einem Kuchenbasar kennengelernt, den Olympus organisierte. An jenem Nachmittag war der Himmel wolkenlos blau. Olympus verteilte an der Kreuzung 26th und Park Avenue South Brownies gegen eine Spende an Empower Now. Jake saß neben Tawny an einem Klapptisch. Lily blieb vor ihm stehen. Sie trug flache weiße Sandalen, ausgefranste graue Jeansshorts und ein bauchfreies Oberteil, das er aus einer H&M-Werbung kannte. Ihr ganzes Outfit hatte vielleicht fünfzehn Dollar gekostet, aber sie griff sofort nach ihrem Handy und überwies eine Spende von fünf Dollar. Jake fand ihre Großzügigkeit anziehend. In den folgenden sechs Monaten lud sie ihn nur wenige Male zu sich nach Hause ein, und eines Tages bat sie ihn, in ihrem Wohnzimmer Platz zu nehmen, sie müsse mit ihm reden. Sie eröffnete ihm, dass sie schwanger war und dass sie schon immer ein Kind haben wollte.

Sein Leben war außer Kontrolle geraten.

Wie nannte man das noch mal?

»Der wissenschaftliche Ausdruck für Chaos ist Entropie«, sagte Sophie leise. Jake hielt sie in den Armen, sein Kopf auf ihrem weichen Bauch. »In unserem Universum nimmt die Entropie stets zu. Dieses Zimmer, das Bett, wir – in allem löst sich die Ordnung immer mehr auf.« Jake küsste ihren Bauchnabel. Er rutschte tiefer, um sie entlang des Bundes seiner Boxershorts zu küssen, die sie trug.

»Aber durch dich werden die Dinge besser.«

»Ich weiß.« Sie strich über seinen Kopf. »Ich sage damit nicht, dass die Dinge besser oder schlechter werden, nur unge-

ordneter. Unsere Kleidung wird zerfallen. Wir selbst werden alt. Die Dinge, die uns gehören, gehen kaputt. Das ist Entropie.«

»Jake!« Lily lächelte ihn an.

12:21 Uhr.

Er stand auf.

Lily breitete ihre gebräunten Arme aus. Ihr Sommerkleid sah aus wie ein zu langes T-Shirt. Der Saum schwang bei jedem Schritt um ihre Knie. Beim Anblick ihrer braunen Flipflops fiel ihm ein, dass es in der Kanzlei von Howards & Levine, in der sie arbeitete und Mieter vor der Zwangsräumung bewahrte, keinen Dresscode gab. Sie umarmte Jake und drückte zwei Hände – keine Ringe – an seinen Rücken.

»Hi, Lily.«

Jake bot ihr einen Platz an. Sie schlug geschmeidig die Beine übereinander, und ihr weißes Lächeln wurde breiter. Er erinnerte sich wieder, dass es bei Lily keine Trübsal gab. Sie konnte gekränkt sein, und sie konnte wegen Liam emotional werden, aber sie trug kein tiefsitzendes Leid in sich. Sie hatte ein heiteres Wesen und strahlte Leichtigkeit aus, was mit seiner Zielstrebigkeit nie harmonierte. Sie schlief lange. Sie vergaß manchmal, ihre Rechnungen zu bezahlen. Sie vergaß manchmal, zu verhüten – Jake hätte diesem Geständnis mehr Beachtung schenken sollen. Er hatte eine Schwäche für junge Menschen, und Lily hatte ein jugendliches Gemüt. Er nahm an, dass sie auch deshalb nicht gut zusammengepasst hatten.

»Wie geht es dir?«, fragte sie.

»Großartig. Und dir?«

Seine Standardantwort klang einsilbig.

Darauf herrschte Schweigen. Währenddessen dachte er an Sophie. Wenn sie anfingen, miteinander zu reden, würden sie dann je wieder aufhören? Wenn er zu der Kunstausstellung gehen würde …

»Jake?«

»Großartig. Und dir?«, fragte er.

Lily nickte.

»Es ist wirklich schön, dich zu sehen«, sagte sie. »Ich weiß, wie beschäftigt du bist, und dass du jetzt trotzdem hier sitzt, das … Es ist echt schön, wenn wir auf derselben Seite stehen.« Jake stellte sich vor, er säße neben Sophie im Speisesaal. »Du weißt schon, auf der Seite der Eltern. Für Liam.«

»Was?«

»Im selben Team. Für Liam.«

»Richtig.«

»Ich wollte nicht, dass Liams Einladung untergeht. Ich weiß, du hast wahnsinnig viel Arbeit.« Sie legte die Handflächen aneinander wie zum Gebet. »Ich bin gekommen, um dich persönlich zu fragen, ob du zu seiner Ausstellung und der Abschlussfeier kommst. Für Liam ist es ungeheuer wichtig, dass du dabei bist. Das bedeutet ihm sehr viel.«

Jake fächelte sich mit dem Ausschnitt seines T-Shirts Luft zu.

»Jake?«, hakte sie nach.

»Hm?«

»Liams Abschlussfeier. Seine …«

Vor vier Jahren parkte Carl auf einer Straße voller Teenager in dunklen Roben und mit Doktorhüten, gelbe Quasten baumelten vor glücklichen Gesichtern. Jake beobachtete durch getönte Scheiben, wie Familien ihre Trinity-Absolventen umarmten. Unterwegs zu Liam und Lily begegnete er niemandem, den er kannte. Schließlich standen sie drei einander zugewandt mitten unter all den Leuten.

Jake klopfte Liam auf die Schulter.

»Gratulation«, sagte er. Das Wort kam ihm lang vor. Sagten das alle anderen auch? Alle fünf Silben? Er nahm an, dass der Blumenstrauß in Liams Hand von Lily stammte. Ringsherum stellten sich Familien für Fotos auf.

»Danke, Jake«, sagte Liam.

Lily küsste ihren Sohn auf die Wange. Er lachte und wurde rot. Jake kam sich vor, als würde er stören. Ein paar angespannte Minuten lang unterhielten sie sich. »Also geht es dir gut?«, fragte Jake, und: »Dann bist du jetzt also fertig?« und noch andere einfache Suggestivfragen. Er wollte ihn nicht auf die Abiturfeier ansprechen, die gerade zu Ende gegangen war, weil er die Aufmerksamkeit nicht darauf lenken wollte, dass er sie verpasst hatte. Liam würde sich im Herbst in Yale einschreiben, aber auch darüber wollte Jake nicht reden. Liams Entscheidung, dieselbe Hochschule zu besuchen wie er, machte es noch schlimmer, dass er ihn vernachlässigt hatte. Doch Jake wurde nicht damit fertig, dass Liams Existenz seine Gefühle für Sophie schmälerte, seine Gefühle für den einzigen Menschen, der ihn je verstanden hatte. Wie konnte er mit einer anderen Frau eine Familie haben?

»Wie wär's mit einem Foto?«, schlug Lily vor.

Sie bedeutete ihnen, sich nebeneinander zu stellen. Jake legte den Arm um Liams Schultern und gab ihm einen freundschaftlichen Ruck. Er konnte sich in der Nähe des Jungen einfach nicht normal benehmen. Aber was war normal? Wie sollte man sich gegenüber seinem Kind benehmen, wenn man selbst die Mutter kaum kannte? Wie lauteten hier die Verhaltensregeln? Jake hatte nicht noch eine getrennte Familie haben wollen. Das hatte für ihn von jeher festgestanden. Es fiel ihm schwer, sich einer Familie zu widmen, die er nicht geplant hatte.

»Lächeln, Jake«, sagte Lily.

»Jake?«, hakte Lily noch einmal nach.

Er tauchte aus seinem Flashback auf.

»Seine Examensfeier? Seine Ausstellung?«

»Richtig. Entschuldige. Ich versuche zu kommen.«

»Sie ist nächste Woche. Willst du oder willst du nicht?«

Er rieb sich die Augen.

»Ich glaube, du begreifst gar nicht, wie sehr du Liam kränkst, wenn du nicht kommst.«

Er bemerkte, wie ihr allmählich die Tränen kamen. Diesen Gesichtsausdruck hatte er bei ihr schon gesehen. Letztes Jahr, nachdem er Liams Ausstellung versäumt hatte, kreuzte Lily weinend in seinem Foyer auf. Er lud sie ein, nach oben zu kommen. Als sie zum ersten Mal in seinem Büro stand, bei geschlossener Tür, machte sie ihn darauf aufmerksam, dass es dort kein einziges Foto von Freunden oder Verwandten gebe. Nur eins von ihm und Lionel, das Jahrzehnte alt war. Auf dem einzigen anderen Bild in seinem Büro war der Kugelsternhaufen Messier 15 zu sehen, einer der dichtesten. Eine Aufnahme des Hubble-Teleskops.

»Was hast du Wichtigeres zu tun?«

Er schaute durch das Restaurant. Laut seiner Roxster stieg seine Herzfrequenz gerade auf hundert.

»Jake?« Ihre Stimme schwankte.

»Okay, gut.«

»Was heißt das?«

»Ich werde zur Abschlussfeier kommen.«

»Und zu seiner Ausstellung.«

Jake fächelte sich wieder mit dem T-Shirt Luft zu.

»Die Ausstellung ist wichtiger. Liam ist ungeheuer begabt. Er hat mir von dem zentralen Bild der Ausstellung erzählt und was es aussagen soll. Es geht um dich, Jake, um seine Beziehung zu dir …« Jake legte die Hand über die Augen. Lilys Schmerz war unerträglich. Er durfte sie nicht mehr verletzen. »Er hat einen selten guten Charakter. Du warst seit deinem Abschluss nicht mehr in Yale …«

»Tut mir leid«, sagte Jake.

Er stand auf.

»Das alles. Ich muss jetzt zu einem Meeting, aber – ich komme zur Ausstellung.«

Für den Rest des Tages stellte sich Jake vor, womit er bei »Verbunden« konfrontiert sein würde. Er malte sich jede mögliche Konstellation im Raum aus, die sich zwischen ihm, Sophie, Lily und Liam ergeben könnte. Wenn sie zu viert nebeneinanderstehen würden, stünde er in der Hälfte aller Fälle neben Sophie. Er sah sich nur fünfzig Zentimeter weit von ihr entfernt. Sie würde zu allem, was Liam sagte, nicken und wegen der vielen Menschen ringsherum kein Wort sagen. »Es ist echt schön, wenn wir auf derselben Seite stehen.« Jake stellte sich vor, er säße neben Sophie im Speisesaal. »Du weißt schon, auf der Seite der Eltern. Für Liam.«

Würde sie ihn an ihren Gedanken teilhaben lassen, wenn er sie darum bäte? Würde sie hinterher mit ihm spazieren gehen wollen? Er stellte sich sonniges Wetter vor, und sein Tagtraum nahm ihn derart gefangen, dass er, wann immer er in die Wirklichkeit zurückkehrte, feststellte, dass er vom Gespräch mit seinem Analysten eine Minute verpasst hatte.

Auf dem Heimweg fiel ihm Dr. Bradleys Studie ein. Er hatte den Teil über das Wiedersehen der Pärchen nie gelesen. Da nun feststand, dass er nach Yale fahren würde, wurde es Zeit, das nachzuholen. Er suchte den Aufsatz online, kaufte ihn und las ihn fast bis zum Ende …

»Boss, wir sind da«, verkündete Carl.

»Carl, stopp«, sagte Jake.

Der Wagen schwieg.

»Carl, wie lange stehen wir schon hier?«

»Zehn Minuten, Boss.«

»Gut.«

Jake stieg aus. Es war schwül. Sein Kragen wurde feucht. Im Foyer nickte er dem Portier zu und stieg in seinen privaten Aufzug. Als er seine Wohnung betrat, schaltete sich gedämpftes Licht ein. Er zog sich aus bis auf seine zerschlissenen Boxershorts. Bei dem einzigen Kleidungsstück, das außer ihm niemand sah, wahrte er keine Fassade. Luxus war ihm immer fremd geblieben.

Er ging zu Bett und brannte darauf, den Aufsatz zu lesen. In seinem Zimmer war es wunderbar still. Unerwartete Geräusche empfand er als zermürbend. Gehupe, Klingeltöne und Stimmen waren jetzt weit weg. Sein Geist konnte die Leere mit Gedanken füllen. Jake tippte auf seiner Uhr die letzte Überschrift an, »Ergebnisse der Befragung über das Wiedersehen von dreiundzwanzig Paaren zehn Jahre nach ihrer ersten Liebesbeziehung«. Er vergrößerte den holografischen Text über dem Handgelenk und las ihn zu Ende.

Die große Unbekannte bei der Begegnung war, wie sehr sich der andere verändert hatte. In den sozialen Medien erhielt man nur ein eingeschränktes Bild. Von den dreiundzwanzig ehemaligen Paaren sagten vierundsiebzig Prozent, der andere habe sich überhaupt nicht verändert. Ihr Eindruck voneinander war nach zehn Jahren noch derselbe. Morgenmenschen blieben Morgenmenschen. Der Schüchterne blieb schüchtern. Der Religiöse hielt an seinem Glauben fest. Die Persönlichkeit war ziemlich beständig, was Chuck detailliert erklärte.

Daraus ergab sich jedoch nicht, dass die einstigen Pärchen ihre Liebe wieder neu aufleben ließen. Tatsächlich passierte das bei keinem einzigen von ihnen. Nur fünf der dreiundzwanzig Paare trafen sich ein zweites Mal. Nur ein Paar ein drittes Mal. Zu einem vierten Wiedersehen kam es nicht. Bei der anschließenden Befragung stellte Chuck fest, dass die Paare noch immer harmonierten, sich die Lebensumstände aber geändert hatten. Seit ihrer Trennung hatten sie Kinder bekommen, übten ihren Beruf aus, hatten Interessen entwickelt, sich ein Zuhause geschaffen, was nun zwischen ihnen stand. Einige lebten in einer anderen Stadt, die Hunderte Kilometer entfernt war. Keiner der Probanden sah die Möglichkeit, wieder zusammenzukommen.

»Ich sage damit nicht, dass die Dinge besser oder schlechter werden, sie werden nur ungeordneter. Unsere Kleidung wird zerfallen. Wir selbst werden alt. Die Dinge, die uns gehören, gehen kaputt. Das ist Entropie.«

14

Sophie öffnete die verschlossene Tür. Liams Ausstellung würde erst in fünfzehn Minuten anfangen. Sie trat zurück und betrachtete sich – knöchellanger fließender rosa Rock und weißes T-Shirt – in den Glaswänden der Yale School of Art. Sie hatte überlegt, sich für den Anlass etwas Neues zu kaufen, sich dann aber entschieden, beim Alten zu bleiben. Sie drehte den Kopf hin und her. Sie hatte sich noch immer keine Ohrlöcher stechen lassen.

Sie beschloss, um den Block zu gehen. Im Yorkside Pizza saßen Familien bei klebrigen Pfannkuchen und goldbraunem Toast. Sophie blieb vor dem Fenster stehen. Sie konnte sich nicht erinnern, wann sie zuletzt so viele Kleinkinder gesehen hatte. Ein Junge im dunkelblauen Strampler schrie auf dem Arm seiner Mutter. Seine New-Balance-Sneaker hatten Babygröße. Er hatte ein dickes weiches Doppelkinn. Der auffallend kindliche Vater schnitt Grimassen. Das Baby hörte nicht auf zu zappeln. Es sah schwer aus, aber Sophie konnte das nicht beurteilen. Sie hatte noch keins im Arm gehalten.

Bei Ashley's Ice Cream sah sie noch mehr Kinder. Angesichts der Scharen junger Leute fühlte sie sich alt. Im Großen und Ganzen mochte sie das Altwerden. Das Leben wurde emotional einfacher. Sie fand, dass sie mehr auf einmal sah, dass es mehr gab als das Hier und Jetzt. Beim Blue State ging sie an einem Mädchen im Hochstuhl vorbei, das große blaue Augen hatte wie sie. Sophie wurde noch ab und zu gefragt, ob sie Kinder hatte. Gewöhnlich schüttelte sie den Kopf. Sie hätte nur mit einem bestimmten Mann welche haben wollen. Sie hatte sich nie generell nach Kindern gesehnt.

Dann kehrte sie zur Kunsthochschule zurück. Sie war schon bei zwei anderen Promotionsausstellungen in dem Gebäude gewesen. Sie kannte alle auf dem Campus außer den Geheimbundhäusern, den fensterlosen Villen in der Nähe. Doch sie wusste, welches Haus welchem Geheimbund gehörte. Sie hatte genug Geschichten gehört, um sich die Räume und den Keller vorzustellen. Sophie kannte Yale. Es war ein Teil von ihr.

Sie öffnete die Türen.

»Professor Jones!«, rief Liam.

Er stand mit Daya im Vorraum zu seiner Ausstellung und winkte ihr, mit ihnen hineinzugehen. In dem Raum hingen ringsherum Gemälde auf gleicher Höhe, jedes in einem glänzenden weißen Rahmen. Liam blieb vor dem größten stehen: Es war vorne auf dem Katalog abgedruckt. Der grelle Blitz war so groß wie er. Er leuchtete gelb und blau. Liams Blick schoss zwischen Sophie und dem Blitz hin und her, während sie den an der Wand hängenden Begleittext las:

Streamer. 2048
Öl auf Leinwand

»Die Menschen sind durch unsichtbare Kräfte miteinander verbunden. Obwohl wir frei denken und handeln können, bleiben wir zusammen, wie Sterne am Himmelsgewölbe, aufgrund unzerstörbarer Verbindungen. Diese Verbindungen kann man nicht sehen, aber wir können sie fühlen.« Nikola Tesla

Bei einem Gewitter spalten sich Wolkenpartikel in positive und negative Ladungen auf. Die negativen schießen in sogenannten »Streamern« zur Erde hinab, schlauchförmigen Magnetfeldern, die Elektrizität durch die Luft leiten. Wenn solche Streamer auf positive Ladungen am Boden treffen, wird der Stromkreis geschlossen, und ein Blitz entlädt sich. Aber auch wenn unser Blick vor allem von der faszinierenden Erscheinung des Blitzes angezogen wird, so sind doch in einem Gewitter überall die unsichtbaren Streamer vorhanden. Bei diesem Werk geht es um die mächtigen Verbindungen, die wir nicht sehen können, und die unsichtbaren Dinge, die unsere Welt formen.

Sophie richtete sich langsam auf. Sie bemerkte, dass die Kometen, die vom Boden aufstiegen, türkisblaue Zifferblätter hatten – ein unmissverständlicher Hinweis auf Roxster. Das war Liams Hymne auf Jake, auf die Verbindung, die er zwischen sich und seinem Vater spürte, der immer abwesend war.

»Wow«, sagte Sophie. »Das ist …«

»Liam!«, rief Lily.

Sie kam in einem Jeansoverall hereingeschlendert, der dasselbe helle Blau hatte wie Liams Hose, so als wären beide Kleidungsstücke aus demselben Stück Stoff geschnitten worden. Sie strahlte Daya an und schloss dann ihren Sohn in die Arme. Sie küsste ihn auf die Stirn und mehrmals an verschiedenen Stellen auf eine Wange. Liam lachte. Schließlich standen sich Lily und Sophie gegenüber, eine Armlänge voneinander entfernt, sodass sie sich mit den Fingerspitzen hätten berühren können.

»Ich bin Lily.« Sie streckte Sophie die Hand hin. »Liams Mutter.«

Sophie spürte, dass Lily ein warmherziger Mensch war. Das verrieten ihr freundliches Lächeln, die vielen Küsschen auf Liams Wange und die Art, wie sie ihre Hand jetzt auf seiner Schulter ruhen ließ.

»Sophie Jones«, sagte Sophie.

Sie gaben sich die Hand.

Sophie räusperte sich.

»Ich habe Liam in Physik unterrichtet«, erklärte sie.

»Sie hat mehr getan als das«, sagte Liam.

Er deutete auf das Gemälde.

»Ach, Liam, das ist ein Meisterwerk«, schwärmte Lily. Die vier standen als Punkte eines gezackten Halbkreises davor. »Wunderschön, wie schwerelos es wirkt.« Sie wirbelte mit dem Zeigefinger dicht vor einer grauen Spirale in den Wolken. »Wer außer dir könnte einen Gewitterhimmel so heiter wirken lassen? Du erstaunst mich.«

»Danke, Mom«, sagte Liam. »Sophie hat mich auf die Idee gebracht.«

Vor der Kunsthochschule flimmerte die Hitze über der schwarzen Motorhaube von Jakes Wagen. Er trug Jeans und Pullover, ganz so wie sonst, nur auf das gewohnte Jackett hatte er verzichtet. Kurz hatte er überlegt, diesmal etwas ganz anderes – etwas Besonderes – zu tragen, aber in dieser Kleidung war er York Side selbst, und er wollte sich nicht verstecken.

Er betete nicht oder glaubte an irgendwelche Weissagungen, aber heute Morgen hatte er sein Horoskop gelesen. Er hatte sich so verletzlich gefühlt, so unsicher auf den Beinen, dass er den ungewohnten Wunsch verspürte, Hilfe jenseits der menschlichen Welt zu suchen. Janice war katholisch, aber mit der Kirche war er nie warm geworden. Aber er wusste nicht, wohin er sich sonst wenden sollte. Lag die Weisheit nicht in den Sternen? Also las er den Rat, der sich an die Schützen richtete: »Hüten Sie sich heute vor großen Gefühlen. Verlassen Sie sich auf Ihren Verstand, bleiben Sie geduldig und gelassen.« Das war vage, aber die beiden Sätze beruhigten ihn. Und er verspürte eine flackernde Verbindung zu etwas Ewigem und Unzerstörbarem.

Er hatte aus seinem Fenster auf die Stadt geschaut, in der er die prägendsten Jahre seines Lebens verbracht hatte. Und New Haven war ihm so weit unverändert erschienen. Ein Jugendlicher ging mit Büchern von Thoreau, Emerson und Whitman im Arm vorbei. Von hier aus sah Jake das Gebäude, in dem er die Vorlesung über den Kalten Krieg gehört hatte. Sicherlich wurde sie immer noch genauso gehalten wie damals. In der Nähe hatte er die Psychologievorlesung gehört, in der er von der Immersionstherapie gegen Phobien erfahren hatte. Bei der Behandlung wurde man dem ausgesetzt, was man fürchtete, in einer virtuellen Umgebung oder in der Wirklichkeit. Jemand, der sich vor Menschenmengen fürchtete, würde in einer Simulation mit einer großen Menschansammlung konfrontiert – oder jemand, der vor Zurückweisung Angst hatte, würde vor die Frau treten müssen, die er liebte. Jake öffnete die Tür. Er setzte die Sonnenbrille auf, nahm sie wieder ab, und dann ließ er sie auf dem Sitz liegen, in der Mitte zusammengeklappt, wie in einer Fötushaltung.

Er trat auf den Gehweg.

Das Gebäude der Kunsthochschule flimmerte in der Sonne.

Als er darauf zuging, einen Schritt nach dem anderen, fühlte er sich so verwundbar wie noch nie. Er war sich seiner selbst aufs Äußerste bewusst. Wenn er schluckte, fühlte er seine ganze Existenz in seiner Kehle. Der Atem verband ihn hauchdünn mit dem Leben. Er spürte, dass er keine Superkräfte besaß, dass er nur aus weichem Gewebe und zerbrechlichen Knochen bestand. Er war unvollkommen. Er hatte andere Menschen durch seinen Egoismus und durch Nichtbeachtung verletzt. Wie viele andere hatte er einmal geliebt und das nie vergessen. Er war nur ein Mensch.

Dann betrat er das Gebäude.

In der Galerie herrschte Gedränge.

Ein Student gab ihm einen Katalog. Jake rollte ihn zusammen und schloss die Faust darum. Er überragte die meisten hier um anderthalb Köpfe. Sechs Meter entfernt stand Liam und unterhielt sich mit Lily, Daya und ... Sophie. Endlich. Sie befanden sich im selben Raum. Euphorie und Schrecken überfielen ihn. Er wollte ihr nahe sein, fürchtete aber, sie würde anders empfinden. Immerhin hatte sie fünfundfünfzig Jahre Zeit gehabt, seine Fehler zu erkennen. Er hatte sie verlassen und eine andere Familie hervorgebracht – doch er liebte Sophie. Zutiefst. Sein Leben war nicht vollkommen, aber seine Liebe für sie war es. Er ging auf sie zu, sah ihr Profil. Damals im Hörsaal beobachtete er gern, wie sie ihrem Professor zuhörte, wie ihr Gesicht Sanftmut und Neugier ausstrahlte. Sie wirkte noch immer genauso sanft, genauso neugierig. Sie war noch immer Sophie. Seine Gefühle für sie waren unverändert.

»Jake«, sagte Liam.

Lily und Daya drehten sich zu ihm um.

Auch Sophie drehte den Kopf, so langsam wie ein Sekundenzeiger. Einige der Deckenlampen beschienen ihre Gesichter. Er sah in ihre blauen Augen.

»Hi, Sophie.«

Sein Herz klopfte heftig. Euphorie und Furcht ergriffen ihn. Er war begeistert, sie wiederzusehen, und hatte eine unfassbare Angst, dass sie sich nicht freute. Ein heikler, riskanter Moment. Sie könnte all das mit einem leichten Kopfschütteln beenden oder sich hastig verabschieden und flüchten. Er wartete und – sie sah ihm immer noch in die Augen. In ihrem Gesicht sah er Zuneigung, Hoffnung. Optimismus sogar.

»Du erkennst mich noch?«, fragte sie.

»Alles unverändert.«

Ihre Gefühle und seine.

Er räusperte sich.

Er musste das Thema wechseln, sonst würde er die Fassung verlieren.

»Also«, sagte er. »Wie wär's mit einer Führung?«

Liam führte sie durch die Galerie. In den drei Porträts von Daya gingen ihre Glieder in Blumen, Farne und andere Pflanzen über. Daya errötete, als Liam erklärte, die Pflanzenthematik stünde für Fruchtbarkeit. Während er jedes Bild erläuterte, sah er häufiger zu Jake als zu den anderen. Jake unterbrach ihn nicht. Da waren keine Gedanken, die er teilen, keine Fragen, die er stellen konnte. Sein Verstand war blockiert, zu nichts zu gebrauchen. Im Moment konnte er nichts anderes als fühlen. Er fühlte sich hoffnungsvoll, verwundbar und wachsam. Während der Führung gingen er und Sophie Seite an Seite, nur zwei Fingerbreit waren zwischen ihnen. Weder berührten sie sich, noch vergrößerten sie den Abstand. Er nahm jedes Detail an ihr wahr. Einmal fing er für eine Millisekunde ihren Blick auf, als Lily sich begeistert zu »Meine Mutter, der Wunderbaum« ausließ. Am Ende standen sie wieder vor »Streamer«. Liam stellte sich davor und verschränkte die Arme.

»Danke, dass ihr …«, begann er.

»Und was bedeutet dieses Bild?«, unterbrach ihn Jake. »Es ist vorn auf dem Katalog, stimmt's?«

Liam nickte und trat zur Seite.

»Nun ja«, sagte er unsicher. »Es geht um Streamer, während eines Gewitters sind sie unsichtbar und kraftvoll anwesend. Das Bild greift die Idee auf und findet eine Analogie in Beziehungen. Manchmal hat man eine starke Bindung zu jemandem, der nicht anwesend ist. Zwischen zwei Menschen kann eine spannungsvolle, unsichtbare Verbundenheit bestehen.«

Sophie, Lily und Daya schwiegen. Ringsherum schlenderten redselige Besucher zu dritt oder zu viert umher. Einige beugten sich so nah an ein Bild heran, dass ihre Nasen fast die Farbe berührten.

»Das ist eine weise Erkenntnis«, sagte Jake.

»Danke.«

Lily lächelte stolz.

»Und danke, dass ihr alle gekommen seid«, sagte Liam.

»Darf ich euch beide später zum Essen einladen, Schatz?«, fragte Lily.

»Ja!«, warf Daya ein.

»Perfekt«, sagte Liam.

Lily sah Jake an.

»Hast du Zeit, mitzukommen?«, fragte sie ihn.

Jake hatte sich seit Jahren nicht mehr mitten in der Woche freigenommen. Sein großer, dunkelbraun gebeizter Schreibtisch im Büro war sein Zuhause. Für ihn arbeiteten nach wie vor vier Mitarbeiter und Tawny. Lionel hatte sich auch noch nicht zur Ruhe gesetzt. Er kam jeden Tag in Anzug und Krawatte ins Haus und hatte noch dieselbe jugendliche Ausstrahlung, war noch immer auf beste neue Ideen erpicht. Heute musste Jake niemanden anrufen und zu keiner Sitzung gehen. Er konnte frei über seine Zeit verfügen. Ja, er hatte Zeit. Aber die Vorstellung, mittags in ein Restaurant zu gehen – noch dazu auf unvertrautem Terrain –, war für ihn so ungewohnt, dass er nicht antworten konnte.

Liam erlöste alle aus ihrer Verlegenheit. »Na jedenfalls war es schön, dich zu sehen.«

Jake drückte den Katalog zusammen.

»Ich werde morgen da sein«, sagte er.

Liam lächelte und dankte ihm.

Jake und Sophie verabschiedeten sich gleichzeitig. Sie gingen so nah beieinander, als unterhielten sie sich. Sie ließen den Stimmenlärm in der Galerie hinter sich. Jake drückte auf den Aufzugknopf.

»Dein Sohn«, sagte Sophie, »ist ein wirklich guter Mensch.«

Im Aufzug war es so still, dass sie einander atmen hörten. Sophie spürte Jakes Körper neben sich. In einem Flashback zog sie neben ihm in der Bibliothek den Reißverschluss ihres Rucksacks auf. Sie stellte sich vor, wie sie mit dem Ellbogen an seinen stieß, wenn sie in Gedanken vertieft war und ihren Körper vergaß. Die Vision verblasste. Ihre Liebe für ihn war unverändert. Sekunden später hielt der Aufzug an. Sie stiegen aus. Standen im hellen Tageslicht voreinander. Die Äderchen unter Jakes Augen waren größer geworden und traten hervor. Seine Kinnlinie war weicher, obwohl er noch genauso schlank war wie früher. Sie würde sein Gesicht überall erkennen. Ihre Liebe für ihn war zeitlos.

»Möchtest du spazieren gehen?«, fragte Jake, ohne fordernd zu klingen.

Sie nickte.

Sie schlenderten die Hillhouse Avenue unter den Bäumen entlang.

»Ich war schon lange nicht mehr so viel im Freien«, sagte Jake.

Sie ging schweigend neben ihm her.

Sonnenstrahlen warfen Spinnwebmuster auf den Gehweg.

»Wie fandest du die Ausstellung?«, fragte Sophie.

Er lachte leise.

Sie blickte auf, um zu sehen, was los war.

»Du wirst es nicht glauben«, sagte er.

»Was?«

»Ich konnte mich überhaupt nicht konzentrieren.«

Sie kamen an der psychologischen Fakultät vorbei, wo sie sich kennengelernt hatten. Dort hatten sie das erste Mal von der sozialen Urteilstheorie gehört. Wenn man einem Menschen begegnete, bildete man sich sofort ein Urteil über zwei Eigenschaften: Kompetenz und Wärme. Anhand dieser zwei Achsen ordnete man jeden Menschen ein. Aber Jake glaubte, dass er auch ein drittes Merkmal einzuschätzen versuchte: welche Erwartungen der andere an ihn hatte. Seine Lehrer hatten von ihm das Gefühl bekommen wollen, wichtig zu sein. Seine Mutter hatte von ihm gewollt, dass er Erfolg hatte. Die meisten Menschen wollten Geld von ihm. Bei Sophie dagegen wusste er das nicht. Sie schien gar nichts von ihm zu wollen. Er spürte keine Absichten bei ihr. Sie war der einzige Mensch, den er kannte, dessen Zuneigung er wirklich umsonst bekam.

Sie kamen auf dem Science Hill beim Kline Biology Tower an. Er war sechzehn Stockwerke hoch und stand dort einsam wie ein Obelisk. Sie setzten sich nebeneinander an einen Picknicktisch, ein halbes Footballfeld entfernt vom Sloane Physics Laboratory. Von da aus konnten sie in das Café im Erdgeschoss des Hochhauses sehen und über den Campus weiter unten.

»Ist es so, wie du es in Erinnerung hattest?«, fragte sie.

»Dich hatte ich jedenfalls genau so in Erinnerung.«

»Jake.«

Ihr Tisch war übersät mit eingeritzten Initialen und Kratzern, man sah die Jahresringe des einstigen Baumes, und er hatte einen Riss in der Mitte, der den Tisch ganz allmählich in zwei Hälften spaltete. Jake kratzte über die Oberfläche und schnippte einen winzigen Holzsplitter weg.

»Die meisten Menschen werden mit dem Alter härter«, sagte er. »Du nicht.«

»Jake.«

»Was?«

»Lass es langsam angehen.«

Ein junges Paar setzte sich an einen der anderen Tische und teilte sich zwei Sandwiches aus einer Plastikpackung. Jake griff nach ihrer Hand. Sie zog mit dem Daumen eine Acht um zwei seiner Knöchel.

»Ich kann nicht glauben, dass ich dich damals allein gelassen habe«, sagte er.

Sie schüttelte den Kopf.

»Hast du nicht«, widersprach sie.

Er sah sie mit zusammengekniffenen Augen an.

»Das habe ich bewiesen«, sagte sie.

»Du hast die Blocktheorie bewiesen.«

»Weil ich dich bei mir gefühlt habe, als du weg warst. Ich hatte immer wieder Visionen von uns im College, so als würden sie in diesem Moment passieren. Als ich dann etwas über die Blocktheorie las … Ich wusste es einfach. Das war es. Es war real.« Die Idee war in der Dichtung, die sie am meisten schätzte, längst präsent. *»Liebe ruht auf keinem Fundament … hat keinen Anfang und kein Ende.« – »Liebende begegnen sich nicht endlich irgendwo. Sie sind längst einer im anderen.« – »Abschiede erleben nur die, die mit den Augen lieben. Wer mit Herz und Seele liebt, für den gibt es keine Trennung.«* Der Geist der Blocktheorie war in allen Musikstücken von Jake spürbar gewesen, in denen zeitlose Verbindungen gefeiert wurden.

»Ich hatte auch solche Visionen.«

Er sah auf seine Uhr.

»Hast du auch mal … die Zukunft gesehen?«, fragte er.

»Nein, warum? Du etwa?«

Er nickte.

»Und was hast du gesehen?«, fragte sie.

Vor seinem geistigen Auge war die Sonne untergegangen. Ihr Haus war wie Sophies Elternhaus umgeben von Bäumen. Ihre Silhouette verdunkelte ein erleuchtetes Fenster der Bibliothek.

Jake drückte ihre Hand.

»Uns.«

Er überlegte.

»Und jetzt, wo ich darüber nachdenke, auch einige meiner Ideen. Manchmal habe ich bei der Arbeit den Erfolg von Unternehmen gesehen, bevor das irgendein anderer tat. Das war wie ein visualisiertes Bauchgefühl. Ich dachte, es war vielleicht mehr als das, aber … ich hielt das für unmöglich.«

»Hast du deshalb Roxster ausgesucht?«

Er schüttelte den Kopf.

»Nein, das war deinetwegen. Roxster hat Forschung zur Zeittheorie finanziert. Meine wichtigsten Entscheidungen drehten sich um dich, Sophie.« Er wollte nicht noch mehr Zeit vergeuden. »Was hältst du von New York?«

»Was?«

»Ich kann nicht ohne dich zurückfahren.«

Sophie riss die Augen auf.

»Die Stadt hat sich seit damals verändert«, fuhr er fort. »Im Gegensatz zu Yale.« Er zeigte über den Science Hill. Als ihr Blick seinem Arm folgte, sah er sie beide in seiner voll möblierten Wohnung. »Ich hätte dich das längst fragen sollen. Ich hätte schon vor Jahrzehnten zu dir kommen sollen. Aber ich hörte damals das Interview … Da dachte ich, du wolltest noch mehr beweisen. Ich hätte dich einfach fragen sollen.«

Sophie schaute verwirrt.

»Das Interview mit *Yale Daily News?* Als du meintest, du hättest noch ein paar Ideen? Ich wollte dir nicht im Weg stehen.«

Sophie neigte den Kopf zur Seite. Sie widersprach nicht.

»Du hast noch immer ein paar Ideen«, erkannte er.

Er wartete.

»Was für welche?«, wollte er wissen.

Sie griff eine heraus.

»Wenn man sich verliebt, sieht man die Zeit, wie sie wirklich ist. Das ist die einfache Aussage einer größeren Idee. Die volle Wahrheit ist komplexer. Hast du schon mal von Supersymmetrie gehört?« Jake schüttelte den Kopf. »Das bedeutet, dass jeder Partikel einen Partner hat, den sogenannten Superpartner. Die hat noch niemand gesehen oder gemessen. Aber durch sie werden wichtige Gleichungen gelöst, die ohne sie keinen Sinn ergeben.« Jake nickte. »Manche sagen, dass Superpartner Bestandteile Dunkler Materie sind, der Stellen des Universums, die wir nicht sehen können, und …«

»Und?«

»Ich glaube, dass es diese Partner gibt. Mehr noch, ich glaube, sie existieren für jede Masse. Ich glaube, jeder hat einen Superpartner – eine Konfiguration von Masse und Energie. Dieser Superpartner verbindet einen mit der Welt, die jenseits dessen liegt, was wir sehen können.« Sie drückte Jakes Hand. »Wir bilden diese intensiven Verbindungen mit unseren Superpartnern, und sie bringen uns der Realität näher. Deshalb sahen wir beide die Zeit, wie sie wirklich ist. Daran denken manche vermutlich, wenn sie von Seelenverwandten sprechen, aber es geht um etwas viel Größeres als das. Es gleicht mehr einem Portal. Einem Fenster. Zu allem, was wir noch nicht messen können. Wir zeigen in ihrer Nähe echte körperliche Reaktionen. Sie halten uns im Gleichgewicht.«

Jake dachte darüber nach.

»Warum hast du daran nicht weitergeforscht?«

»Ich habe das Interesse verloren.«

»Warum?«

»Ich habe meiner Wahrnehmung vertraut. Ich brauchte es nicht zu beweisen, weil ich wusste, dass es wahr ist.«

Auf dem Science Hill war es still.

»Du kannst das immer noch nachholen«, sagte er.

Er zog seine Hand zurück.

Sophie spürte seine Absicht, sich wieder von ihr zurückzuziehen, weil er hoffte, sie würde ihre Arbeit fortsetzen.

»Jake«, sagte sie, »so will ich mein Leben nicht verbringen. Das ist nicht einmal die wichtigste Idee. Nicht einmal ansatzweise.« Sie redete schneller. »Es geht nicht um den Verstand. Die wertvollste Erkenntnis meines Lebens war es, dass wir unsere Zeit am besten nutzen, indem wir lieben. Das ist kein intellektueller Gedanke, und genau das ist der Punkt. Die Menschen überschätzen den Intellekt. Das Leben sollte vom Herzen her gelebt werden.« Er wirkte sehr nachdenklich. »Also, wann immer es mir freisteht, sollte ich meine Zeit mit anderen Menschen verbringen. Selbst wenn das bedeuten sollte, dass ich die Welt nicht so stark geprägt habe.« Deshalb lehrte sie noch. Sie war so gesellig geworden, wie es ihr nur möglich war: Sie hielt Vorlesungen und Seminare, hielt Sprechstunden ab, traf sich mit den Malchiks und ihren Freunden und besuchte ihre

Eltern. Sie war ausnahmslos freundlich. Sie hatte nie aufgehört, Jake zu lieben.

Er stieß einen langen Seufzer aus.

Er sah aus, als wäre er darauf vorbereitet, ihr schlechte Nachrichten zu überbringen.

»Jake, bitte, fälle keine übereilten Entscheidungen. Wir brauchen heute gar nichts zu entscheiden. Wir sehen uns morgen wieder. Bis dahin wirst du einen klaren Kopf haben.«

»Ich liebe dich«, sagte er.

»Ich weiß.«

15

Sophie ging in strahlendem Sonnenschein die Hillhouse Avenue entlang, umgeben von Dutzenden Familien, die auf den Cross Campus zugingen, um an der Abschlussfeier teilzunehmen. Ihre Schallwellen trafen ringsherum aufeinander. Gelächter, Gekreische und Geplapper.

Sie hatte noch nicht mit Jake gesprochen, obwohl sie ihre Telefonnummern ausgetauscht hatten.

Er würde doch da sein? Am offenen Tor blieb sie stehen. Tausende Klappstühle standen vor einer Bühne an der Sterling Library. Die schiere Menge lähmte sie. Nur noch fünfzehn Minuten bis zur Prozession. Die vordersten Reihen waren unbesetzt und warteten auf die Absolventen. Sie entdeckte ihre Eltern, Jolene und die Malchiks in dem Abschnitt neben dem Hopper College.

Sie simste ihm: *Jake?*

Auf ihrer Straßenseite näherten sich die Absolventen. Ihre schwarzen Roben fegten ihnen um die Knöchel. Ältere Semester würden an ihr vorbeigehen, um den Hof von der anderen Seite zu betreten.

Sie sah auf ihre Uhr.

»Sophie!«

Sie brauchte einen Moment, um die Stimme zu lokalisieren.

Liam trabte in Robe und Hut auf sie zu.

»Du wirst es nicht glauben«, sagte er.

»Was?«

Die anderen gingen ohne ihn weiter.

»Die Davis Gallery will mich vertreten.« Die Davis Gallery? »Das ist eine bedeutende Galerie in New York City. Marshall Davis war gestern bei meiner Ausstellung.« Liam schüttelte ehrfürchtig den Kopf. »Meine Mom sagt, Jake hat ihn gebeten zu kommen. Ich kann dir gar nicht sagen, wie glücklich ich bin.«

»Das ist fantastisch!«

»Ich habe es gerade erst erfahren. Er findet *Streamer* toll.«

Sophie umarmte ihn. Liam lachte, und als er sich von ihr löste, ließ er die Hände auf ihren Schultern liegen. In seinen Augen funkelten Sterne.

»Du musst nach New York kommen und sie dir ansehen«, drängte er.

»Natürlich.«

»Danke. Für alles.«

Sein Doktorhut betonte seine Ohren, die noch mehr als sonst abstanden.

»Ich muss mich beeilen«, sagte er.

Sein Lächeln berührte sie, als er mit wehender Robe zu seinem Platz rannte. Sie legte die Hände ineinander und sah ihm nach, bis er nicht mehr zu sehen war.

Jake saß einen Block weit entfernt in seinem Hotelzimmer, vornübergebeugt auf dem Sofa in derselben Kleidung, die er bei Liams Ausstellung getragen hatte, die Ellbogen auf die Knie gepresst, das Kinn in die Hände gestützt. Liams Zeremonie würde gleich anfangen. Jake konnte sich nicht entscheiden, ob er hingehen sollte oder nicht. Er wusste nicht, ob er Sophie noch einmal sehen konnte. Die Frage war nicht, ob sie einander liebten. Die Frage war, ob er mit derjenigen, die er liebte, auch zusammen sein musste. Er ließ sich Teile des gestrigen Gesprächs immer wieder durch den Kopf gehen. Die ganze Nacht über hatte er sich Dutzende Formulierungen überlegt, die er hätte sagen können, als sie gemeint hatte: »Selbst wenn das bedeutet, dass ich die Welt nicht so stark geprägt habe.« Vielleicht so etwas wie: »Aber du wirst dich nie so sehen wie ich dich. Du wirst nie wissen, wie schwer es ist, damit zu leben, dass dein Licht einfach erlischt.«

»Die wertvollste Erkenntnis meines Lebens war die, dass man seine Zeit am besten nutzt, indem man liebt.«

Er hatte in diesem Augenblick nur versucht, das Konzept der Supersymmetrie zu verstehen, hatte angenommen, dass sie die Anziehung zwischen ihnen erklärte, dass sie jeweils der Superpartner des anderen waren und ihre Beziehung sie beide in der Wirklichkeit real verbunden hatte –, und deshalb hatte er ihr nicht genau zugehört. Jake sprang auf, ihm wurde schwindlig, sodass er sich sofort wieder setzen musste.

»Dass man seine Zeit am besten nutzt, indem man liebt.«

Endlich verstand er. Wenn er wirklich ihr Jahrhundertgenie respektieren wollte, würde er ihre Schlussfolgerung anerkennen müssen, dass bei den wirklich wichtigen Dingen der Intellekt gar nicht zählte. Die Lösungen lagen nicht im Kopf, sondern im Herzen. Menschen sollten ihre kostbare Zeit damit verbringen, einander zu lieben. Er lachte. Er konnte sie wirklich nach New York zurückholen. In seiner Wohnung konnten sie an die Wände hängen, was sie wollten.

Er verließ das Hotel.

Unterwegs zum Cross Campus kam er an ihrem alten Zimmer im Berkeley vorbei und sah zu ihrem Fenster hoch. Im zweiten Jahr, am Tag bevor der Unterricht begann, hatten sie die Matratze und das Kopfteil des Bettes in das andere Schlafzimmer geschleppt und die Betten aneinandergestellt. Wochen später hatten sie sich noch immer nicht an den zusätzlichen Platz gewöhnt. Sie schliefen nur in einem der zwei Betten. Jeden Morgen beim Aufwachen sahen sie die leere ungenutzte Fläche. Selbst in den seltenen Nächten, in denen sie auf beiden Betten einschliefen, um die Extravaganz eines Doppelbetts zu genießen, wachten sie am nächsten Morgen wieder dicht beieinander auf.

»Warum können wir unser Bett nicht nutzen?«, stöhnte Sophie eines Morgens.

»Weil wir auch im Schlaf zueinander wollen«, sagte Jake.

Jake kam an ihrer Hängematte vorbei.

Er kam an ihrem Speisesaal vorbei.

Er schob sich durch das Publikum, das begeistert applaudierte. Die Abschlussfeier hatte gerade begonnen. Jeder sprang jubelnd auf, als die Prozession sich vorne durch Stuhlreihen schlängelte. Jake entdeckte sie zwischen ihren Eltern und einem freien Stuhl. Sein Herz raste, als er darauf zuhielt. Die ganze Zeit über hatte er geglaubt, sie hätte sich verloren. In Wirklichkeit hatte sie ihre größte Entdeckung ausgelebt.

Ihre Blicke trafen sich.

»Danke«, flüsterte er, als sich alle setzten.

Er deutete auf den leeren Platz.

»Natürlich«, sagte sie.

Er küsste sie auf die Wange.

»Ich liebe dich«, sagte er.

»Ich weiß.«

Danksagung

Ganz besonders danke ich Eve Attermann von William Morris Endeavor, weil sie von Anfang an an mich geglaubt und bei zwei Traumverwirklichungsprozessen die Verantwortung übernommen hat. Ich bin äußerst dankbar für Ihre Beratung und Ihr Können! Das Buch gäbe es auch nicht ohne Kaitlin Olson, meine beste Erstleserin und wunderwirkende Lektorin bei Atria Books. Es ist eine absolute Freude, mit Ihnen zu arbeiten, Megan Rudloff und Isabel Da Silva bei Atria.

Ich danke auch Zibby Owens vom Podcast *Moms Don't Have Time to Read Books* und Kyle Owens bei Morning Moon Productions für ihre unvergesslichen literarischen Salons, in denen eine lebhafte Community von Autoren und Lesern in New York City entstehen konnte, an denen auch ich teilnehmen durfte. Auch Kevin Warsh und Jane Lauder bin ich dankbar, weil sie die Veröffentlichung von *Breathe In, Cash Out: A Novel* unterstützten und mir jahrelang fantastische Mentoren waren.

Ich danke Dan Brown, weil er bei meiner ersten Lesereise großzügig Zeit opferte und mir fürs Schreiben unschätzbare Ratschläge gab.

Ich danke Carolyn Brody und Jesse Bartel von BookHampton; Monica Lerch bei Kramerbooks & Afterwords in Washington, DC; Book Soup in Los Angeles; Nina Barrett von Bookends & Beginnings in Evanston, Illinois; Elissa Sweet vom Savoy Bookshop & Café in Westerly, Rhode Island; Suzanne Leopold von @SuzyApprovedBookReviews; Katie Taylor von @The_Grateful_Read; Joan Hamburg von *The Joan Hamburg Show* beim 77 WABC; meiner überaus talentierten Korrektorin Polly Watson; und meinem Englischprofessor in Yale, Professor Alfred Guy. Ich weiß es zu schätzen, wie Sie mich unterstützt und mir Ihre Liebe zu großer Literatur vermittelt haben.

Ich danke den Yogis, die mich inspirierten, als ich noch im Finanzwesen arbeitete, und mir Mut machten, meine Träume zu verwirklichen: Neyu @Neyu_Ma und Janice @JaniceLiou.

Ich habe profitiert von der Beratung Tom Distlers von Brooks & Distler.

Zu guter Letzt danke ich meiner Familie – Jody, beiden Emils und Parker – für ihre bedingungslose Liebe und Ermutigung. Ich danke auch den Alexandres, die sich mit einer Wahnsinnsbegeisterung um jedes Buch scharen und immer so freundlich sind.

Am innigsten danke ich Dave, meinem Ein und Alles.